Marianne Enzweiler Hill, geboren 1955 im Erftkreis, lebt in Neuss. Sie studierte Sozialpädagogik, arbeitete als Grafikerin, Dozentin und Lehrerin. Im Emons Verlag erschien »Erftnebel«.

MARIANNE ENZWEILER HILL

BLINDE ZEIT

NIEDERRHEIN KRIMI

Emons Verlag

Umschlagzeichnung: Heribert Stragholz
Druck und Bindung: CPI – Clausen & Bosse, Leck
Printed in Germany 2008
ISBN 978-3-89705-591-9
Niederrhein Krimi 18
Originalausgabe

Für meine Eltern in Liebe und Dankbarkeit

»Die Zeit, die du für deine Rose verloren hast,
sie macht deine Rose so wichtig.«
»Die Zeit, die ich für meine Rose verloren habe ...«,
sagte der kleine Prinz, um es sich zu merken.
»Die Menschen haben diese Wahrheit vergessen«,
sagte der Fuchs. »Aber du darfst sie nicht vergessen.
Du bist zeitlebens für das verantwortlich,
was du dir vertraut gemacht hast.«

Aus »Der Kleine Prinz«
von Antoine de Saint-Exupéry

Während des ganzen langen Frühlings war es ihm gelungen, seine Gedanken an Dorothee zur Seite zu schieben. Er hatte ihre Sachen geordnet und ihre Wünsche, so weit es ihm möglich war, erfüllt. Er hatte die Wohnung renoviert und sonnengelbe Vorhänge vor die Fenster gehängt. Er hatte zwei ihrer Bücher verbrannt, die persönliche Notizen enthielten. Randbemerkungen, die keiner lesen sollte. Auch er nicht. Nun war alles getan. Nun begann das Schwierigste: ihr letzter Wunsch. »Wenn ich tot bin, Katerle«, hatte sie gesagt, »dann versprich mir, dass du gut leben wirst. Dass du nicht weinst, wenn du an mich denkst, sondern lächelst. Und dass du das tust, was du schon immer tun wolltest.«

Vierzehn Tage, nachdem sie diesen Satz gesagt hatte, starb sie. Er wollte alle Versprechen einlösen. Er weinte nicht! Nicht bei der Beerdigung und nicht danach. Den ganzen langen Frühling nicht. Und jetzt saß er auf der Bettkante. Es war Sommer. Draußen im Garten sang eine Lerche. Ein warmer Luftzug brachte den Duft von Rosen und Salbei ins Zimmer. Den Salbei hatte *sie* gepflanzt.

Karter starrte auf den Koffer, der vor ihm auf dem Fußboden lag, als sähe er ihn das erste Mal. Der Koffer war fast so alt wie er selbst. Er hatte nie einen neuen haben wollen. Er hatte sich nie von ihm verabschiedet, wie er sich auch nie von den alten Geschichten verabschiedet hatte, die irgendwo im Hintergrund auf ihn warteten: leise, hässlich, unaufdringlich.

Nach ihrem Tod kamen die Bilder häufiger. Sie drangen ganz einfach in sein Leben ein. Ungefragt. Ungewollt. Er sah sie vor sich: eine Landschaft, so flach wie ein Teller. Bäume. Nebel. Eine schreiende Frau ... Sie würden nie verschwinden. Sie waren in all den Jahren nicht verschwunden.

Vierundzwanzig Stunden noch. Und dann? Was war dann?

Er zögerte einen Augenblick, dann ließ er die Schnappverschlüsse des Koffers aufspringen. Klick. Klick. Ein muffiger, abgestandener Geruch schlug ihm entgegen.

Karter saß vor dem geöffneten Koffer, und obwohl er sich nicht körperlich angestrengt hatte, war es ihm, als laste Blei in Armen und Beinen.

Am schwierigsten war, zu entscheiden, was er mitnehmen sollte. Er fand den Gedanken daran unangenehm. *Sie* hatte immer die Koffer gepackt! *Sie* hatte gewusst, was notwendig war. Lustlos griff er nach einem kurzärmligen Hemd. Mein Gott, wie müde er sich fühlte. Ob er seine Jacke mitnehmen sollte? Vielleicht wäre es auch besser, nicht zu fahren. Ein Gefühl von Hilflosigkeit überwältigte ihn. *Katerle, versprich mir, dass du gut leben wirst.*

Von der Straße her drang ein lang gezogenes Hupen zu ihm ins Schlafzimmer. Er schrak aus seinen Gedanken hoch, griff wahllos ein zweites Hemd aus dem Schrank und stopfte es in den Koffer.

»Wird schon«, sagte er halblaut vor sich hin und schüttelte sich. Die Katze, die neben ihm auf dem Bett gelegen hatte, fuhr erschreckt auf, bevor sie auf den Boden sprang und sich ausgiebig reckte. Dann klingelte das Telefon.

»Karter«, sagte er mit fester Stimme. »Alois Karter.«

»Kater«, polterte gutmütig die Stimme am anderen Ende der Leitung. »Habe lange nichts mehr von dir gehört. Wollte mal fragen, wie es dir geht und ob das mit dem Alois noch aktuell ist?«

Karter blickte auf die Katze und lächelte. »Hallo, Fred«, erwiderte er. »Der Alois wartet schon.«

Die Katze hob den Kopf, als sie ihren Namen hörte, und strich dem Alten um die Beine. Er hob sie hoch und kraulte sie.

Alois Karter schmunzelte. Jeder Mithörer hätte den beiden Gesprächsteilnehmern den gesunden Menschenverstand abgesprochen. Typisch Dorothee, dachte er. Zeitlebens hatte sie Verwirrspiele geliebt. Und da man ihn – Alois Karter – seit seiner Kindheit nur Kater nannte, hatte sie einen Kater gekauft und diesen Alois genannt.

»Ist es dir auch wirklich nicht zu viel, Fred?«, fragte Karter. »Der Alois ist alt. Der braucht jeden Tag seine Streicheleinheiten ... Noch kannst du absagen!«

»Streicheleinheiten?«, fragte Fred mit gespielter Entrüstung. »Ich stecke sie den ganzen Tag zu Hilbert in den Knast!«

Karter ging bereitwillig auf Freds Anspielung ein. »Fall Hilbert also gelöst«, sagte er. »Meinen Glückwunsch, Herr Kommissar.«

»Es war kein leichtes Unterfangen. Der Bursche war ziemlich schlau, aber ich war schlauer ...«

Die Stimme des anderen plätscherte an Karter vorbei. »Ich hätte natürlich noch ... und der Staatsanwalt sagte ... ich war mir nicht sicher, aber ... Ich habe es geschafft, Kater, hörst du? Kater? Bist du noch dran, Kater?«

»Ja, Fred, entschuldige, ich habe mir nur gerade ein paar Gedanken um dich gemacht.«

»Wie du das Ganze mit mir feiern kannst, vermute ich!« Die Stimme am anderen Ende lachte.

»Wenn ich Alois vorbeibringe, trinken wir verbotenerweise eine Flasche Sekt.«

»Du kommst morgen?«

»Ich würde ihn dir vorbeibringen und gleich weiterfahren«, sagte Karter, hängte ein und konnte noch nicht recht glauben, dass er wirklich zugesagt hatte.

*

Karter blickte über den Parkplatz zu den alten Platanen, die das Gebäude von der angrenzenden Straße abschirmten. Die Blätter der Bäume reflektierten das Sonnenlicht und ließen das Grün in allen Schattierungen leuchten. Das Gebäude selbst war aus hellem Kalksandstein und erinnerte mit seinen hohen Fenstern eher an ein altes Schulgebäude denn an ein Kommissariat. Als er angefangen hatte, dort zu arbeiten, hatte man die Bäume gerade gepflanzt – junge, zarte Pflanzen, die noch keinen richtigen Schatten spenden konnten. Er hatte sie nicht beachtet. Es gab Dinge, die wichtiger waren: Fälle, die es zu lösen galt. Verbrecher, die zu überführen waren.

Einen Augenblick lang blieb Karter im Wagen sitzen und nahm dieses Bild in sich auf.

Dann wandte er sich der Katze zu, die er in einem Katzenkorb auf dem Rücksitz deponiert hatte. »Die Sicht der Dinge ändert sich, Alois«, sagte er, stieg aus, nahm den Katzenkorb, klemmte eine prall gefüllte Tüte unter den Arm und ging zum Eingang.

Als er die Stufen in die dritte Etage nahm, in der sein ehemaliges Dezernat lag, gelang es ihm, so zu tun, als sei es das Leichteste der Welt, als ausgedienter Hauptkommissar mit kurzer Hose, Aldi-Tüte und Katzenkorb im Arm dort aufzutauchen, wo er bis vor einem halben Jahr der Chef gewesen war.

Er sah durchaus die teils neugierigen, teils mitleidigen Blicke. Man wusste vom Tod seiner Frau. Karter schaute auf die Uhr. Lange würde er nicht bleiben. Nur lang genug, seinem Freund und ehemaligen Kollegen Fred die Katze in die Hand zu drücken und ihn zur Lösung des Hilbert-Falles zu beglückwünschen. Fred hatte es verdient. Lange genug hatte Hilbert sie alle an der Nase herumgeführt, und fast hatte es so ausgesehen, als müsse Fred ohne die Genugtuung, den Kerl dingfest gemacht zu haben, in den Ruhestand gehen.

Als Karter die Tür zu Freds Büro öffnete, hielt er einen Atemzug lang inne. In dem Raum hatte sich nichts verändert. Die schweren Schreibtische standen im gleichen stumpfen Winkel zu den Fenstern wie immer. Auf der Fensterbank beschattete ein verkümmerter Kaktus die Kaffeemaschine, deren rotes Licht kläglich flackerte. Die Akten lagen wohlgeordnet auf einem Aktenschrank.

»Der Hauptkommissar!«, rief der Neue aus, den man Patze genannt hatte, weil der Name Pascal ganz einfach nicht zu Wörtern wie »Verbrechen«, »Mord« und »Blut« passte.

Karter nickte und hob beschwichtigend seine freie rechte Hand hoch. »Kommissar a. D.«, antwortete er und klopfte dem Jungen freundschaftlich auf die Schulter.

»Ja«, sagte der Junge, »ja, klar!« Und eine Weile später, während Karter den Schreibtisch beguckte, der einmal seiner gewesen war: »Fred ist nicht hier. Soll ich ihn holen?«

Karter drehte sich dem Jungen zu, fuhr sich mit den Händen ein wenig hilflos durchs Haar und schaltete die Kaffeemaschine aus. »Sag ihm, dass Alois darauf wartet, ihm das Gesicht zu zerkratzen.«

Der Junge nickte eifrig. An der Tür stockte er kurz, drehte sich noch einmal zu Karter um und sagte: »Aber setzen Sie sich doch.«

»Danke«, antwortete Karter und lächelte dem Jungen zu, der nun voll guten Willens die Tür zum Flur aufriss.

»Bin gleich zurück!«, grinste er, und als die Tür mit einem lauten Scheppern ins Schloss fiel, spürte Karter mit plötzlicher Wucht, wie sehr er das alles hier vermisste: das gemeinsame Nachdenken, das Zusammentragen aller Details, die Witzeleien, die Erfolge. Kurz rief er sich seine ersten und wichtigsten Fälle ins Gedächtnis zurück. Hedwig Klaimt, Dieter Souver und Gustav Lauzer. Alles Fälle, die Jahre zurückgelegen hatten, als er das Dezernat übernommen hatte. Fälle, die als unlösbar galten. Fälle, die keinen mehr so recht interessierten. Er hatte sie lösen wollen – damals. Nicht weil sie spektakulär waren. Ganz im Gegenteil. Er hatte die Akten damals mit nach Hause genommen und sie gelesen. Immer und immer wieder, so lange, bis sich jedes Bild unlöschbar eingeprägt hatte. Es war auch nicht Eitelkeit oder Karrierestreben, was ihn so hartnäckig jedes Detail untersuchen ließ. Es war ein gewisser Trotz gegen die Sorte braver Polizisten, die immer den geraden Weg gegangen waren. Die direkt aus einem ehrenwerten Elternhaus auf die Polizeischule gingen und von dort ins Kommissariat, wo sie sich ermächtigt fühlten, gegen das Unrecht zu kämpfen – notfalls mit Waffengewalt. Auch er kämpfte gegen das Unrecht. Auf seine Art und Weise und mit seinen Mitteln. Und oft genug hatte er das Unrecht nicht nur auf der Seite derjenigen gesehen, die später rechtskräftig verurteilt wurden.

»Kater, altes Haus«, sagte Fred, und seine Stimme klang dunkel und kräftig. »Wie schön, dich hier noch einmal zu sehen.«

Karter schluckte dieses unbedachte »Noch einmal« wortlos hinunter. Er sah durchaus die Freude in Freds Augen. Eine Freude, die ihrer Freundschaft galt, die im Laufe vieler Jahre der gemeinsamen Arbeit entstanden war.

Karter holte den Sekt aus der Aldi-Tüte und ließ den Korken knallen. Fred näherte sich derweil dem Katzenkorb.

»Jagt sie noch Mäuse?«

»Nur die ganz jungen, die noch nackt sind.«

Fred verzog angewidert das Gesicht, und Karter grinste.

»Zur Not nimmt sie aber auch Kitekat. Da sind die nackten Mäuse schon verarbeitet.« Jetzt grinste auch Fred.

Als Karter Fred das Sektglas reichte, nahm Patze gerade ein Telefonat an und machte wüste Handzeichen in Richtung Aktenschrank. Fred nickte, zog eine Akte heraus und gab sie dem Jungen. Karter stand unschlüssig herum. Frau Sürker, die Sekretärin, steckte ihren Kopf zur Tür hinein, warf einen verwunderten Blick auf den Katzenkorb und grüßte ihn erfreut.

»Ihre?«, flüsterte sie.

»Ich fahre ein paar Tage weg«, flüsterte Karter zurück. Die Sekretärin nickte.

»Der Zeuge im Fall Solwesky wartet draußen …«

Fred nickte. »Fünf Minuten.«

Die Sekretärin verschwand.

»Ich werde dann jetzt gehen«, sagte Karter. »Wenn du Probleme hast mit Alois … Ich werde zwischendurch anrufen.«

»Warte noch«, sagte Fred, stieß sein Glas an Karters Glas und zwinkerte ihm zu. »Auf gutes Gelingen.«

»Auf gutes Gelingen!«

Karter hatte schon die Hand auf der Türklinke, als Patze sich noch einmal an ihn wandte.

»Wo geht's denn überhaupt hin, Herr Kommissar?«

Die beiden Alten antworteten fast gleichzeitig.

»An den Niederrhein«, sagte Fred.

»In die Vergangenheit«, sagte Karter.

Das Lächeln des Jungen schlug in Verwunderung um.

»In die Vergangenheit?«

Keiner antwortete. Die kurze Stille lastete auf den Gesichtern.

Dann räusperte sich Fred. »Wird schon schiefgehen«, sagte er und klopfte Karter aufmunternd auf die Schulter.

Karter nickte. »Sicher!« Dann wandte er sich zur Tür und ging. Er hatte diese Fahrt Wirklichkeit werden lassen. Er hatte gewollt, dass sie Wirklichkeit wird. Gestern, vorgestern, so lange schon, und jetzt, wo es so weit war, überkam ihn das beunruhigende Gefühl, dass sein Leben an einem Wendepunkt stand.

*

Das Wetter blieb sonnig. Karter hatte sich vorgenommen, es langsam angehen zu lassen. Alles andere wäre ihm wie ein Sprung ins kalte Wasser erschienen. Wie eine unvorbereitete Wohnungsdurchsuchung.

In Koblenz fuhr er von der Autobahn ab und machte in der Stadt Rast. Er trank einen Kaffee, warf einen Blick in sein Familienstammbuch, in dem die Namen und Geburtsorte seiner Vorfahren eingetragen waren. Sie waren ihm fremd. Allesamt. Und manchmal war es ihm in den vergangenen Jahren so erschienen, als erginge es seiner Mutter ebenso, denn ihre Erzählungen und Geschichten bargen Widersprüche, die ihn verunsicherten.

»Wie sah der Großvater aus?«, hatte er oft gefragt. »Wie ich?« Seiner Mutter war er gänzlich unähnlich. Sie klein und gedrungen, er groß und schlank. Sie hatte blaue Augen gehabt, er hatte braune. Sie war blond, und er hatte in jungen Jahren dunkle, fast schwarze Locken gehabt, wenngleich im Alter nicht mehr davon geblieben war, als ein grauer Haarkranz.

Auch dem Wesen nach waren sie sehr unterschiedlich. Sie lachte über Dinge, die ihn schockierten. Er hatte sich oft gefragt, ob er seinem Vater ähnlicher war und ob es nicht besser gewesen wäre, bei ihm aufzuwachsen. Er hatte Dorothee einmal gefragt, vor vielen Jahren, wie sie sich seinen Vater vorstelle und ob sie ihn gern einmal kennenlernen wolle. Sie hatte ihn groß angeschaut und den Kopf geschüttelt.

»Er hat sich nie um dich gekümmert, Kater. Lass ihn. Lass ihn und die Vergangenheit ruhen.«

Sie hatte seine Frage nicht verstanden. Die Frage danach, woher man kommt. Vielleicht wäre es einfacher gewesen, diese Fahrt mit ihr gemeinsam zu unternehmen. Aber für sie zählte nur die Gegenwart, vielleicht noch die Zukunft. Die Vergangenheit war passiert, und wie immer sie gewesen sein mochte, man würde sie nicht ändern können. Karter hatte damals genickt und versucht, die Fragen zur Seite zu schieben, aber entgegen aller Vernunft tauchten sie immer wieder auf.

»Darf ich Ihnen noch etwas bringen?«

Die Bedienung lächelte Karter freundlich an.

Er merkte erst jetzt, dass der Kaffee kalt geworden war. Er hatte nur einen Schluck davon getrunken.

»Nein danke, ich möchte zahlen.«

Wieder lächelte die junge Frau und zog sich mit einer angedeuteten Verbeugung zurück zur Kasse. Wie einfach sie es hatte. Die Menschen, die hierherkamen, waren entspannt, fröhlich, guter Laune. Wie anders mochte das ihr Leben prägen – umgeben von lächelnden Gesichtern. Wie anders war sein Leben verlaufen – umgeben von feindlicher Abwehr, von Lügen und stummer Verzweiflung.

»Und wenn ich Ihnen sagte, dass ich Kommissar bin? So einer für Mord und Totschlag ... Sagen Sie, Fräulein ... würden Sie mich auch so freundlich anlächeln?«

»Zwei Euro fünfzig«, sagte die Bedienung.

Es war fast ein Uhr, als Karter das Stammbuch zuklappte und das Lokal verließ.

Draußen schlug ihm die Mittagshitze entgegen. Die Luft war ein wenig schwüler geworden. Drei Viertel des Weges hatte er zurückgelegt, und kurz kam ihm der Gedanke, dass er auch drei Viertel seines Lebens gelebt hatte. Dass er zurückfuhr in eine Vergangenheit, die für eine Woche seine Zukunft sein würde. Eine Zukunft, die sehr zerbrechlich schien.

Die Menschen auf der Straße trieben an ihm vorbei. Ein Gewirr aus fremden Gerüchen und Wortfetzen. Er wurde angerempelt, und er rempelte zurück.

»Kater«, sagte er zu sich selbst, »du wirst senil. Du denkst zu viel.«

Als er den Parkplatz erreicht hatte, hatte er die alte Sicherheit und Souveränität zurückgewonnen, mit der er, Alois Karter, stets seine Fälle gelöst hatte.

*

Die letzten Stunden waren wie im Flug vergangen. Bis zur nächsten kleinen Ortschaft waren es vielleicht acht Kilometer, höchstens zehn. Das schöne Wetter hatte sich gehalten. Der Himmel war ein unendlich weiter Raum, der sich während der Fahrt gleichermaßen über die Gegenwart und über die Vergangenheit spannte. Karters anfängliche Bedrücktheit und Sorge hatten sich verflüchtigt. Er war ausgesprochen guter Laune, pfiff ein Lied und genoss die Landschaft, die in seiner Vorstellung immer etwas Bedrohliches an sich gehabt hatte, etwas von Nebel und Unheil, von Angst und Schmerz. Aber diese Landschaft war wunderschön: mal ein sattes Grün, mal ein fruchtbares Braun. Überall am Straßenrand wucherten wilde Kamille, Margeriten und mannshohe Scharfgarbe. Ein Habicht zog am Himmel seine Kreise. Auf den endlosen Wiesen grasten friedlich schwarz-weiß gefleckte Kühe. Hin und wieder fuhr er durch eine kleine Ortschaft. Hin und wieder tauchte er in ein kleines Waldstück ein, das die Sonne in grünen Dunst hüllte.

Es war gut, dass er gefahren war. Es war gut, die Erinnerungen Realität werden zu lassen, zu Baum und Strauch und Gras und Erde. Nur so konnte er eine neue Richtigkeit gewinnen, eine Klarheit, dachte er.

Lange würde er nicht mehr fahren müssen. Noch acht Kilometer, dann wäre er an seiner ersten Station angelangt: Holtbroich. Hier würde er mit der Recherche anfangen: am Grab seiner Großeltern mütterlicherseits.

*

Es war später Nachmittag. Die Sonne brannte nicht mehr, aber immer noch hing sie hell zwischen den Bäumen eines kleinen Wäldchens. Die Straße beschrieb einen großen Bogen, der Wald endete und gab den Blick frei auf ein goldgelbes Weizenfeld, das bis zum Horizont reichte und im Schein der tief stehenden Sonne erglühte. Mitten in diesem Feld ragte die Ruine eines Turmes empor. Um diesen Turm, auf seinem Dach und aus mehreren kleinen Schießscharten wuchsen Birken, Löwenzahn und Ackerwinde.

Staunend fuhr Karter in die Einmündung einer der vielen Feldwege. Dieser Anblick war einfach ein Foto wert.

Er nahm seinen Fotoapparat und stieg aus. Sich ein wenig die Füße zu vertreten und zu entspannen war nie verkehrt. Und ob er jetzt oder ein paar Minuten später ankam – was machte das schon?

Er überquerte die Straße, lief die Grasnarbe des Weizenfeldes entlang und suchte den nächsten Feldweg, der ihn näher an diese Ruine führen würde. Und tatsächlich: Nur dreißig oder vierzig Meter weiter stieß er auf einen von Traktorspuren zerfurchten Feldweg, der direkt zu der Anhöhe zu führen schien. Karter warf noch einmal einen prüfenden Blick zurück auf seinen Wagen.

Er atmete tief durch. In der Luft lag der Geruch frisch gemähten Grases, in den sich ein erdiger Duft mischte. Er ging etwa einen Kilometer den Feldweg entlang, bis er auf eine kleine hölzerne Brücke stieß, die über einen kleinen Bach führte. Das Wasser war klar, wenngleich der Bach nicht allzu tief war. Seine Ränder waren mit Schilf bewachsen. Hinter der Brücke bog der Weg ab und lief quer durch eine Obstbaumwiese. Karter wandte sich enttäuscht ab.

Schade, er würde das Bild also nur aus der Entfernung schießen können. Er zückte die Kamera, überprüfte den Stand der Sonne und ging einige Meter in das Weizenfeld hinein, um eine gute Perspektive zu haben. Er zoomte das Bild heran und wollte schon auf den Auslöser drücken, als ein blaues Etwas sich aus den Steinen zu lösen und zu fliegen schien. Er schaute genauer. Dann erhob sich etwas Rotes für den Bruchteil einer Sekunde – und verschwand. Karter schüttelte verwundert den Kopf. Er versuchte das Bild noch näher heranzuzoomen. Wieder stiegen die Farben hoch: Rot, Blau, Gelb. Dann waren sie weg. Aber – das konnte doch gar nicht sein. Karter prüfte die Linse seiner Kamera und wischte darüber. Erneut schaute er durch das Okular. Rot – Blau – Gelb. Er drückte auf den Auslöser. Im Display seiner Kamera waren nur die Ruine und die Pflanzen zu sehen. Er schaute noch einmal prüfend durch das Okular. Aber die Farben kamen nicht wieder. Schade! Was mochte das gewesen sein? Ein Jungvogel? Dann guckte er auf die Uhr. Es wurde Zeit, dass er endlich weiterfuhr.

*

In Holtbroich war schon der Abend eingekehrt, obwohl es noch taghell war. Die Straßen waren menschenleer, die wenigen Geschäfte geschlossen. Die Familien schienen um den

Esstisch versammelt zu sein. Langsam fuhr Karter die Hauptstraße entlang. Die meisten Häuser waren alt, aus rotem Ziegelstein erbaut. An den Fenstern hingen schwere Blumenkästen, in denen Geranien und Fuchsien blühten.

Vorgärten hatten die wenigsten Häuser. Eng aneinanderliegend schmiegten sie sich fast abweisend dem Verlauf der Straße an und drängten jeden Besucher unwillkürlich in die Mitte des Dorfes, auf einen hübschen, kopfsteingepflasterten Platz mit nostalgischem Ziehbrunnen. Unweit davon und wie zufällig verstreut standen einige moderne Skulpturen, die bezeugen sollten, dass man trotz ländlicher Idylle dem Fortschritt gegenüber aufgeschlossen war.

Die Straße hatte sich geteilt und umschloss den Platz, um an dessen Ende wieder zusammenzulaufen. Karter hielt an und schaute sich minutenlang um. Im Hintergrund des Platzes war eine Kirche zu sehen. Er schaute sie an und wartete darauf, dass sich das freudige Gefühl des Wiedererkennens einstellte. Dass sich eine Lücke in seiner Erinnerung schloss. Aber alles blieb fremd. Dabei hatte seine Mutter ihm oft genug von dieser Kirche erzählt. Von Sankt Michael, der hellen, aus Kalksandstein erbauten Kirche, in deren Schatten er mit seiner Großmutter oft gesessen haben sollte. Sicher, es waren nur die Erinnerungen an die Erinnerungen seiner Mutter, auf die er zurückgreifen konnte. Aber sie hatte so häufig davon erzählt, so detailgetreu … Oder irrte er sich? Hatte er ein falsches Bild abgespeichert?

Karter schaute sich suchend um. Vielleicht gab es ja zwei Kirchen hier in Holtbroich. »Unsinn«, sagte eine Stimme in ihm. »Ein Fünfhundertseelenkaff besitzt keine zwei Kirchen.

»Sankt Michael war wunderschön, Alois. Am Westturm stand ein riesiger Kastanienbaum. Er war mindestens hundert Jahre alt. Und im Herbst ging die Großmutter dort mit dir Kastanien sammeln. Erinnerst du dich?« Es war die Stimme seiner Mutter, die er hörte.

»Wie viele Türme hatte die Kirche?«, hörte er sich fragen.

»Zwei. Einen Westturm und einen Ostturm. Dazwischen war ein mächtiges Tor.«

Karter schaute wieder zu der Kirche am Platz. Sie war aus schwarzem Granit, und sie hatte nur einen Turm.

Für eine Sekunde zog sich sein Magen schmerzhaft zusammen, und er spürte Abwehr und eine diffuse Angst in sich hochsteigen. Warum stimmte das Bild nicht? Warum stimmte *sein* Bild nicht? Er schluckte. Das Wort »Lüge« formte sich in seinem Inneren, kroch hoch aus dem Magen, machte sich breit und brannte wie Feuer. Er wandte sich ab und atmete tief ein. Unsinn! Alles Unsinn. Warum nannte er es Lüge? Warum nannte er es nicht Irrtum? Es konnte nur ein Irrtum sein. Er nickte. Ja, es musste ein Irrtum sein!

Mit diesem Gedanken ging Karter zu seinem Wagen zurück.

Kurz vor dem Ziel kamen ihm einige Jugendliche entgegen.

»Hallo«, sprach Karter sie an. Die Jugendlichen warfen ihm einen teils abschätzenden, teils neugierigen Blick zu. »Ich suche ein Hotel oder eine Pension.«

»Hotel? Gibt's hier nicht.«

»Und eine Pension?«

»Auch nicht.«

Die Mädchen kicherten, und ein Rotschopf trat selbstbewusst seine Zigarette aus.

»Der Unkenpfuhl vermietet doch Zimmer«, begehrte ein kleines, gedrungen wirkendes Mädchen auf. Sie hatte sich an die anderen gewandt mit ihrer Antwort, nicht an ihn, Karter.

»Ja klar, der Unkenpfuhl«, sagten dann auch die anderen. »Der vermietet Zimmer.«

»Und wo finde ich den?«

Jetzt schaute das Mädchen ihn an und kam einen verlegenen Schritt auf ihn zu. Die Kleine mochte vielleicht dreizehn Jahre alt sein und war alles andere als hübsch. Ihre Nase war zu schmal und scharf gebogen. Die Vertiefung zwischen den Augenhöhlen fehlte, und mit den eng zusammenstehenden

Augen und dem schmalen Mund bekam das Gesicht etwas Vogelartiges.

»Wenn Sie die Straße hier hinuntergehen und dann die zweite Straße rechts ...« Das Mädchen machte eine weit ausholende Handbewegung, dann bemerkte es Karters taxierenden Blick und ließ die Hand sinken.

»Dann sehen Sie es schon«, beendete es seinen Satz schroff.

»Danke sehr«, erwiderte Karter und streckte dem Mädchen die Hand entgegen. Es schaute darauf und wich ein Stück zurück.

»Ach«, stotterte Karter, »weißt du ... wissen Sie ... kennen Sie vielleicht den Namenspatron dieser Kirche dort drüben?«

Das Mädchen zog spöttisch die Augenbrauen hoch. »Sankt Michael«, sagte es, steckte die Hände tief in die Hosentaschen und ging zur Gruppe zurück.

*

Der Unkenpfuhl war ein altes Gebäude und so dunkel wie sein Name. Da nutze es auch nichts, dass der jetzige Besitzer das Haus in einem hellen Grau gestrichen hatte. Es lag in einer Senke, und zum Zeitpunkt seiner Erbauung mochte es seinem Namen Rechnung getragen haben. Aber ob auch heute noch Unken und Frösche hier quakten?

Das Schild mit dem Schriftzug »Fremdenzimmer« war in einem frischen Rot gestrichen und konkurrierte fast aufdringlich grell mit den schmiedeeisernen Buchstaben und Zahlen, die bescheiden an der Giebelfront des Hausen zu lesen waren: Anno Domini 1731. Die Tür zum Haus stand offen und gab den Blick auf einen kleinen Flur frei. Rechts daneben lag ein Schankraum.

Unschlüssig schaute Karter sich noch einmal um, aber da dies der einzige Eingang zu sein schien, trat er in den Flur. Der dämmrige Raum, vor dem er nun stand, sah nicht unbedingt einladend aus. So weit er ihn überblicken konnte, bestand er im Wesentlichen aus schweren quadratischen Holztischen, an denen klobige Stühle standen. Bis zur halben Höhe waren die Wände mit Holz vertäfelt, oberhalb der Holzvertäfelung hingen einige alte Radierungen und ein riesiges Ölgemälde, das eine strohgedeckte Hütte bei Sonnenaufgang zeigte. Es war ein schönes Bild, wenngleich die Patina die leuchtenden Farben eher ahnen als sehen ließ.

Die Theke schien sich auf der gegenüberliegenden Seite zu befinden. Zwei Männer, die in der Nähe der Tür saßen, winkten und riefen lauthals ihre Bestellung dort hinüber.

Karter stand immer noch abwartend im Flur, als ein schmächtiger Junge sich an ihm vorbei in den Schankraum drängte.

»Hey«, riefen die Männer ihm zu. »Der Willi soll uns noch zwei Bier bringen. Der scheint heute auf den Ohren zu sitzen.« Im Vorüberlaufen nickte der Junge ihnen zu.

Karter trat nun vollends in den Raum. Am Tresen stand ein dicker Wirt, der mit zwei anderen Männern in ein Gespräch vertieft war und wild gestikulierte. Dann lachten sie und stießen auf irgendetwas an, dass die Gläser nur so klirrten.

»Entschuldigen Sie«, sprach Karter den Wirt an, der sich – immer noch mit einem breiten Lachen – ihm nun zuwandte. »Ich suche ein Zimmer. Haben Sie noch etwas frei?«

Die beiden Männer, die am Tresen saßen und sich bis vor einer Minute mit dem Wirt unterhalten hatten, musterten Karter unverhohlen.

Der Wirt nickte. »Einzelzimmer?«

»Er sieht nicht so aus, als wollte er die Hochzeitssuite«, witzelte einer der beiden.

»Einzelzimmer«, bestätigte Karter und nickte dem anderen freundlich grinsend zu.

»Für wie lange?«

»Eine Nacht.«

Wieder nickte der Wirt, zog eine Schublade auf und fischte einen Schlüssel, der an einem Holzstück hing, heraus.

»Christian«, rief er. Der Junge, der sich eben an Karter vorbeigedrängt hatte, tauchte aus dem Nichts auf. »Zeig dem Mann die Fünfzehn!« Der Junge nickte, sprang um die Theke herum und winkte Karter mitzukommen.

Sie gingen einen schmalen Flur entlang, der seitlich der Theke begann und an einer schmalen Treppe endete.

»Soll ich den Koffer nehmen«, wandte sich der Junge plötzlich an Karter, als hätte er sich beim Anblick der Treppe seiner Pflichten erinnert.

»Lass mal«, antwortete Karter und schaute auf die ausgestreckte knochige Hand des Jungen, an der einige unverheilte, blutige Kratzer zu sehen waren. Der Junge nickte, ohne Karter dabei anzuschauen.

»Wie ist das Essen hier?«, fragte Karter, der mit einem Mal das leere Gefühl in seinem Magen wahrnahm.

»Schmeckt«, antwortete der Junge einsilbig, schloss die Zimmertür auf und blieb noch eine Sekunde unentschlossen stehen, bevor er sich zum Gehen wandte.

»Warte.«

Der Junge hielt im Schritt inne und schaute auf den Boden.

»Hier«, sagte Karter und zückte einen Euro aus dem Portemonnaie, »für deine Hilfe.«

Der Junge griff danach, ohne Karter dabei anzuschauen. In der nächsten Sekunde war das Geldstück verschwunden und mit ihm der Junge.

*

Zwei Stunden waren seit Karters Ankunft vergangen. Er hatte versucht, sich in das neue Leben einzufühlen, hatte das Zimmer begutachtet, seinen Koffer ausgepackt und die Dusche gesucht, die sich auf dem Flur befand. Außer ihm schien kein weiterer Gast da zu sein.

Müde rappelte er sich auf und ging die Treppe hinunter. Er wollte noch eine Kleinigkeit essen, bevor er tief und lange schlafen würde.

Der Schankraum war voller Menschen. In der Küche stand eine ältere dicke Frau und briet Spiegeleier. Der Duft zog durch das ganze Haus.

Karter setzte sich in eine Ecke und bestellte sich ein Bier und einen Strammen Max. Der Junge schien für alles zuständig zu sein: für Küche und Theke. Flink und geschickt bediente er die Gäste, brachte Speisen und Bier, kassierte und steckte sich hin und wieder erfreut ein Trinkgeld in die Hosentasche.

Obwohl die anderen nicht unfreundlich mit ihm umgingen, hielt er sich nie lange an irgendeinem Tisch auf, sondern verschwand, so schnell er sie bedient hatte, hinter dem Vorsprung, der die Theke vom Aufgang zur Pension trennte.

Die Menschen beachteten Karter nicht, der mittlerweile bei seinem dritten Bier angekommen war, dessen Wirkung eine angenehme Schläfrigkeit auslöste. Auch der Schankraum mit seinen Menschen und seiner Abgeschabtheit lösten keine innere Abwehr mehr aus, sondern vielmehr das Gefühl, angekommen zu sein. Nur wo? Und warum? Es war ein Gefühl der Vertrautheit, eine innere Ruhe. Während Karter sein Bier trank, beobachtete er den Jungen, der voller Konzentration einen Kartentrick übte, für dessen Beherrschung er selbst vor Jahren lange Zeit gebraucht hatte. Er lächelte. Als er die Rechnung verlangte, gesellte sich der Wirt zu ihm und fragte ihn, woher er käme und wohin er ginge.

Entgegen seiner Gewohnheit beantwortete Karter einige Fragen wahrheitsgemäß. Erst als der Wirt sich zu ihm an den Tisch setzte, auf eigene Rechnung ein Bier bestellte und von der Anstrengung eines Wirtslebens erzählte, spürte Karter Unwillen gegen solche Vertraulichkeiten in sich aufsteigen.

Der Wirt war selbst sein bester Gast, und als sich die Gaststätte etwa gegen zehn Uhr geleert hatte, schwankte er davon. Auch Karter stand auf. Der Junge hatte in der Zwischenzeit die Gläser abgeräumt und gespült.

»Da wird sich dein Vater aber freuen«, sagte Karter.

Der Junge hob den Kopf und schaute Karter für einen Moment fragend an. Dann ging er an den nächsten Tisch und wischte mit einer flüchtigen Handbewegung darüber.

»Er ist nicht mein Vater«, sagte er und wandte Karter den Rücken zu.

*

Karter schlief in dieser Nacht schlecht, obwohl das Zimmer gut gelüftet und das Bett frisch bezogen war. Er wälzte sich unruhig von einer Seite auf die andere. Das Bett knarrte bei jeder Bewegung.

Er stand auf und öffnete das Fenster. Der Himmel war über und über mit Sternen bedeckt. Er suchte das Sternbild des Großen Wagens und fand es. Er lächelte. Tiefschwarze Nacht – trotz der Abgedroschenheit dieser Phrase berührte ihn das Bild. Er hatte seit Jahren keine tiefschwarze Nacht mehr gesehen. Seit Jahren wohnte er in der Großstadt, in der die Leuchtreklame es niemals dunkel werden ließ.

Nur einmal hatte er eine tiefschwarze Nacht erlebt. Damals, als er mit seiner Mutter das erste und einzige Mal gezeltet hatte. Wann mochte das gewesen sein? Karter konnte es rückblickend nicht datieren. Aber die Szene stand deutlich vor seinem inneren Auge. Damals war es so dunkel gewesen wie jetzt. Seine Mutter hatte neben ihm gestanden. So nah, dass er die Wärme ihrer Haut gespürt hatte.

»Das sind alles kleine Sonnen«, hatte sie ihm erklärt. »Millionen und Milliarden Lichtjahre entfernt.«

»Sonnen?«, hatte er gesagt und die Mutter groß und ungläubig angeschaut. Er hatte versucht, sich diese Sonnen vorzustellen, aber er hatte es nicht geschafft. Eine Sonne sah doch ganz anders aus! Seine Mutter hatte gelacht, als sie sein ungläubiges Staunen gesehen hatte. Danach waren sie in ihre

Schlafsäcke gekrochen. Er hatte nicht schlafen können – so wie heute. Heute stand er am Fenster und schaute in die Nacht hinaus. Damals hatte er durch einen Belüftungsschlitz weiter in den Nachthimmel geschaut. Das sollten alles Sonnen sein?

Der nächste Tag musste ein Sonntag gewesen sein. Er erinnerte sich, dass er neben seiner Mutter auf einer Kirchenbank gesessen hatte. Er hatte seinen Kopf gegen ihren Arm gelehnt. Er war müde. Was der Mann dort oben zu erzählen hatte, hatte ihn nicht interessiert. Nur ein Begriff war ihm ins Bewusstsein gedrungen: der Glanz Gottes.

Vielleicht hatten sich damals seine Bilder und Gedanken vermischt, aber er erinnerte sich daran, dass von diesem Zeitpunkt an der Himmel für ihn ein riesiges, altes Tuch war, das die Erde überspannte. Dieses Tuch war so alt, dass es ganz löchrig war. Hinter diesem Tuch wohnte Gott, und sein Glanz und seine Herrlichkeit waren so strahlend hell, dass sie durch die löchrige Decke bis zur Erde drangen. Das waren die Sterne. Keine Sonnen!

Karter erinnerte sich, dass er es seiner Mutter hatte mitteilen wollen. Direkt! Aber sie legte ihren Zeigefinger auf die Lippen und gebot ihm, ruhig zu sein.

»Eigentlich ein netter Gedanke«, lächelte Karter. Und eigentlich schade, dass sie nie wieder zelten waren – zumindest für ihn als Kind. Er hatte nie wieder so eine finstere Nacht erlebt. Nie wieder einen so sternenbedeckten Himmel. Seine Mutter hatte kurz danach ihren zweiten Mann kennengelernt – seinen Stiefvater. Sie fuhren in den Ferien nie wieder auf einen Campingplatz, sondern in irgendwelche Hotels, wo eine gelb-rot-blaue Leuchtreklame den Glanz der Sterne überdeckte.

»Kinder!«, dachte Karter. Dann wandte er sich vom Fenster ab und ging ins Bett. Es war zwei Uhr. Er hoffte, gut zu schlafen.

*

Als er wieder erwachte, war es vier Uhr. Er war schweißgebadet. Er hatte geträumt. Wirres Zeug. Ohne Sinn. Sein Herz schlug heftig. Das Haus knarrte. Draußen knarzten die Unken.

Er stand auf, ging auf nackten Füßen ins Bad und trank ein Glas Wasser. Der Boden war rau und uneben. Über die alten Holzbohlen hatte man billiges Linoleum gelegt. Deutlich zeichneten sich die Vertiefungen der Fugen ab, in die Luftfeuchtigkeit und Staub einen grauen Schleier gelegt hatten. Er rieb die Fußsohlen an den Waden. Das Wasser hatte einen metallenen Nachgeschmack. Alte Rohre, dachte Karter. Und alte Träume in einem noch älteren Haus. Er spürte noch immer seinen Herzschlag. Diese Träume. Wie sehr er sie hasste. Wie sehr er sie immer gehasst hatte. Er sollte schlafen! Er würde morgen einen anstrengenden Tag haben.

Innerlich fröstelnd legte er sich wieder ins Bett, aber er konnte nicht schlafen. Morgen früh würde er zum Pfarrer gehen. Er versuchte, sich zu beruhigen, verschränkte die Arme hinter dem Kopf und betrachtete lange ein kleines Messingkreuz, das über der Tür hing und mit einem vertrockneten Buchsbaumzweig geschmückt war.

Palmsonntag. Das Wort »Herrgottswinkel« fiel ihm ein. Herrgottswinkel. Die Bedeutung kannte er nicht genau. Er stellte sich einen Mauerwinkel vor, ähnlich dem Versprung unten in der Gaststätte. Dunkel stieg das Bild einer Madonnenfigur in ihm auf: blaues Kleid, liebes Gesicht. Dann eine kalte, feuchte Mauer, eine harte Bank. Ein Kind, das darauf kniet. Es tut so weh …

»Lieber Gott, mach mich fromm, dass ich in den Himmel komm.«

*

Der nächste Morgen war sonnig. Verschlafen versuchte Karter die Augen zu öffnen. Die Bilder der vorherigen Nacht zerstoben mit den Sonnenstrahlen. Er schaute auf seine Armbanduhr: Es war fast zehn.

Müde rieb er sich übers Gesicht und schaute sich noch einmal im Zimmer um. Es musste nach Osten liegen, denn die Sonne schien hell und warm ins Zimmer. Das Kreuz über der Tür barg keinerlei Geheimnis mehr, sondern reflektierte ganz unschuldig das Licht.

Karter gähnte laut und streckte sich. Von der Straße her hörte er das Geräusch eines Traktors und das heisere Brüllen eines Mannes: »Verdammt noch mal. Hast du keine Augen im Kopf. Blödmann! Idiot!«

Die Stimme hörte nicht auf zu schreien. Widerwillig stand Karter auf und ging zum Fenster. »Nach links!«, brüllte die Stimme wieder, die zu einem hagereren alten Mann gehörte. »Nach links, sag ich!«

Seine Worte galten einem schmuddeligen, etwa dreißigjährigen Mann. Er saß auf einem Traktor, der einen Kirmeswagen zog. Es war ein alter Wagen. Die Bohlen waren in dunklem Gelb gestrichen. Das Dach war schwarz und halbrund, und an der Seite befanden sich zwei kleine Fenster, an denen Gardinen die Sicht verwehrten. Der Neigungswinkel des Wagens war beträchtlich. Noch etwas weiter, und er würde direkt in den Vorgarten des Nachbarhauses kippen. Was mochte da passiert sein?

Die Ursache war nicht erkennbar. Das Gefälle der Straße betrug an dieser Stelle zwar mit Sicherheit mehr als zehn Prozent, aber das brachte einen Wagen im Normalfall nicht zum Kippen. Ob ein Reifen geplatzt war? Oder hatte man den Wagen falsch beladen? Der Alte gestikulierte wild, und der Schmuddelige steckte sich eine Zigarette an, zog verächtlich den Mundwinkel herunter und grinste. Der Alte, der das auch gesehen hatte, tobte. Er kriegt noch einen Herzinfarkt, wenn er so weitermacht, dachte Karter. Und das womöglich wegen eines Schlagloches in der Straße, das die Schieflage des Wagens zu bewirken schien. Karter schüttelte den Kopf über so viel Unverstand und wollte sich gerade abwenden, als sich die Tür des Schaustellerwagens öffnete und eine ältere Frau auf die Straße stieg und zu dem Alten ging, der sich zusehends beruhigte. Der Schmuddelige saß weiterhin desinteressiert auf dem Bock des Traktors. Gelangweilt schnippte er die Zigarettenkippe mit Daumen und Zeigefinger in Richtung des Alten, der es Gott sei Dank nicht bemerkte und auf den die Frau begütigend einredete. Sie zog ihn am Ärmel und drehte ihn zu sich. Der Alte ließ sich führen, hörte zu und nickte hin und wieder. Dann winkte die Frau dem Jungen zu, der das Gaspedal durchtrat. Mit einem Ruck sprang der Traktor in die Mitte der Straße und riss den bunten Anhänger mit, der gefährlich schwankte.

Einen Augenblick noch schaute Karter dem Schauspiel zu. Er schmunzelte. Er wertete es als gutes Omen. Irgendwie ließ sich doch jeder Karren wieder aus dem Dreck ziehen. Manche Dinge sahen auf den ersten Blick eben anders aus, als man dachte, und man musste hin und wieder einfach einmal kräftig ziehen. Er warf dem tuckernden Wagen noch einen Blick nach. Die derbe Schreierei der Leute wollte so gar nicht zu den bunten Phantasiegestalten passen, die der Schaustellerwagen zu beherbergen vorgab.

Eine Stunde später saß Karter am Frühstückstisch im Schankraum des Unkenpfuhls.

*

Der Morgen war hell und warm und friedlich. Der Himmel strahlend blau. Lediglich im Osten zogen ein paar kleine Quellwolken auf. Zwei junge Frauen standen mit Kinderwagen vor dem Spielplatz, erzählten von den neuesten Fähigkeiten ihrer Kinder, von denen das eine schon allein mit dem Löffel essen konnte, während das andere tagsüber keine Windel mehr brauchte. Die Luft war weich, und Karter sog den süß-herben Duft des Sommers ein.

Es würde ein erfolgreicher und guter Tag werden. Kurz

überlegte er, noch einen Blumenladen aufzusuchen, um einen Strauß Lilien zu kaufen. Dann verwarf er den Gedanken, weil er nicht wusste, ob es auf dem Grab seiner Großeltern eine Vase gäbe. Er verspürte eine gewisse Aufregung, als er sich auf dem Weg zum Friedhof machte.

Nach dem Frühstück hatte er im Pfarrhaus angerufen, weil er einen Termin mit dem ortsansässigen Pfarrer vereinbaren wollte. Von dessen Haushälterin hatte er jedoch erfahren, dass dieser gerade einen Hausbesuch mache und erst gegen Mittag zurück sei.

Karter hatte es als Wink des Schicksal gesehen, sich seinen Großeltern mütterlicherseits vorsichtig zu nähern, quasi wie ein Fremder, der über den Friedhof spaziert und die Gräber beguckt, hin und wieder stehen bleibt und nichts mit den dort Liegenden zu tun hat. Er hatte sich noch einmal das Stammbuch geholt und die Daten gelesen, obwohl er sie längst auswendig kannte: Johann und Magda Gablin. Das waren die Namen, nach denen er Ausschau halten wollte. Danach würde er dem Pfarrer einen Besuch abstatten und über die Kirchenbücher versuchen, noch weitere Informationen zu erhalten.

Eigentlich war er ganz froh darüber, dass sich die Reihenfolge seiner Unternehmungen geändert hatte. Nach dem ausgiebigen Frühstück war er ein wenig müde geworden, und die Aussicht, erst einmal einen ausgiebigen Spaziergang über den Friedhof zu machen, gefiel ihm.

Das Dörfchen war schön. Karter bemerkte einige schiefe Fachwerkhäuschen, die restauriert sehr idyllisch aussahen.

Es war ruhig und friedlich im Dorf. In den Bäumen sangen die Vögel. Deutlich hörte Karter das hohe Trällern des Rotkehlchens heraus. Die einzige Kenntnis, die er bewusst von seiner Mutter erworben hatte. Und es war an einem Tag wie diesem gewesen.

»Das ist ein Rotkehlchen«, hatte sie gesagt. Er war vielleicht fünfzehn oder sechzehn Jahre alt gewesen. Sie saßen zusammen in einem Eiscafé. Nach langer Zeit das erste Mal.

Davor hatten sie sich gestritten – wie so häufig in dieser Zeit. »Sei nicht so aggressiv«, hatte sie gesagt und ihr Gesicht der Sonne zugewandt und die Augen geschlossen. Er hatte unzufrieden neben ihr gesessen und lustlos sein Eis in sich hineingestopft. Sie schwiegen beide eine Weile. In den Bäumen sangen die Vögel.

»Was willst du von deinem Vater«, hatte sie gefragt, sich aufrecht hingesetzt und mit einem Auge geblinzelt.

»Nichts«, hatte er mürrisch geantwortet. Und das hatte sogar gestimmt. Er hatte eigentlich nichts von ihm gewollt, außer einem Bild vielleicht, einer kleinen Anekdote, die ihm den Vater näher gebracht hätte. Er hatte schon so häufig danach gefragt, und meistens war sie ausgewichen. Es passierte selten, dass sie von der Vergangenheit sprach, und wenn, dann war der Vater nie Teil davon, und nun hatte er seit Tagen gerade nach ihm gefragt und nicht lockergelassen.

»Es gibt nichts zu erzählen«, hatte sie gesagt und sich wieder in ihren Stuhl zurückgelehnt und die Augen geschlossen.

»Hör mal«, sagte sie plötzlich und nahm seinen Arm. Er hatte sie fragend angeschaut. Ein hohes trällerndes Vogelgezwitscher war zu hören.

»Hörst du es?«, hatte sie noch einmal gefragt. »Das ist ein Rotkehlchen.« Sie hatte sich sichtlich darüber gefreut. Und er hatte gehorcht und sich den Gesang des Vogels eingeprägt. Er hatte nie wieder nach dem Vater gefragt. Und er war nie wieder aggressiv geworden. Nicht in ihrer Gegenwart. Nicht bei Menschen, die er liebte. Nicht bei Menschen, die schwächer waren als er oder des Schutzes bedurften. Nur bei den miesen Typen – da war sie da. Sie kam von ganz allein, stieg aus dem Bauch in den Brustkorb und machte sich breit. Nein, die Aggressivität hatte er nicht üben müssen. Nur die Geduld – die hatte er üben müssen. Immer.

*

Auf der Straße waren plötzlich viele Kinder. So plötzlich, dass Karter erschreckt aus seinen Gedanken hochfuhr und sich umschaute. Ein Fußball rollte auf ihn zu. Er kickte ihn zurück. Ein Junge hob zum Dank die Hand. Er hatte rötliche Haare und viel zu große Schneidezähne für den kleinen Mund, sodass er etwas hasenartig aussah. Der andere Junge war etwas kleiner, zarter als der Erste. Ein hübscher Junge mit weichen, blonden Locken.

»He, ihr, sagt mal, ist das der richtige Weg zum Friedhof?«

Der Junge mit den großen Schneidezähnen kam näher, während der andere misstrauisch schauend stehen blieb.

»Nein«, antwortete er, »Sie sind viel zu weit gegangen. Sie hätten schon da vorn abbiegen müssen.«

Karter drehte sich herum.

»Die nächste Straße?«

»Nein, der kleine Fußweg dort drüben. Dort hinter dem Baum. Sehen Sie ihn?«

Karter kniff die Augen zusammen und versuchte etwas zu erkennen, aber er sah Bäume und Sträucher und keinen Fußweg.

»Ich zeige es Ihnen«, sagte der Junge und winkte den Blonden heran, der immer noch abwartend auf dem Bürgersteig stand.

»Nun komm schon, Gerd«, rief er dem anderen zu.

Gerd kam, aber nicht ohne Karter aus den Augen zu lassen und gleichzeitig dem Jungen mit den großen Zähnen zu verstehen zu geben, dass sie das eigentlich nicht durften.

»Er wird uns schon nicht fressen«, grinste der kleine Hase und schob den Blonden ein Stück nach vorn.

Karter schloss sich den beiden mit einem Abstand von einem Meter an. Nach den ersten Schubsereien und weil Karter sie nicht mehr ansprach, beruhigte sich auch der Blonde, und die Kinder begannen über das nächste große Ereignis des Dorfes zu reden: die Kirmes von Holtbroich.

Karter hatte die Plakate gesehen, die überall an den Straßenlaternen und Strommasten hingen – eine Collage, deren Mittelpunkt eine auf den Betrachter zufahrende Achterbahn bildete, in denen Menschen unnatürlich locker und entspannt in die Tiefe rasten. Daneben hatte man die Schauerfiguren einer Geisterbahn gemalt, die eher lächerlich als gruselig wirkten. Die Hässlichkeit der Plakate belustigte Karter. Für die Jungen allerdings war die Achterbahn das Größte, besser als das Kettenkarussell, besser als Geisterbahn oder Autoscooter, und vielleicht sogar besser als der Fackelzug, der am folgenden Tag stattfinden sollte, um den Zachäus abzuholen, der bis jetzt an einem geheimen Ort versteckt war und erst noch gefunden werden musste. Die Spannung war jedes Jahr aufs Neue gegeben. Wer würde sie finden – diese schwarz gekleidete Figur aus Stroh, die dem Dorf die Erlaubnis erteilen würde, zu feiern?

Karter hatte dem Gespräch der Kinder nicht weiter zugehört. Lediglich das Wort »Zachäus« war in sein Bewusstsein gedrungen, hatte ihn unangenehm berührt. Was war es, das er da in sich trug?

*

Es war schon fast Mittag, als er den Friedhof endlich erreicht hatte. Er lag ein Stück außerhalb des Ortes, wurde im Osten und Norden von einem kleinen Bach und einigen Büschen begrenzt, im Westen von Weizen- und Rübenfeldern. Die einzige Zufahrt lag südlich und bestand aus einer notdürftig asphaltierten Straße, die in ein großes schmiedeeisernes Tor mündete.

Unmittelbar hinter dem großen Tor befand sich der Neubau eines Leichenhauses, fünfeckig wie ein Pentagon, verglast, um möglichst viel Licht in den dunklen Tod zu lassen.

Karter wusste, wonach er zu suchen hatte: nach einem Doppelgrab, auf dem ein marmorner Engel stand, der von drei Birken beschattet wurde. Das mit den Birken wusste er von seiner Mutter. Den Stein hatte Dorothee vor sieben Jahren unbedingt aussuchen wollen und sich – ganz entgegen ihrer Art – lange mit seiner Mutter darüber unterhalten. Sie hatten getuschelt, hin und wieder die Stirn in Falten gelegt oder den Kopf bedächtig gewiegt. Und wenn er dazu gekommen war, waren sie still geworden und hatten ihn groß angeschaut, wenn er fragte, was sie denn so Interessantes zu bereden hätten.

Karter erinnerte sich, als sei es erst gestern gewesen. Sie hatten den achtzigjährigen Geburtstag seiner Mutter gefeiert.

Seine Mutter hatte sich angewöhnt, immer häufiger vom Tod zu reden, davon, wo und wie sie beerdigt werden und dass sie noch gern die ein oder andere Sache erledigt haben wollte, bevor sie für immer von ihnen gehen würde. Ihm waren diese Gespräche unangenehm gewesen. Dieses sentimentale Gefasel drückte zu sehr aufs Gemüt. Umso erstaunter war er, dass Dorothee sich des Problems annahm und sogar eines Tages ankam, ihm ein Foto des marmornen Engels zeigte und sagte, dass dies nun der Grabstein seiner Großeltern sei. Er hatte damals nur einen kurzen Blick darauf geworfen. Der marmorne Engel interessierte ihn nicht. Ihn hätten Bilder oder Geschichten seiner Großeltern interessiert. Ihr Leben – nicht ihr Tod. Dabei war es geblieben. Die eigene Beerdigung war noch ein, zwei Jahre Gesprächsthema seiner Mutter, die immer wirrer wurde, bis man sie vor zwei Jahren in ein Pflegeheim geben musste. Kurz danach erkrankte Dorothee. Sie starb einen Monat vor seiner Mutter. Sie, die für ihn immer Zukunft bedeutet hatte, wurde von der Vergangenheit überlebt.

Und das alles war noch keine vier Monate her. So kurz erst. Und doch war es, als seien es Erinnerungen an längst vergangene Zeiten.

Karter schritt die Reihen des Friedhofes ab. Natürlich hatte er die wenigen Birken schon vorher gesehen. Sie überragten die Hecken aus roten, lilafarbenen und blauen Rhododendren nicht nur mit ihrer Größe, sondern auch mit ihrer hellen Leichtigkeit. Trotzdem ging er alle Reihen ab. Hin und wieder las er einen Namen, der ihm bekannt vorkam, als hätte er ihn schon einmal gehört. Es war ein schöner Friedhof. Bewusst hatte man die dunklen Koniferen nur spärlich angepflanzt. Hatte man die Wege mit hellem, feinem Kies eingefasst.

Karter hatte die Birken fast erreicht. Es waren alte Bäume, gute zwölf bis fünfzehn Meter hoch. Die weiße Rinde glänzte in der Sonne, und das Licht brach sich in ihrem hellen Laub.

Dann war er da. Er guckte, suchte, rieb sich die Augen. Er drehte sich herum, schüttelte den Kopf und guckte wieder. Sein Herz stolperte. Es gab kein Grab. Kein Grab und keinen Grabstein. Keinen Grabstein und keinen Engel. Keinen Engel und keine Namen. Keine Magda Gablin und keinen Johann Gablin. Es gab gar nichts dort außer einem kleinen Stück Rasen, auf dem der Löwenzahn blühte. Nichts außer einem tiefen Loch, das mit zwei schweren Eisenplatten abgedeckt worden war. Nichts außer einem Berg schweren braunen Lehmbodens.

*

Als er ein kribbliges Kitzeln auf seiner Hand spürte, kehrte er zurück, kehrte das Leben zurück, kehrten die Erinnerungen zurück an die Wärme des Tages, das Rauschen der Bäume, den Gesang der Vögel. Karter stierte auf den Marienkäfer, der mühevoll versuchte, an der Ärmelkante seines Hemdes hochzusteigen. Immer wieder fiel er zurück und versuchte es aufs Neue. Karter pustete vorsichtig gegen das Insekt, bis es seine Flügel endlich öffnete und davonflog. Dann erst schaute Karter sich um. Fast routinemäßig maß er die Strecke zwischen seinem letzten und seinem jetzigen Standort. Hatte er nicht unmittelbar vor dem geöffneten Grab gestanden? Ja, er erinnerte sich: Er hatte sich dort umgeschaut, die ersten gesungenen Takte eines Kinderliedes gehört und dann ...

Dann setzte die Erinnerung aus. Von diesem Zeitpunkt an gab es nur noch Bilder, die, wenn das Leben zurückkehrte keinen Bestand hatten, keine Realität. Keine wirkliche Wärme und keine wirkliche Kälte. Keinen Tag und keine Nacht. Er kannte sie alle. Ganz dunkel. Kurz nach dem Aufwachen hallten sie eine Zeit lang nach. Dann verschwanden die Bilder und mit ihnen das Gefühl, sie zu kennen. Dann verschwanden die Erinnerungen und hinterließen ein Nichts, ein dunkles, schwarzes Loch. Dann hatte das Leben ihn wieder.

»Alles wieder okay?«, fragten dann Fred oder Dorothee. Er nickte darauf stets, dabei war gar nichts okay. Die Bilder nicht, die nach dem Erwachen noch nachhallten, bevor sie verschwanden. Und auch nicht die Erinnerungslücke, die darauf folgte. Nichts war okay! Nichts!

»Ein typischer Temporallappenanfall mit epigastrischer und optischer Aura«, hatte der Doc gesagt, nachdem Karter von Arzt zu Arzt gelaufen war.

»Bedeutet?«, hatte Karter gefragt.

»Eine intensive Abklärung unter Einsatz neuroradiologischer Verfahren ist erforderlich«, sagte der Doc. »Außerdem eine kardiologische Untersuchung.«

»Warum?«

»Ausschluss aller möglichen Ursachen.«

»Und dann?«

»Dann schauen wir«, hatte der Doc gutmütig geantwortet und ihm freundschaftlich auf die Schultern geklopft. Karter hatte alle Untersuchungen über sich ergehen lassen. Nicht gern. Obwohl er zum Schluss ganz froh war, dass das Unfassbare einen Namen hatte: partielle Epilepsie.

»Heilbar?«, hatte Karter gefragt.

»Ich verschreib ihnen Orfiril. Das hilft in neunzig Prozent der Fälle. Egal ob alt oder jung. Wir steigern langsam und schauen.«

»Dann bin ich alles los?« Er hatte in seine Stimme eine knurrende Ungeduld gelegt, um seiner Angst Herr zu werden, und der Doc hatte gelacht.

»Früher wären Sie Gefahr gelaufen, dass man eine Teufelsaustreibung bei Ihnen vornimmt. Seien Sie also froh, dass wir dieses Kapitel unserer Geschichte beendet haben.« Dann hatte der Doc eine Sekunde geschwiegen. »Zumindest fast«, hatte er gesagt. »Haben Sie von dem schweizerischen Todesfall gehört?«

Karter hatte nur den Kopf geschüttelt. Es interessierte ihn nicht.

»Na ja«, hatte der Doc dann gesagt. Das ist ein anderes Thema. Nehmen Sie die Tabletten. Kann sein, dass Sie zunehmen oder Haarausfall kriegen. Aber das ist wohl das geringere Problem.«

Karter hatte das Medikament genommen und war brav zu allen Untersuchungen gegangen, bis der Doc den Kopf geschüttelt hat.

»Ihre Leber macht mir Sorgen.«

»Mir auch«, hatte Karter gegrinst.

»Trinken Sie?«

»Hin und wieder. Nicht oft. Nicht viel.«

»Wir werden umsteigen«, hatte der Doc gemeint und ihm vierhundert Milligramm Oxcarbazeptin verschrieben, das seinen Tag müde und schläfrig werden ließ. Später stiegen sie um auf Diazepam, so lange, bis Karter auch dies weggelassen oder nur nach Bedarf genommen hatte. Manchmal zu spät, die Narbe auf seiner Hand zeugte davon. Er hatte sich verletzt damals. In der Nacht, als er mit Fred Dr. Rabenski beschatten sollte. Sie standen beide auf der Autobahnraststätte Irschenberg. Ein anonymer Anrufer hatte ihnen den Tipp gegeben. Sie sollten auf einen blauen Mercedes 320 achten. Ein Sportcoupé. Mann mittleren Alters, Schwarzware und Geldübergabe vor den Toiletten. Es regnete in dieser Nacht, und sie standen abseits, rauchten und froren und warteten. Die Lichtkegel der Autos kamen in regelmäßigen Abständen, und er fühlte diese Hitze plötzlich aufsteigen, die aus dem Magen kam. Die Lichtkegel kamen auf ihn zu, wurden größer und wollten ihn erdrücken, und er stemmte sie weg, weit weg. Als das Leben wieder da war, blutete seine Hand.

Der Mercedes war in dieser Nacht nicht gekommen, und Fred hatte ihm die Hand verbunden.

»Haben Sie viel Stress?«, hatte der Doc gefragt.

»Ich bin Kommissar.«

»Gerne?«

»Ja!«

Und der Doc hatte freundlich genickt und »Nehmen Sie die Tabletten regelmäßig« gesagt.

Später hatte Karter nachgelesen. Viele Epileptiker behaupteten, dass Stress die Anzahl der Anfälle erhöhe. Er hatte den Doc danach befragt.

»Keine signifikanten Unterschiede«, hatte dieser geantwortet. »Das ergeben die durchgeführten Feldstudien.«

Karter hatte sich damals von ihm verabschiedet, hatte ihm fest die Hand gereicht und danach den Arzt gewechselt.

Vielleicht irrt die Schulmedizin, dachte Karter. Vorsichtig zog er mit seiner lehmbeschmutzten rechten Hand ein Taschentuch aus seiner Hosentasche. Dann ging er zum nächsten Wasserhahn und wusch sich die Hände. In der aufgeschütteten Erde neben dem Grab waren deutlich die Abdrücke seiner Hände zu erkennen.

*

Als Karter die Straße zum Pfarrhaus hinunterging, kam ihm ein Mädchen mit einem Pony entgegen. Es war ein mageres, struppiges Tier, dem Striegel und Kardätsche einmal gutgetan hätten. Karter roch deutlich den Geruch von Salmiak. Die kleineren Kinder des Dorfes liefen in gewissem Abstand nebenher, streichelten die sanften Nüstern oder die Mähne des Tieres und berührten das brüchige Leder des Sattels. Das Mädchen ging unbeirrt weiter, und selbst auf Fragen reagierte es kaum und gab nur mürrisch Antwort.

Dorthin möchte ich nie wieder, dachte Karter und schüttelte gleich darauf verwundert über sich den Kopf.

*

»Gablin?«, fragte der Pfarrer und blätterte noch einmal suchend im Sterberegister einige Seiten zurück. Dann blätterte er wieder vor, schürzte die Lippen und schüttelte langsam den Kopf.

»Der Name Gablin ist in der gesamten Zeitspanne nicht verzeichnet.«

Langsam und sorgfältig schlug er das Buch zu und zog zweifelnd seine Augenbrauen hoch. Es dauerte einige Sekunden, ehe er Karter anschaute. Ganz im Gegensatz zu Karter, der den Pfarrer während dessen Recherche keine Sekunde aus den Augen gelassen hatte.

Der Pfarrer wog das Buch noch einmal in der Hand, legte es auf den Tisch, nahm stattdessen eine Schachtel Zigarren und bot Karter eine an.

»Danke, nein«, sagte Karter.

Der Priester nickte, nahm sich eine Zigarre, roch daran und knipste das Endstück sorgfältig ab. »Mein einziges Laster«, sagte er und lächelte Karter zu.

»Sie verderben sich die Stimme.«

»Woher wissen Sie, dass ich singe?«

»Man hörte es schon draußen vor der Tür.«

»Das ›Ave Maria‹ von Schubert. Ist es nicht wunderbar? Ganz schlicht in seiner Form, sagt es doch alles.«

Der Pfarrer summte die ersten Takte des Liedes. »Benedicta tu in mulieribus, et benedictus fructus ventris tui, Iesus … Welch herrliche Sätze. Sie kennen es doch? Ach, was frage ich. Natürlich kennen Sie es. Wer kennt es nicht?«

Jetzt lächelte auch Karter. »Ora pro nobis peccatoribus, nunc et in hora mortis nostrae.«

»Ja«, antwortete der Pfarrer. »Bitte für uns Sünder …« Dann lehnten sich beide Männer ein Stück in ihren Sesseln zurück. Der Pfarrer sog gedankenverloren an seiner Zigarre. In dem riesigen Sessel wirkte er klein und schmächtig.

Karter schätzte ihn auf etwa fünfundvierzig Jahre. Er hatte wie Karter einen grauen Haarkranz, der im Nacken kurz geschoren war. Seine Augen standen ein wenig vor, und wenn man genau hinsah, schielten sie leicht. Seine Nase war lang und schmal, seine Lippen weich und weiblich. Die Art, wie er die Zigarre hielt, ließ darauf schließen, dass er empfindsam, aber durchaus auch ein Genussmensch war.

Auf jeden Fall hat er eine wunderschöne Stimme, dachte Karter, der ihn nicht aus den Augen ließ. Das hatte er sofort erkannt, als er vor etwa einer halben Stunde am Pfarrhaus geklingelt hatte.

Das Pfarrhaus sah nicht viel anders aus als die Höfe, die Karter im Ort gesehen hatte. Selbst die Anbauten und ein riesiges Scheunentor fehlten nicht. Zur Eingangstür gelangte man über zwei kleine Treppen, die rechts und links von bunten Blumenbeeten begrenzt waren. Die zweiflügelige Tür war aus massivem Eichenholz.

Als er klingeln wollte, hatte er die ersten Takte auf dem Klavier und dann eine weiche Männerstimme gehört: Ave Maria ... Erstaunt hatte er die Hand sinken lassen und nach oben geschaut. Das Fenster in der ersten Etage stand offen.

Karter hatte zugehört. Die Stimme klang sehr rein. Dann unterbrach der Klavierspieler sein Spiel und wiederholte eine Stelle der Partitur. »Und gebenedeit ist die Frucht deines Leibes, Jesus.« Ganz vorsichtig schlug der Spieler die Töne an. Man spürte, wie er danach suchte, der Aussage gerecht zu werden. Dann klingelte Karter.

Klavier und Gesang verstummten.

»Agathe?«, ertönte die Stimme. Und nach einer Zeit noch einmal lauter und energischer: »Agathe?«

Es dauerte nur wenige Sekunden, bis ein Riegel zurückgeschoben und die Tür einen Spalt weit geöffnet wurde. Das Gesicht einer älteren, recht hässlichen Frau schob sich Karter entgegen, und ohne auf seine Begrüßung zu warten sagte sie: »Der Pfarrer ist nicht zu Hause.«

»Wer ist es denn, Agathe?«

Der säuerliche Ausdruck im Gesicht der Frau verstärkte sich. »Ein Fremder!«

»Nun mach die Tür auf.«

Die Alte gehorchte. »Kommen Sie herein.«

Karter nickte ihr zu und bedankte sich.

»Was führt Sie zu mir?«, fragte der Pfarrer, der summend die Treppe aus der ersten Etage herunterkam und Karter mit einem Lächeln begrüßte. »Pfarrer Benedikt Görres. Guten Tag.«

»Karter«, hatte Karter lächelnd geantwortet. »Alois Karter. Ich habe nur einige Fragen«, und der Pfarrer hatte ihn ohne zu zögern in sein Wohnzimmer geführt.

Er hatte dem Pfarrer sein Anliegen erzählt und nach der Familie Gablin gefragt.

»Wer soll das sein?«

»Meine Großeltern.«

»Ein ungewöhnlicher Name. Französischer Einschlag?«

Karter zuckte die Schulter. »Wenn ich ehrlich bin, habe ich mich bislang nicht viel um meine Vorfahren gekümmert.«

»Aber Ihr Nachname … Nun ja, egal!«

Pfarrer Görres hatte direkt das Sterbebuch aus seinem Büro geholt und nachgeschaut. Immer wieder schüttelte er den Kopf.

»Nein«, sagte er. »Eine Magda und ein Johann Gablin starben nicht in unserem Dorf. Sind Sie sich sicher, dass Sie sich nicht vertan haben? Haben Sie Ihre Unterlagen dabei?«

Karter verneinte.

Und nun saßen sie dort seit einer halben Stunde, und Karter fühlte sich immer unbehaglicher und fehl am Platz.

»Warten Sie einen Augenblick.« Benedikt Görres verschwand noch einmal und kam mit zwei weiteren Büchern zurück.

»Geburten- und Taufregister«, sagte er und ließ sich in den Sessel fallen.

Wieder wartete Karter – auch diesmal umsonst.

»Merkwürdig«, murmelte der Pfarrer. »Und Sie sind sich hundertprozentig sicher, dass Sie ... richtig gelesen haben?«

»Ich fürchte, ja.«

Sie saßen eine Weile schweigend da.

»Und Ihre Großeltern sollen hier gelebt haben?«

»Ja, viele Jahre.«

»Seit ich hier Priester bin, gab es keine Gablins. Wann, sagten Sie, sind Ihre Großeltern verstorben?«

»1947.«

»Vielleicht sollten Sie – um jeder Möglichkeit nachzugehen – einmal die Familie Schmitz befragen. Holtbroicher Urgestein. Wenn es irgendwann einmal eine Familie Gablin hier oder in den umliegenden Ortschaften gegeben hat ... die wissen das. Warten Sie, ich gebe Ihnen die Adresse.«

Karter schaute auf die Uhr und stand auf.

»Danke«, sagte er und nahm den Zettel entgegen.

Der Priester nickte ihm aufmunternd zu und begleitete ihn zur Tür.

»Schade, dass ich Ihnen nicht behilflich sein konnte. Ahnenforschung ist eine interessante Sache. Nicht nur wegen der eigenen Wurzeln. Ganz allgemein.«

Karter nickte. »Vorausgesetzt, man wird fündig.«

»Nur Mut. Wenn Sie hier nicht weiterkommen ... Vielleicht fangen Sie besser bei Ihren Eltern an. Wo sind die denn geboren?«

»In Kleve.«

»Das ist natürlich dumm.«

»Warum?«

Der Priester ließ die Türklinke, die er schon heruntergedrückt hatte, wieder los. »Kleve wurde im Krieg völlig zerstört.

»Bedeutet?«

»Bedeutet, dass zwei Luftangriffe Oktober vierundvierzig und Februar fünfundvierzig die Stadt vollständig zerbombten. Da blieb kein Stein mehr auf dem anderen. Bedeutet, dass viele Dokumente verbrannten ...«

*

Als Karter das Pfarrhaus verließ, empfand er eine lähmende Leere. Sein gesamtes Wissen über sich und seine Vergangenheit, das sich auf einige Geschichten und dieses verschlissene Stammbuch stützte, war wie ein Kartenhaus zusammengefallen.

Sein erster Impuls war, so schnell wie möglich diesen Ort zu verlassen. Wegzufahren. Nach Hause zu fahren und die Dinge zur Seite zu legen. Sein erster Impuls war Flucht. Aber vor wem?

Er lief durch die Straßen. Von Zeit zu Zeit versuchte er sich auf seine Umgebung zu konzentrieren, die Realitäten zu sehen, die ihn umgaben.

Aber je länger er umherlief, desto mehr füllte sich die Leere mit einer inneren Anklage gegen seine Mutter, die ihn ohne eigene Geschichte zurückgelassen hatte. Warum hatte sie geschwiegen? Warum hatte sie nie zugelassen, dass er Kontakt zu seinem Vater aufnahm? Warum hatte sie seinen Namen nie erwähnt? Was wollte sie verbergen? Sich selbst? Den Vater? Es machte alles keinen Sinn. Er hätte sie nicht verurteilt, egal was gewesen wäre. Sie hätte es wissen müssen. »Nein. Sie hat es nicht wissen können«, sagte Kater laut und erschrak.

Eine Frau drehte sich zu ihm um. »Wie bitte?«

»Ach nichts«, antwortete Kater, nickte der Frau zu, beschleunigte seinen Schritt und bog in die nächste Straße. Erst hier verfiel er in eine langsamere Gangart. Er atmete tief durch und versuchte die Gedanken abzuschütteln, aber die Anspannung blieb. Als er auf seine Hand schaute, zerrieb diese ein Blatt. Immer wieder pressten sich die Finger gegen den Handballen, als hätten sie ein eigenständiges Leben. Angewidert streifte er die grüne Feuchtigkeit an einer Baumrinde ab. Es wurde Zeit, dass er zurückging, nach Hause ging – in den Unkenpfuhl.

Karters Weg führte am Kirmesplatz vorbei, wo seit dem Vormittag weitere Schausteller hinzugekommen waren. An allen Stellen wurde gewerkelt und gearbeitet. Die Kinder des Dorfes schauten aus sicherem Abstand zu, einige Jugendliche standen in der Nähe der Schießbude, deren Besitzer bei geöffneter Ladenfläche Plastikrosen auf Nägel stopfte. Ein sommersprossiger Rotschopf trat großspurig aus der Gruppe hervor, nahm eine Waffe und prüfte Kimme und Korn. Der Besitzer der Schießbude, ein stämmiger Mann, der aussah wie eine Bulldogge, legte die Plastikblumen zur Seite und ging auf den Jungen zu, der nun etwas Abfälliges murmelte und dem Besitzer die Waffe mit einem verächtlichen Blick zurückgab.

»Was?«, knurrte die Bulldogge.

Wieder murmelte der Rothaarige etwas. Die anderen Jugendlichen lachten.

»Unverschämtheit!« Die Stimme des Mannes überschlug sich vor Zorn. »Natürlich ist es richtig justiert!«

Der Rothaarige zog verächtlich die Mundwinkel herab. »Wie viele von dieser Sorte haben Sie?«, grinste er.

Mittlerweile grölte die Gruppe der anwesenden Jugendlichen.

Wutschnaubend ging die Bulldogge zu ihrem Wagen, kramte eine Weile, kam mit einer Dose Munition zurück und lud vor den Augen der Anwesenden das Gewehr. Eine gespannte Stille breitete sich aus. Suchend blickte der Mann sich um, legte an und schoss. Ein Sperling fiel unweit der Zuschauer blutig und zerfleddert vom Baum. Einige drehten sich angewidert um. Der Rotschopf schob den toten Vogel achtlos mit dem Fuß zur Seite.

»Das sagt gar nichts. Beschiss ist Beschiss!«

Karter lächelte bitter. Tja, Beschiss ist Beschiss, dachte er.

Vielleicht sollte er noch einmal in Ruhe überlegen. Gut, das Stammbuch hatte nicht gehalten, was es versprochen hatte. Aber konnte es wirklich sein, dass alles Lüge war? Was hätte Dorothee davon haben sollen, ihn zu belügen. Sie hatte den Grabstein bestellt. Sie hatte ihm das Foto gezeigt. Dieser Grabstein war existent! Irgendwo. Irgendwo hier. Oder ganz woanders? Nein, seine Mutter war nicht die Frau gewesen, die sich die wenigen Details hätte ausdenken können …

Der Zusammenprall traf ihn unvorbereitet, denn er hatte den Jungen nicht gesehen. Es war der magere Bursche aus der Kneipe, der nun erschreckt einen Meter zurückwich und instinktiv den Kopf in Erwartung einer Ohrfeige einzog.

»Entschuldigung«, stotterte er und wischte seine schmutzigen Hände an der noch schmutzigeren Hose ab. »Entschuldigung, ich habe Sie nicht gesehen! Ähm … also ich … Entschuldigung.«

»Es war meine Schuld«, antwortete Karter und nickte dem Jungen zu.

»Ja! Ähm … nein. Oder: Ja. Vielleicht. Ich weiß nicht!«

»Ist schon in Ordnung«, beteuerte Karter noch einmal.

»Normalerweise passe ich auch immer auf!«

»Na klar. Und es ist ja auch nichts passiert.«

»Ja, dann. Dann kann ich wohl jetzt, oder?«

Karter lächelte und zwinkerte dem Jungen freundlich zu.

»Verschwinde, sonst warst du es doch noch schuld!« Es sollte beruhigend und humorvoll klingen, aber die erschreckte Haltung des Jungen änderte sich nicht.

Karter sah den gesenkten Blick des Jungen. In diesem Moment fiel seine Entscheidung. Die Entscheidung, für seine Wahrheit zu kämpfen. Für eine Wahrheit, die Bestand hatte.

Er lächelte den Jungen an und wandte sich der Straße zu.

*

Der späte Nachmittag verlief ohne Zwischenfälle. Karter hatte sich zur Verwunderung des Wirtes für ein paar weitere Tage im Unkenpfuhl eingemietet. Der Junge war vor ihm dort angekommen. Karter hatte ihn getroffen, als er sich die Hände im Hof wusch. Er hieß Christian, und der Wirt verfügte über ihn, als sei er dessen Leibeigener. Karter hatte sich einen Kaffee aufs Zimmer bestellt, und ein Kopfnicken des Wirtes reichte aus, dass Christian in die Küche sprang und Karter wenige Minuten später eine Kanne und eine Tasse aufs Zimmer brachte. Trotz des rauen Tones und der großen Menge Arbeit, die der Wirt dem Jungen offenbar abverlangte, schien er sich hier freier zu fühlen als noch vor ein paar Minuten auf der Straße. Jedenfalls lächelte er Karter zu, als er den Kaffee auf dem Tisch abstellte, der unter dem Fenster stand.

Karter nickte ihm freundlich zu und gab ihm ein Trinkgeld. Seit er seine Entscheidung getroffen hatte, fühlte er sich wohler. Der Kaffee duftete gut. Draußen hörte man das Lachen von Kindern. Das weiche Licht der Nachmittagssonne ließ das Zimmer warm erscheinen. Entspannt lehnte er sich im Sessel zurück und schloss die Augen. Früher hatte er an solchen Tagen mit Dorothee im Wohnzimmer gesessen. Sie hatten jeder ein Buch oder eine Zeitung gelesen. Manchmal hatte einer von ihnen aufgeschaut, gelacht oder eine Passage vorgelesen. Der andere hatte meist nicht viel dazu gesagt, sondern nur zustimmend genickt oder gelächelt. Und so hatten sie bis zur Dämmerstunde und manchmal darüber hinaus still und ruhig dagesessen, vertraut und geborgen im anderen.

Dämmerstunde, dachte Karter, während er den heißen Kaffee schlürfte, Dämmerstunde ist eigentlich ein hübsches Wort. Es hat so etwas Friedvolles.

Auf seinem Schoß lag das Familienstammbuch, auf dem Bett sein Laptop, den er – da er nun länger blieb – aus dem Koffer geräumt hatte. Er wollte nach der Kaffeepause seine Fotos von der Digitalkamera herunterladen, um Platz für neue Fotos zu schaffen. Das hatte er sich vorgenommen. Er wollte die nächsten Orte, die er besuchte, fotografieren, dokumentieren. Für alle Fälle. Nein, nicht für alle. Nur für den Fall, dass seine Recherche ohne Erfolg bleiben würde.

Obwohl Karter manche neumodischen Ermittlungsmethoden seiner Kollegen recht fragwürdig fand, so war er den technischen Errungenschaften gegenüber doch sehr aufgeschlossen. Er hatte als einer der Ersten einen PC und eine Digitalkamera gehabt. Lange bevor sie in Massen für die Masse auf den Markt geworfen wurden. Er liebte es, die Fotos in aller Ruhe anzuschauen und auf sich wirken zu lassen. Die anderen taten es als Spleen ab, dass er nicht nur Fotos der Leichen oder des unmittelbaren Leichenfundortes machte, sondern die Umgebung insgesamt fotografierte. Und oft hatte er sich der Mühe unterzogen, zur gleichen Tageszeit, an der wahrscheinlich die Tat stattgefunden hatte, noch einmal an den Ort des Verbrechens zu gehen und die Umgebung zu fotografieren. Es war mehr eine Überzeugung als eine kriminalistisch fundierte Methode. Die Überzeugung, dass die Art des Verbrechens, der Mörder und die Leiche mit diesem Ort verbunden waren – verflochten in irgendeiner Art und Weise, die man nicht genau benennen konnte, die auch jedes Mal anders war.

Karter wusste, dass es Instinkt war. Der Instinkt eines Raubtieres, denn das waren alle Polizisten: Raubtiere. Raubtiere, die andere Raubtiere jagten. Die Raubtiere der anderen Seite. Der bösen Seite – meistens. Das war der einzige Unterschied zwischen den Polizisten und den Verbrechern: die Seite, der man angehörte.

Die Kamera hatte er schon länger. Eine Canon. Ziemlich teuer. Eigentlich zu teuer für seine Verhältnisse. Aber obwohl sich die Technik rapide weiterentwickelt hatte, besaß seine Kamera schon einen vierfachen optischen Zoom. Das hatte ihm damals so schnell keiner nachgemacht. Karter lächelte. Er freute sich, dass er sie mitgenommen hatte.

Durch das geöffnete Fenster drangen nicht nur der süße

Geruch von Pfannkuchen und Muzen in sein Zimmer, sondern auch das Geklapper von Pfannen und Töpfen und die Stimme der alten Köchin, die ein Lied sang. »... vor dem Tohore, da geht ein Mühülenrad ...«

Die Küche des Hauses muss genau unter diesem Zimmer liegen, dachte Karter. Er beschloss, sich beim Wirt einige Muzen zu erfragen.

*

Mit einem lauten Knall schlug die Tür des Schankraumes auf und knallte ebenso laut wieder zu. Zwischen diesen beiden Geräuschen trat ein Mann in den Raum, dessen Äußeres allein schon für Unwohlsein hätte sorgen können. Er hatte einen gedrungenen, muskulösen Körper und ein grob geschnittenes Gesicht mit harten Zügen, denen etwas Dumpfes anhaftete. Am Oberkörper trug er nur ein Unterhemd, das ehemals weiß gewesen, im Verlauf der Zeit jedoch grau und dünn geworden war. Ansonsten trug er eine schmutzige hellbraune Cordhose und schwere schwarze Arbeitsschuhe, die nicht zugebunden waren. Seine Körperhaltung war leicht gebeugt. Sein Gang unsicher. Er hatte etwas Affenähnliches. Dieser Eindruck wurde durch die kräftige Brust- und Achselbehaarung noch verstärkt.

Hinter ihm stolperte eine Frau herein: klein und unscheinbar, verweint und armselig, aber nicht minder schmuddelig.

»Hubert nicht«, rief sie. »Hubert!«

Lina, die Köchin, war bei dem lauten Geräusch zusammengezuckt und guckte – ebenso wie Karter – verwundert und fragend in Richtung Eingang. Sie schien die beiden zu kennen, denn noch ehe ein weiteres Wort von einem der Eintretenden gesagt wurde, ging Lina einen beherzten Schritt auf sie zu.

»Christian ist nicht hier!«, sagte sie, und ihre Stimme klang scharf und abwehrend.

»Wo ist der Bengel hin?«, lallte der Mann. Die Frau zog an seinem Unterhemd. Mit einer heftigen Handbewegung versuchte er, sich loszureißen.

»Wo ist der Bengel hin?«, wiederholte er und wankte auf Lina zu.

»Er ist nicht hier!«, schrie Lina nur.

Der Mann wankte auf sie zu.

»Hubert«, weinte die Frau. »Hubert nicht!«

Auch Karter stand nun auf und stellte sich neben Lina.

»Ist was?« Der Mann glotzte ihn an. Dann glotzte er Lina an. »Wo ist Willi?«, schnaufte er.

»Willi ist zum Großmarkt, und ich glaube … ich glaube, er hat Christian mitgenommen.«

Der Mann atmete mehrmals tief durch. Auch die Frau entspannte sich sichtlich. Ihre Hand, die Sekunden vorher im Hemd des Mannes verkrallt gewesen war, löste sich. Der Mann torkelte zum Hinterausgang.

»Was ist denn wieder los?«, fragte Lina die Frau.

»Martin ist weg.«

»Was heißt, er ist weg?«

»Er ist weg. Einfach weg. Nicht mehr da. Spurlos verschwunden!«

»Ach was! Das kann doch gar nicht sein.«

»Doch«, antwortete die Frau und fing nun an zu weinen.

Sie hatte auch getrunken. Man roch es deutlich. Lina warf einen hilflosen Blick zu Karter, strich der Frau beruhigend über den Arm und ging hinter die Theke.

»Trink einen«, sagte sie. »Wirst sehen, der Martin taucht bald wieder auf. Wahrscheinlich treibt der Bengel sich auf dem Kirmesplatz herum.«

Die Frau schüttelte den Kopf und trank den Schnaps gierig aus. Karter nickte Lina noch einmal zu. Hier hatte er nichts mehr verloren. Er ging zu seinem Tisch, nahm den Teller mit Muzen und wollte gerade die Treppe zu seinem Zimmer hochgehen, als ein lautes Klatschen ihn aufhorchen ließ.

»Du weißt es! Sag es!«, hörte Karter eine Stimme. Obwohl die Stimme einige Meter entfernt zu sein schien, erkannte Karter sie sofort. Es war die Stimme des fremden Mannes.

»Nein!«

Dann wieder ein Klatschen.

»Au!«

»Doch! Sag es! Sofort!«

»Ich weiß es wirklich nicht!«

Karter stellte den Teller auf die Treppe und ging durch die Küche in Richtung Hinterausgang. Die Stimmen wurden lauter.

»Sag es!«

»Ich weiß es nicht!«

Wieder ein Klatschen.

Von der Küchentür aus hatte man fast den ganzen Hinterhof im Blick. Lediglich eine kleine Nische, die durch einen versetzten Anbau entstanden war und spiegelgleich dem Versprung in der Wirtschaft entsprach, blieb den Blicken verborgen. Man hatte dort einen Holunder gepflanzt, der trotz der spärlichen Lichtverhältnisse zu einer ziemlichen Größe herangewachsen war und mittlerweile ein schützendes Dach bildete. Darunter stand eine Bank. Karter hatte beides gestern schon gesehen.

»Ich war die ganze Zeit hier! Hier ...«

Wieder klatschte es.

Als Karter um die Ecke bog, hielt ihn das Bild für eine Sekunde gefangen. Der Junge kauerte auf der Bank. Er schien von dem Mann überrascht worden zu sein, der halb vornübergebeugt fast auf dem Kind hing, das in der Mauerecke gefangen war – nicht vor konnte und nicht zurück.

»Wo ist Martin?«

»Ich weiß es nicht«, jammerte der Junge und legte schützend seinen Arm über den Kopf.

Wieder klatschte es. Zielgenau suchte der Mann eine freie Stelle am Körper des Jungen und holte aus ...

»Halt«, sagte Karter.

In zeitlupenartigem Tempo wandte der Mann den Kopf und starrte Karter mit glasigen Augen an. Diese Sekunde reichte dem Jungen, sich in eine andere Position zu begeben. Er legte sich halb auf den Rücken und zog die Beine an, so, dass seine Fußsohlen auf den Brustkorb des Mannes zeigten.

Auch dem Mann war die Bewegung des Jungen nicht entgangen. Genauso zeitlupenartig drehte er den Kopf zurück. Von der Seite konnte Karter erkennen, dass dem Mann die Kinnlade herunterhing.

Karter hasste betrunkene Menschen. Er hasste ihren Geruch, den dumpfen Ausdruck in ihrem Gesicht. Er hasste ihre nassen Lippen und ihren wankenden Gang. Er hasste es, wenn sie weinerlich wurden oder aggressiv. Er hatte sie schon immer gehasst.

»Lassen Sie den Jungen in Frieden!«

Der massige Körper des Mannes schob sich noch näher an den Jungen. Es fehlte nicht mehr viel, dann würde seine Brust die Fußsohlen des Jungen berühren. Karter näherte sich den beiden vorsichtig. Die Situation war angespannt. Weder wollte er den Mann allein durch seine Anwesenheit provozieren, noch wollte er, dass der Junge in seiner Not zutrat.

Die nächsten beiden Ereignisse geschahen zeitgleich. Erstens tauchte Willi wie aus dem Nichts hinter dem Holunder auf. In jeder Hand trug er zwei große, vollbepackte Tüten. Lina hatte also die Wahrheit gesagt: Der Wirt war einkaufen gewesen. Und zweitens trat der Junge zu. Wie die gespannte Sehne eines Bogens schossen die Füße hervor und trafen die Brust des Mannes. Dieser torkelte rückwärts und stieß mit dem Wirt zusammen, der vor lauter Schreck die Taschen fallen ließ. Ein großes Gurkenglas fiel heraus und zersprang in tausend Stücke. Sein Inhalt ergoss sich über die Schuhe des Wirts, der den Aufprall mit Karters Hilfe stehend überstanden hatte. Der andere hingegen lag auf dem Boden. Eine Glasscherbe hatte ihm eine Schnittwunde am Unterarm zugefügt. Das Blut lief den Arm hinunter in den Essigsud.

»Himmelherrgott noch mal«, schimpfte der Wirt. »Was ist denn hier los?«

Karter beugte sich zu dem verletzten Mann hinunter.

»Lassen Sie mich!«, wehrte dieser ihn ab.

Christian war aufgesprungen und schaute aus sicherer Entfernung auf das Desaster. Mit zittrigen Fingern hob er die Taschen und die verschiedenen Lebensmittel auf, die verstreut auf dem Weg lagen.

»Ich bringe es rein, ja?«, sagte er dienstbeflissen.

Der Wirt hörte nicht zu, sondern putzte sich den Dill aus dem Essigsud von den Schuhen.

Christians Vater stierte vor sich hin, ohne etwas zu begreifen.

Kurz danach erschienen auch die Frauen, die, vom Lärm angelockt, auch nach draußen gekommen waren.

»Was ist denn hier los?«, fragte Lina und schlug voller Schreck die Hände vor den Mund.

»Der Christian hat den Hubert geschubst«, antwortete der Wirt mürrisch.

»Geschubst?«, knurrte der verletzte Mann und stierte mit glasigem Blick auf den Jungen. »Getreten hat er mich. Getreten! Den eigenen Vater.«

Lina warf einen vorwurfsvollen Blick auf Christian, der mit gesenktem Kopf die Taschen in die Küche trug.

»Nun kommt erst mal herein«, beschwichtigte sie.

»Getreten«, wiederholte Christians Vater und hob die Faust. »Wart nur! Wenn ich den Bengel kriege!«

Das ist also Christians Vater, dachte Karter und schüttelte verwundert den Kopf. Komisch, sie hatten so gar keine Ähnlichkeit miteinander.

»Sei still!«, sagte Lina – diesmal energischer – und schob den Betrunkenen vor sich her.

Zehn Minuten später befanden sich alle in der Küche des Unkenpfuhls.

*

Wäre dieser Mann nicht verletzt und seine Frau nicht so hilflos gewesen, dachte Karter später am Abend, hätte er jetzt nicht so ein komisches Gefühl in der Magengegend. Er hätte sich nur die Muzen nehmen und sich höflich verabschieden brauchen.

Aber er *war* mitgegangen! Dabei war sein Part in dieser alten Küche, zu der sie nach diesem Zwischenfall alle strebten, mehr als entbehrlich gewesen. Er hatte lediglich geholfen, die Taschen auszuräumen. Die Frau verband ihrem Mann unterdessen den Arm, was er klaglos über sich ergehen ließ. Der Wirt gab gute Ratschläge dazu, nicht ohne es zu versäumen, einen Eimer mit Wasser fertig zu machen, mit dem Christian den Essigsud vom Weg spülen sollte. Der Junge sprang umsichtig in der Küche herum und half, wo Hilfe notwendig war. Lina buk die letzten Muzen aus dem Rest Teig und stellte sie auf den Küchentisch. Nichts, aber auch gar nichts erinnerte an die Dramatik der letzten Minuten, und Karter fragte sich, ob das in einem kleinen Dorf wie diesem üblich war.

»Und jetzt esst ihr die Muzen, geht nach Hause, und der Hubert schläft etwas. Wahrscheinlich wartet Martin schon auf euch oder sucht euch sogar. Ich weiß gar nicht, warum überall immer so eine Aufregung ist«, sagte Lina und schüttelte den graubehaarten Kopf.

»Der Bengel hat eine tüchtige Abreibung verdient«, pflichtete Willi ihr bei. »Treibt sich vermutlich auf dem Kirmesplatz rum und sagt nicht Bescheid.«

»Auf dem Kirmesplatz habe ich schon geguckt. Dort hat man ihn nicht gesehen«, sagte die Frau und schüttelte zaghaft den Kopf, und als keiner etwas darauf erwiderte: »Vielleicht ist er ja bei den Meurers.«

Lina nickte. »Er wird schon wieder auftauchen.«

»Kinder«, knurrte Willi. »Nichts als Ärger hat man mit ihnen!«

Schimpfend ging er nach draußen. Wahrscheinlich kontrollierte er, ob Christian den Gartenweg richtig säuberte.

Lina hielt das Backblech unter einen heißen Wasserstrahl und schrubbte es.

Der Mann stierte seine Frau an. »Ich dachte, du hättest *überall* nachgefragt.«

Die Frau errötete. »Ja, überall – bis auf Meurers.«

Der Mann zog die Augenbrauen hoch und musterte seine Frau verächtlich. »Dafür weckt sie mich«, sagte er, zog den verbundenen Arm von ihr weg und stierte auf den Tisch. »*Dafür* weckt sie mich!«

»Ich dachte ... also, ich glaube nicht, dass er bei Meurers ... also: Karl-Heinz hat ihn gegen Mittag am Friedhof gesehen, und Meurers wohnen am anderen Ende, und ...«, verteidigte sie sich. Dann schwieg sie und schaute sich in der Runde um. Aber alle – bis auf Karter – waren mit irgendwelchen Dingen beschäftigt, die scheinbar wichtiger waren als ein verschwundenes Kind, wichtiger waren als der Vorfall, der einige Minuten vorher stattgefunden hatte, wichtiger als ein betrunkener, gewalttätiger Mann und eine nicht minder betrunkene, hilflose Frau.

Mit einem Schlag wurde Karter klar, dass hier andere Spielregeln herrschten. Spielregeln, die im Laufe vieler Jahrhunderte entstanden waren. Spielregeln, die besagten: Jeder hat seinen Teil zu tun, damit das »System Dorf« funktioniert. Da hat keiner auszureißen – auch kein Kind. Ganz im Gegenteil.

Es war nicht praktizierte Christlichkeit, die Lina tröstende Worte sagen ließ. Es war kein Ideal von Menschlichkeit, das Willi den Vorfall vergessen ließ. Es war eine Art dumpf gespürter Solidarität, die sich daraus speiste, dass man dem gleichen System angehörte. Einem System, zu dem er – Karter – nicht gehörte.

Karters Gefühl schwankte zwischen Achtung und Verachtung, zwischen Neid und Ablehnung. Er sollte gehen. Hier war für ihn nichts mehr zu tun.

Während er noch diesem Gedanken nachhing, kamen der Wirt und Christian zurück in die Küche. Der Weg war sauber. Nun wurde der Eimer abgetrocknet. Lina schob das Backblech in den Ofen.

»Tja«, sagte Karter. »Ich geh dann mal wieder.«

Der Wirt klopfte dem Mann auf den Rücken, was das Startzeichen zum Aufbruch war. Gleichzeitig wandte er sich Karter zu und nickte. »Nehmen Sie sich ein paar Muzen mit. Warm schmecken sie am besten.«

Karter wollte schon ablehnen, als Christian mit einem Dessertteller in der Hand angesprungen kam und Lina ihm mehr Muzen darauflegte, als er jemals würde essen können.

»Danke«, sagte Karter, nickte noch einmal in die Runde und verließ die Küche.

*

Es war die duckende Bewegung des Jungen gewesen, die Karter vom ersten Augenblick gefangen genommen hatte, nicht die erhobene Hand des Vaters oder der ängstliche Blick der Frau. Nein, die Haltung des Jungen hatte ihn tief berührt, hatte ihn im ersten Augenblick ängstlich und im zweiten wütend werden lassen, auch wenn man ihm äußerlich nichts angemerkt haben mochte.

Dieses Bild hielt ihn noch immer gefangen, und während er die Treppe zu seinem Zimmer hochging, wuchs das Verlangen, mehr über den Ursprung dieser Wut zu wissen.

Die Muzen stellte er ab, ohne sie eines weiteren Blickes zu würdigen. Er mochte nicht mehr essen. Er mochte nicht mehr denken. Er wollte handeln. Jetzt und hier und gleich. Die offiziellen Unterlagen waren gefälscht. Dieses Wissen hatte er nun. Aber den Grabstein musste es geben. Er hatte das Foto gesehen. Er hatte die Rechnung gesehen und abgeheftet. Wenn er die Rechnung hätte ... Er musste Fred anrufen. Fred würde ihm die Anschrift sagen. Er musste nur in Karters Wohnung fahren. Einen Schlüssel hatte er. Ja, das wäre der erste Schritt. Damit wäre er ein ganzes Stück weiter. Würde es sich lohnen, morgen nach Kleve zu fahren? Vielleicht sollte er erst einmal Fred anrufen.

Karter holte sein Handy aus der Tasche und wählte die Nummer. Aber er erreichte weder Fred noch dessen Frau.

Er schaute auf die Uhr. Es war siebzehn Uhr dreißig. Vielleicht war Fred noch nicht zu Hause und seine Frau einkaufen. Er würde es später noch mal versuchen.

Gut, dachte er, dann machen wir jetzt den zweiten Schritt. Er murmelte es halblaut vor sich hin, eine Angewohnheit, die mit Dorothees Tod begonnen hatte. Aber in der Abfolge seiner Maßnahmen ging er konsequent den gleichen Weg wie in allen Fällen, die er untersucht hatte: vom Möglichen zum Unmöglichen – vom Wahrscheinlichen zum Unwahrscheinlichen – vom Nahen zum Fernen.

Er räumte den kleinen Tisch am Fenster frei und griff zu Fotoapparat und Laptop. Er würde die Aufnahmen auf den Computer überspielen, damit er auf dem Fotoapparat genügend Speicherkapazität für die folgenden Tage hätte. Danach hatte er vor, sich die Dinge zu notieren, an die er sich erinnerte. Details aus einem Leben, von dem er nicht wusste, ob es Wahrheit oder Lüge war.

*

Als er den Stift zur Seite legte, war es Abend. Die Dämmerung senkte sich langsam über das Dorf. Völlig regungslos blieb er die nächsten Minuten sitzen und starrte auf die vielen voll geschriebenen Zettel. Lange Sätze. Kurze Sätze. Ein Ausrufezeichen. Ein unterstrichenes Wort.

Vor ihm stand der geöffnete Laptop auf dem Tisch und verbreitete ein diffuses Licht. Gedankenverloren schaute er auf das Foto, das er vor ein paar Stunden als letztes heruntergeladen hatte: Das Bild der Ruine, die einsam und verlassen inmitten eines blühenden Weizenfeldes lag. Die Farben waren hervorragend. Intuitiv hatte er den goldenen Schnitt gewahrt und sich darüber gefreut. In der Vergrößerung war am

Rand einer eingefallenen Mauer ein kreisrunder blauer Farbfleck zu sehen. In jeder anderen Situation hätte er versucht herauszufinden, was es damit auf sich hatte. So aber schaute er nur gedankenverloren auf diesen Farbklecks.

Wichtiger waren die Aufzeichnungen, die er gemacht hatte. Während des Schreibens waren ihm Erinnerungen gekommen. Erinnerungen, die so nah waren, dass er hin und wieder erschrocken innegehalten hatte. Bilder, von denen er nicht einmal gedacht hätte, dass sie in ihm waren. Bilder ohne Sinn.

Er atmete tief durch. Fast mechanisch griff er sich eine Muze und biss hinein. Gleichmäßig zermalmten seine Zähne die knusprige Kruste und den Zucker. Krümel fielen auf Jacke und Hose. Er nahm es nicht wahr. Er hatte alles aufgeschrieben. Alles, was sein Gedächtnis nach Jahren noch herzugeben in der Lage war: Träume, Bilder, die immer wiedergekehrt waren – viele Jahre. Und ein Bild tauchte besonders häufig auf.

»Mutter«, rief das Kind. Es war höchstens fünf oder sechs Jahre alt. »Mutter!« Es streckte die Arme aus, aber die Mutter drehte sich fort und lachte und trug ein Kind auf dem Arm. Einen Säugling. Und warm war es. So warm. Irgendwo knisterten Flammen. »Mutter!«

Der Säugling war ein Junge – wie er. Karter hegte nicht den geringsten Zweifel daran, obwohl dieses Kind nicht nackt war. Aber zu deutlich sah er ein kleines blaues Mützchen. Der Säugling lachte. Die zwei oberen Schneidezähne wurden sichtbar, und Karter verspürte eine Abneigung gegen dieses Kind, obwohl er es nicht kannte. Vielleicht, weil er nicht wusste, warum es auf dem Arm seiner Mutter war. Vielleicht auch, weil dieser brennende Schmerz ihn so plötzlich durchfuhr.

»Mutter!«

»Martin! – Maartiin!«

Es dauerte, bis die Rufe der Menschen in sein Bewusstsein drangen. Als sie es taten, schüttelte es ihn im ersten Augenblick innerlich: die gleiche Stimmlage, die gleiche Betonung, die gleiche Verzweiflung.

Er stand auf und ging zum Fenster. Auf der Straße stand eine Gruppe von circa zwanzig Menschen. Im Schein ihrer Taschenlampen sah er ihre Gesichter, ihre Gesten. Sie schienen unentschlossen und uneinig. Dann teilte sich die Gruppe.

»Maaartiiin!«

Der Junge war also noch nicht aufgetaucht. Es war zehn Uhr abends und hier auf dem Land stockfinster. Ob sie die Polizei schon eingeschaltet hatten?

*

Er wehrte sich lange gegen dieses Geräusch. Er spürte es. Er öffnete die Augen und schloss sie wieder. Er wandte seinen Kopf zur Seite: Das Geräusch blieb. Erst langsam und schwerfällig, drang ein einzelner Ton in sein Bewusstsein. Zu dem kräftigen dunklen Ton gesellten sich ein zweiter und dritter, beide heller und schneller als der Erste. Dann kam der vierte Ton hinzu. In schneller Abfolge füllte er die zeitlichen Lücken zwischen den drei anderen, überlagerte sie und trieb sie an. Mit geschlossenen Augen horchte Karter, ob noch ein fünfter Ton hinzukäme. Aber es blieb bei den vier Tönen. Nur Geschwindigkeit und Lautstärke nahmen zu, und die Töne vermischten sich zu einem einzigen Ruf.

Karter öffnete die Augen. Von einer Sekunde auf die andere war er wach und hörte das Läuten der Kirchenglocken.

Es war Nacht. Bewegungslos blieb er liegen und horchte auf diesen Ruf, der nicht ihm galt. Er galt dem verschwundenen Kind. Er galt den Suchenden, die seit Stunden die Umgebung durchforsteten. »Er ist noch nicht gefunden«, sagten sie den Suchenden. »Macht euch keine Sorgen«, sagten sie den Eltern. »Hier sind wir«, sagten sie dem Kind.

Karter atmete tief durch. Obwohl er die Augen geöffnet hatte und wach war, drangen die anderen Geräusche erst nach und nach in sein Bewusstsein: das Reden und Rufen, die gedämpften Stimmen, die Anweisungen.

Er lag lange wach. Vom geöffneten Fenster drang ein Schwall feuchtwarmer Luft zu ihm. Er wollte wieder einschlafen, aber es ging nicht. Er merkte, wie Hunderte kleiner Schweißtröpfchen sich auf Stirn und Brust bildeten, miteinander verschmolzen und als kleine Rinnsale den Rücken hinunterrannen. Die Feuchtigkeit war unangenehm. Er drehte sich zur Seite. Die Rinnsale änderten die Richtung. Ob er nach unten gehen sollte? Helfen sollte? Er stand auf. Sein Schlafanzug war unter den Achseln und am Kragen nass. Er zog sich um und ging ans Fenster. Draußen in der Dunkelheit hüpften die Lichtkegel der Taschenlampen und Pechfackeln. Hin und wieder löste sich ein Schatten, tauchte für einen Moment in das Licht einer Lampe und verschwand wieder in die Dunkelheit, die noch schwärzer wirkte als vorher.

Karter dachte an die große Distanz, die er am Nachmittag in der Küche zwischen sich und den anderen empfunden hatte. Dabei war es nicht so, dass er nicht jeden einzelnen der Anwesenden in seiner Art verstanden hätte. Verstanden hatte er sie alle. Nur gefühlt hatte er sie nicht.

Er kannte das Gefühl des Nichtfühlens. Er hatte es manchmal gehabt, wenn seine Mutter über irgendein Ereignis gelacht hatte, das er nicht lustig fand. Er hatte es manchmal gehabt, wenn Fred von seinen Kinder erzählte, die schon wieder nicht ihr Zimmer aufgeräumt oder eine schlechte Note geschrieben hatten. Selbst bei Dorothee hatte er es manchmal gehabt, wenn sie ihm voller Begeisterung von der nächsten Urlaubsplanung erzählte. Er hatte dann in ihr strahlendes Gesicht geschaut und ihre Hände gespürt, die sein Gesicht umschlossen. »Kater, drei Wochen schottische Highlands … ein kleines Cottage, Kilts und Dudelsack … ganz preiswert …« Er hatte dann genickt und nachgefragt, und manchmal hatte er sie geküsst, und für die Länge eines Kusses sprang die Begeisterung zu ihm über, fühlte er sie, bis Dorothee sich von ihm löste und weitererzählte. Dann war es, als schöbe sich etwas zwischen sie, eine Fremdheit, ein Verbot. Ob Dorothee es auch gespürt hatte? Ob das der Grund war, warum sie stets ein gutes Sexleben gehabt hatten – auch noch nach dreißig Jahren Ehe? Der Gedanke kam ihm heute zum ersten Mal, und er irritierte ihn. War es die Fremdheit, die die Leidenschaft entfachte? Waren die Ehen seiner Kollegen eingeschlafen, weil man dem anderen zu nah war, zu ähnlich?

Merkwürdige Gedanken, rief Karter sich selbst zur Vernunft. Er schaute wieder nach draußen. Der Himmel hatte sich verändert. Aus dem Anthrazit wurde ein dunkles Grau, das am Horizont immer lichter wurde. Die Vögel begannen zu zwitschern. Die Sonne würde sich bald zeigen.

Er trat vom Fenster zurück ins Zimmer. Nein, er würde nicht hinuntergehen.

*

Karter wachte auf, noch bevor sein Wecker geklingelt hatte. Er schlug einfach die Augen auf und war hellwach. Er hatte geträumt, aber schon während des Traumes gewusst, dass es ein Traum war. Ein Traum, in dem er nicht Akteur, sondern Zuschauer, vielleicht sogar Regisseur war. Ein Traum, aus dem er heraustreten konnte, wann immer er es wollte. Und so war er herausgetreten aus diesem Traum, der nichts mit ihm zu tun hatte und der farblos im Hintergrund auf irgendeiner Traumbühne weiterspielte – allein, ohne ihn.

Er zog sich an, putzte sich die Zähne und packte ruhig alle Dinge zusammen, die er für den heutigen Tag brauchte.

Er fühlte sich stark, klar, kraftvoll genug, das Geheimnis zu lüften, das sich hinter der Fälschung des Familienstammbaums verbarg. Merkwürdigerweise hegte er bei diesem Gedanken keinen Groll gegen seine Mutter. Sooft er sie manchmal innerlich verwünscht hatte ob ihrer großen Schweigsamkeit bei seinen Nachfragen, sooft er sein Zögern verdammt hatte, das aus der Angst heraus entstanden war, einer Angst, die die Angst seiner Mutter war. Er spürte es im Moment sehr deutlich: Es war *ihre* Angst, die sie ihm mitgegeben hatte.

Karter schaute auf die Uhr. Es war sieben Uhr morgens. Eine zivile Zeit. Wäre doch gelacht, wenn er den Steinmetz nicht ausfindig machen könnte. Wäre doch gelacht, wenn er über ihn nicht den Ort der Lieferung erfahren würde, und wäre doch gelacht, wenn er über den Ort nicht an alle weiteren wichtigen Daten käme.

Ein Gefühl der Befriedigung machte sich in ihm breit. Das gleiche Gefühl, welches ihn immer befallen hatte, wenn er in einem Fall die Schwachstelle gefunden hatte. Die Schwachstelle, die jeder Fall besaß. Die Schwachstelle des Verbrechens und des Verbrechers. In diesem – seinem – Fall war die Ordnungsliebe die Schwachstelle. Diese Ordnungsliebe, die ihn alle Belege abheften ließ, hatte damals dazu geführt, dass er Dorothee um den Beleg für den Grabstein bat, um auch ihn abzuheften. Welch ein Glück!

Alle anderen Unterlagen von Dorothee waren vernichtet. Er hatte es selbst getan. Er hatte ihren Wunsch respektiert. *Seine* Unterlagen waren noch vorhanden.

Er wusste ganz genau, wo sie zu finden waren. Er konnte genau angeben, wo die Ordner standen: »Käufe und Anschaffungen«. Vom Zeitpunkt ihrer Ehe an hatte er sie aufbewahrt. Dorothee hatte sich manches Mal darüber lustig gemacht. Heute war er froh über seine Ordnungsliebe. Das Gefühl der inneren Sicherheit verstärkte sich; das Gefühl, den Weg, den nächsten Schritt zu wissen, den man gehen muss, um sein Ziel zu erreichen.

Irgendwo hatte er einmal den Spruch gelesen, dass man jedes »Wie« erträgt, wenn man das »Wozu« kennt. Die Aufregung und die Angst der letzten Tage waren wie ausradiert. Das bedrückende Gefühl, bei seiner Recherche unliebsame Entdeckungen zu machen, war einem Gefühl der Neugier und Abenteuerlust gewichen. Es hatte fast etwas Erotisches. Es glich dem langsamen und vorsichtigen Entkleiden einer

Frau: Kleidungsstück für Kleidungsstück. Schicht für Schicht, bis sie vor einem stand, nackt, lustvoll, bereit …

Gut gelaunt griff er zu seinem Handy und rief Fred an.

»Polizeidienststelle München Innenstadt, Hauptkommissar Fred Heffner am Apparat.«

»Hier Ordnungsamt Niederrhein. Ich wollte mal nachfragen, ob bei Ihnen alles in Ordnung ist.« Karter wartete.

Für eine Sekunde schwieg die andere Seite.

»Ordnungsamt? … Niederrhein? … Karter! Altes Haus. Welch eine Überraschung!«

Karter lachte. »Genau zwei Komma drei Sekunden, bevor der Groschen fiel.«

Fred lachte auch. »Ich werde alt, Karter.«

»Das will ich hoffen!«

Wieder lachte Fred. »Wie geht's dir? Alles klar?«

»Nichts ist klar, aber mir geht es gut. Oder vielleicht geht es mir gut, weil nichts klar ist.«

»Also, ein wenig verrückt wie immer.« In Freds Stimme lagen Erleichterung und Wohlwollen. Die Erleichterung überwog.

»Also kommst du gut mit deiner Recherche voran.«

»Nein, bisher ist alles Lug und Trug.«

Fred stutzte. »Was heißt das?«

»Das heißt, dass mir meine Großeltern irgendwie verloren gegangen sind. Nicht nur, dass sie hier nicht begraben sind. Sie sind nicht hier gestorben. Sie haben niemals hier gelebt.«

»Aber du sagtest doch …«

»Ich weiß, was ich gesagt habe. Aber zu dem Zeitpunkt konnte ich noch nicht ahnen, dass das Stammbuch gefälscht ist.«

Fred pfiff anerkennend. »Das ist ja ein Ding. Und nun?«

»Nun werde ich ein wenig auf die Suche gehen.«

»Wie?«

»Ursprünglich wollte ich heute nach Kleve gefahren sein, aber ich fürchte, dass sich das nicht lohnt.«

»Warum?«

»Weil ich gestern erfahren habe, dass diese Stadt im Krieg fast vollständig zerstört wurde. Und irgendwie werde ich den Eindruck nicht los, dass das der Grund ist, warum sie als Geburtsort benannt wurde.«

Fred pfiff durch die Zähne. »Das ist praktisch.«

»Außerordentlich praktisch.«

»Was machst du jetzt? Hast du noch irgendwelche anderen Anhaltspunkte?«

»Ja«, antwortete Karter. »Genau deshalb rufe ich an. Du musst mir helfen!«

»Raus mit der Sprache. Ich werde tun, was in meiner Macht steht.«

»Die Sache ist eigentlich ganz einfach.« Karter erklärte Fred sein weiteres Vorgehen und beantwortete ihm die eine oder andere Verständnisfrage.

»Was hältst du von meinem Plan?«

»Hört sich gut an.«

»Okay. Dann also wie besprochen: Du nimmst meinen Haustürschlüssel und gehst in mein Arbeitszimmer. Im rechten Schrank stehen die Ordner. Du suchst den raus, wo Käufe und Anschaffungen 1995 bis 2000 draufsteht. Im Unterverzeichnis findest du die Rubrik Mutter. Dort suchst du die Rechnung für einen Grabstein. Ich habe ihn abgeheftet. Ich bin ganz sicher.«

»Wenn das alles ist«, sagte Fred. »Dann hast du ihn morgen!«

Karter bedankte sich.

»Übrigens ...«

»Ja?«

»Alois wird bei meiner Frau dick und rund. Sie mästet ihn, und es scheint, dass die beiden eine ganz besondere Verbindung haben.«

Karter schmunzelte. »Weiß ich doch, Fred. Frauen und Katzen!«

Sein Schmunzeln hielt sich auf seinem Gesicht – lange nachdem er aufgelegt hatte.

Sie waren immer ein gutes Team gewesen. Fred: ein Meister der Kombination und der Recherche. Er: ein Meister der Intuition und der Ausdauer. Beide bissig und loyal bis zur Selbstaufgabe. Zusammen waren sie unschlagbar gewesen – und würden es auch jetzt sein.

*

Schon als er wenige Minuten später seine Zimmertür abschloss und die Treppe zum Schankraum hinunterging, hörte er die Stimmen. Sie klangen gedämpft. Es war ein Meer von Worten und Sätzen, die sich gegenseitig überlappten und auslöschten. Kein einzelnes Wort war auszumachen. Allenfalls die Gestimmtheit der Menschen. Aber auch das nicht zweifelsfrei.

Mit jeder Stufe wurden die Stimmen lauter, und darunter mischte sich der Geruch von Rauch und Schweiß.

Als Karter in den Schankraum kam, stockte er für einen Augenblick. Der Raum war voller Menschen, und es schienen mit jeder Minute mehr zu werden.

»Am Steinbruch war er nicht …«

»… den Hubert gesehen …«

»Es wird regnen.«

»Heute noch nicht.«

»Der Anton hat …«

»… die freiwillige Feuerwehr?«

»Gott sei Dank«, sagte ein anderer, und die Erleichterung in seiner Stimme war deutlich hörbar.

Dann öffnete sich die Tür. Die Gesichter wandten sich den Eintretenden zu.

»Was gibt's …!«

»Einen Schuh gefunden …«

»Schuh gefunden …«

»Was?«

»Einen Schuh?«

»Ja, einen Schuh.«

Sie suchten immer noch den Jungen. Die ganze Nacht hatten sie gesucht, und nun standen sie dort, dicht an dicht, wie eine Herde Schafe, der der Schäfer fehlt. Sie waren müde und schmutzig. Einige Frauen sprachen der Mutter gut zu, die an einem Tisch saß und weinte. Lina brachte heißen, starken Kaffee für alle. Der Vater war noch mit einem Suchtrupp unterwegs.

Angst und Sorge füllte diesen Raum. Intuitiv machte Karter einen Schritt rückwärts. Aber auch durch den Hintereingang kamen nun welche mit neuen Nachrichten. Die Polizei würde gleich hier sein. Im Moment war sie noch auf dem Festplatz. Einige Jugendliche hatten es sich nicht nehmen lassen, die Schaustellerwagen genauer zu inspizieren. Dabei waren sie wohl zu weit gegangen. Sie hatten einen der Schausteller angegriffen, und es war zu einer Schlägerei gekommen.

Die Blicke der Menschen wanderten von einem zum anderen. Jeder suchte zu ergründen, wie er zu reagieren hatte. Sollte man stolz sein auf die Jugendlichen, die doch nichts weiter getan hatten, als ihr System zu schützen? Musste man sie verurteilen, weil sie gegen das Gesetz verstoßen hatten? Klar war nur, dass der Junge weg war und dass einer von ihnen oder ein Außenstehender damit zu tun hatte. Und wenn man noch die Wahl hatte, dann war es besser ein Außenstehender. Natürlich. Plötzlich wurde noch ein anderes Gefühl im Raum spürbar: Misstrauen. Misstrauen, das auch ihm – Karter – galt. Denn er war ein Außenstehender – wie die anderen. Wie die Schausteller. Dieser Stimmungsumschwung kam mit der Nachricht in diesen Raum und war so greif- und fühlbar, dass Karter davor zurückwich.

Fast fluchtartig drehte er sich um. Er wollte weg hier. Nur weg. Raus aus diesem Misstrauen. Als er die Tür erreichte, stieß er mit Lina zusammen, die gerade aus der Küche kam.

»Kommen Sie«, sagte sie. »Ich habe Ihnen in der Küche Frühstück gemacht.«

Karter war zu überrascht, um etwas zu entgegnen, und ließ sich von ihr mitziehen.

In der Küche war es fast ruhig. Die Aufregung drang nicht bis hierher vor. Vielleicht wurde sie auch von dem Duft des gebratenen Speckes vertrieben.

Lina hantierte emsig, und in weniger als einer Minute lagen vor Karter Brot, Schinken, Eier und Speck. Daneben standen ein Kännchen mit frischem Rahm und eine Kanne dampfenden Kaffees.

»Ich fürchte, Sie werden heute nicht viel Freude an unserem Dorf haben«, sagte sie.

Karter nickte. »Sie suchen noch den Jungen, nicht wahr?«

»Ja. Die Frauen sind aufgeregt und haben Angst, und die Männer sind wütend, weil ihre Frauen aufgeregt sind und Angst haben.«

»Das ist immer so«, entgegnete Karter.

»Die Wut macht die Frauen nicht weniger ängstlich«, sagte Lina. »Anstatt *jetzt* Wut zu haben, hätten sie besser vorher aufpassen sollen.«

»Manches kann man nicht wissen.«

»Manches schon!«

»Zum Beispiel?«

»Zum Beispiel, dass man einen kleinen Jungen nicht den ganzen Tag alleine lässt.«

»War er das?«

Lina dachte kurz nach. »Ja«, sagte sie dann mit Bestimmtheit.

»Sie zögern?«

»Ja, weil die Mutter zu Hause war.«

»Dann war er doch nicht allein.«

»Sie ...« Lina zögerte nochmals einen Augenblick. »Sie ...« Dann hob sie ihre Hand, und ihre Geste war unmissverständlich.

»Sie trinkt?«

»Und das nicht zu knapp, aber auch *das* ist kein Wunder. Bei *dem* Mann!«

Karter spürte, wie ihm beim Anblick des Essens das Wasser im Mund zusammenlief. Obwohl er vor einigen Minuten noch keinen Hunger verspürt hatte, griff er nun tüchtig zu und legte noch eine Extrascheibe Schinken auf sein Brot. Das Gespräch mit Lina tat ihm gut.

Hatte er im Schankraum das Gefühl gehabt, gegen eine Mauer aus Misstrauen zu prallen, so hatte Lina ihm eine Tür geöffnet. Die Tür zur Küche und eine Tür in dieses System, das zwischen »uns« und »euch« unterschied. Vielleicht lag es an ihrem Alter. Bestimmt hatte sie schon viel erlebt, und sicherlich nicht nur Positives.

»Was hat der Mann mit Ihrer Küchenhilfe zu schaffen?«

»Mit Christian?«

»Ja.«

»Er ist der Stiefvater.«

»Der Stiefvater?« Karter war so überrascht, dass er zu kauen aufhörte.

»Noch drei Kannen Kaffee, Lina. Und ruf bei Keuters an. Sie sollen noch mal fünfzig Brötchen liefern.«

Lina war trotz ihres Alters unglaublich flink und umsichtig. Kaum hatte der Wirt durch die Durchreiche den Auftrag erteilt, schaltete sie den Herd, auf dem schon einige Wasserkessel standen, höher, lief zum Telefon und wählte die Nummer des ortsansässigen Bäckers. Als sie die Bestellung aufgegeben und noch ein kräftiges Brot geschmiert hatte, kochte das Wasser. Sie schüttete den Kaffee noch per Hand auf, was sicherlich für das gute Aroma verantwortlich war. Danach legte sie Wurst, Käse und Butter griffbereit auf die Ablage.

Karter dachte an den Terroranschlag auf das World Trade Center. Fred und er hatten damals alle Berichte verfolgt, hatten die Menschen gesehen, die mithalfen, Verletzte zu bergen, Verwandte zu trösten, Schutt zur Seite zu räumen. Sie hatten die Arbeit der Polizisten und Feuerwehrleute, der Spezialeinsatzkommandos gewürdigt und kommentiert. »Bilder von der Front« hatten sie dazu gesagt. Sie wussten, wovon sie sprachen. Denn auch sie waren immer die Ersten an der Tatortfront, waren die Handelnden, die Sichtbaren, die Entscheidungsträger. Über die Leute im Hintergrund wurde nicht berichtet, weder über die Pathologen noch über Leute, die wie Lina Brote schmierten …

Während Karter langsam kauend seinen Gedanken nachhing, ging die Schiebetür der kleinen Durchreiche wieder auf.

»Die Hunde sind da. Wir brauchen Wasser.«

Lina ging zum Abstellraum und holte einen Bottich.

»Lassen Sie mal«, sagte Karter. »Ich mach das schon.«

Lina nickte. Als der Bottich halb voll war, ließ sie es sich nicht nehmen, ihm hinterherzutrippeln.

»Am besten stellen wir ihn neben den Vordereingang.«

Als sie zur Hintertür hinausgingen, sahen sie den Jungen. Christian hockte wieder auf der kleinen Bank neben der Tür. Als er Lina und Karter kommen sah, löste er die Beine aus der Verschränkung und setzte sich gerade hin.

»Wusste ich doch, dass du hier bist«, sagte Lina und nahm aus der Küchenschürze ein verpacktes Brot.

Christian schaute kurz zu Karter, dann zu Lina und dann zum Brot. Als er es nahm, schlug er die Augen nieder, als wolle er nicht, dass jemand den Hunger darin las. Er packte es aus, brach es sorgfältig in zwei Teile und nahm sich das kleinere. Die andere Hälfte packte er wieder ein.

Lina schüttelte den Kopf. »Nun iss, und dann gehst du in die Küche.«

Für einen kurzen Augenblick war Karter versucht, ihn anzusprechen, ihn zu fragen, warum er denn nicht zu Hause war oder seinen Bruder mitsuchte. Aber Lina war schon forschen Schrittes weitergegangen. Als Karter den Bottich erneut hochhob, stand der Junge wortlos auf und ging ins Haus.

*

Obwohl Karter früh aufgestanden war, war es weit nach acht Uhr, als er endlich seinen Wagen aufschloss. Der Himmel war immer noch strahlend blau, lediglich einige kleine malerische Wattewölkchen waren am Himmel zu sehen. Der Wind trieb sie westwärts. Vereinzelt kamen Karter noch einige Suchende entgegen. Kurz bevor er in seinen Audi stieg, hörte er einen Mann sagen: »Da hinten kommen sie!«

Im Rückspiegel sah er ein Polizeiauto. Es fuhr schnell und parkte unmittelbar vor der Einfahrt des Unkenpfuhls. Zwei Männer stiegen aus und knallten die Tür hinter sich zu.

Karter stieg ein. Er dachte an Christian. Der Anblick des Jungen hatte ihn innerlich berührt. War es die Abfolge seiner Bewegungen? Die kauernde Haltung, als ob das Kind fröre? Die Gier, mit der die Kiefer in das Brot schlugen?

Karter startete den Wagen. Das satte laute Geräusch tat ihm gut. Er gab noch im Stand Gas. Das Geräusch verstärkte sich. Gleich wäre er fort. Irgendwo. Er war froh, dass er endlich fahren konnte. Er war froh, aus diesem Ort herauszukommen. Und er wusste auch, warum. Er war froh, diesem Jungen zu entrinnen. Oder vielmehr seinem eigenen Gefühl, seinem Wunsch, den er heute Morgen sehr deutlich verspürt hatte. Dem Wunsch, zu ihm hinzugehen, ihn in die Arme zu nehmen, ihm übers Haar zu streicheln …

Der Wunsch irritierte ihn. Er wollte ihn nicht!

Er schüttelte den Gedanken ab und legte den Gang ein. Er fuhr in Richtung Norden. Er fuhr in Richtung Süden. Er fuhr einfach über das Land und lernte es kennen. Er war um diese Zeit allein unterwegs. Obwohl er keine konkreten Erinnerungen an die Landschaft hatte, fühlte er sich von ihr angezogen. Sie vermittelte auf spröde, karge Weise so etwas wie Geborgenheit.

Als er eine Reihe knorriger Kopfweiden sah, hielt er an. Das Land breitete sich vor ihm aus, als hätte es keine Geheimnisse zu bieten. Als wäre es übersichtlich, klar strukturiert. Für die Geheimnisse hat der liebe Gott die Nebel geschickt, dachte er und schmunzelte. Er hatte vor vielen Jahren einige Bücher über die Region des Niederrheins gelesen. Aber diese hatten einen anderen Gehalt. Sie hatten wenig zu tun mit den Bildern seiner Jugendphantasien.

Er hatte hier noch keinen Nebel erlebt, aber er stellte ihn sich vor, Schwaden, die aufzogen, die auf den Häusern lasteten, die die Sicht nahmen, die aufstiegen. Er stellte sich vor, wie die ersten Sonnenstrahlen diese Nebel durchbrachen, wie die Menschen sich zunickten und »Et widd en schöner Tach« sagten.

Karter wusste, dass seine Erinnerung ein buntes Mosaik aus seinen Bildern und Informationen bildete. Er dachte an die Römer, die hier die Via Romana gebaut hatten. Er dachte an die Germanen, deren Anwesenheit manchmal ganz nah zu sein schien. In der Sprache. »Holtbroich«. Allein das Wort erzählte eine Geschichte. Holzbruch – so würde man es heute nennen. Ein Bruch war ein sumpfiges Gebiet. Er stellte sich die Wälder vor, die dieses »Holt« bezeichnete, und er stellte sich die Menschen vor, die den Torf stachen. Menschen, die Holzschuhe anhatten, weil Leder in diesem feuchten Gebiet unsinnig war. Heute war davon nichts mehr zu sehen. Die Menschen hatten das Land urbar gemacht.

Er fuhr an leuchtend gelben Weizenfeldern vorbei, an Wiesen, auf denen die Kühe das Gras langsam und mit Bedacht – so schien es – wiederkäuten. An den Straßenrändern blühten in großen Büschen wilde Schafgarbe, mannshoher Schierling, Mäusedorn und Bärenklau.

Die Landschaft hatte ihren Reiz. Die kleinen Gehöfte, um die sich Feldahorn, Eschen und Holunder schmiegten, Wiesen und Felder, die von Weiden, Pappeln und Haselnuss begrenzt wurden, um sie gegen die Herbstwinde zu schützen, die ungehindert die fruchtbare Erde fortgetragen hätten.

In der Ferne sah er einen Bauern mit seinem Traktor, der ein Wasserfass ablud. Die Kühe standen um ihn herum und glotzten. Ein Geruch von Dung lag in der Luft, und Karter meinte ihn zu kennen.

Hatte er nicht einmal in einem Kuhstall gestanden? Ganz dicht an so einer Kuh? Hatte er nicht einmal ganz warm und nah deren Leben gefühlt? Sie lag auf einem Haufen Stroh. Irgendjemand war bei ihm. Er erinnerte sich nicht, wer. Nur dass dieser Jemand seine Hand nahm und ihn das Fell des Tieres streicheln ließ. Er kniete neben dem Tier, roch es, sah das pralle Euter, die Kotverkrustungen an den Flanken, spürte die Wärme und den Herzschlag des Tieres unter seinen Händen ... Nein, er hatte keine Angst gehabt. Es war schön. Nur als dieser Jemand ihm die warme Milch des Tieres zu trinken gab, empfand er zuerst einen leichten Ekel. Er hatte trotzdem getrunken. Und es schmeckte.

*

Fast vier Stunden war Karter einfach so durch die Gegend gefahren, hatte geguckt, fotografiert und sich einen neuen Bildband über den Niederrhein und die Tageszeitung gekauft. Nun hatte er das Seitenfenster des Wagens heruntergedreht. Er spürte den Fahrtwind. Die Schwüle hatte zugenommen. Die Luft war diesig und legte sich wie ein Schleier über die Sonne, die oberhalb einer Pappelreihe stand.

Er freute sich auf Holtbroich, auf den Unkenpfuhl, auf ein kräftiges Mittagessen. Trotz der vielen Lauferei war er nicht müde. Er nahm sich vor, einen Spaziergang über den Friedhof zu machen und dem Pfarrer noch einmal einen Besuch abzustatten. Der Mann schien ein Kenner der regionalen Nachkriegsgeschichte zu sein, und vielleicht hatte er noch die ein oder andere Information für ihn.

Als er den Unkenpfuhl erreichte, parkten neben dem Polizeiwagen, den er am Morgen schon gesehen hatte, noch weitere Autos mit Viersener Kennzeichen. Eine Traube von Menschen drängte sich in der Toreinfahrt. Mitten darin standen eine junge Frau mit Notizblock und Stift und ein junger Mann mit Kamera.

»Noch ein wenig weiter nach links«, sagte der Fotoreporter und trat aus der Menge heraus, die sich nun teilte. Die Blicke der Menschen wanderten zwischen ihm und dem Unkenpfuhl hin und her.

»Können Sie sich vielleicht auch noch dazustellen?«, rief

er einem Hundeführer zu. »Mit Hund, bitte. Das macht sich ganz gut.«

Der Hundeführer nickte. Der Fotograf postierte alle im Halbkreis mit dem Hund in der Mitte.

Karter sah schon die Schlagzeilen vor sich. »Mensch und Tier auf der Suche nach …« Es war immer das Gleiche. Die junge Reporterin würde den Text dazu liefern, würde – je nach Bedarf – das grausame Schicksal oder das Böse in der Welt thematisieren.

»Mich wundert es nicht, was hier passiert«, sagte eine Frau eine Spur zu laut, als dass man nicht hätte bemerken können, dass es auf Karter gemünzt war, der gerade an ihr vorbei ging.

»Blödsinn«, erwiderte ein junger, schlaksiger Mann. »Und außerdem werden es die Bul…«, er unterbrach sich, als er Karters Blick auf sich gerichtet sah, »… die Polizisten schon rauskriegen.«

Karter wandte sich ab und ging. Katastrophen hatten die dumme Angewohnheit, das Beste aber auch das Schlechteste aus den Menschen herauszuholen.

*

Hätte man nichts vom Verschwinden des Jungen gewusst, hätte man nicht vermutet, dass etwas Beunruhigendes im Dorf vorgefallen war. Das jedenfalls dachte Karter, als er in den Schankraum trat. Willi, der Wirt, stand hinter der Theke und spülte Gläser. Er tat es mit viel Wasser und großer Inbrunst. In der Küche wurde gekocht, und dem Geruch nach zu urteilen, handelte es sich um Schweinebraten mit Rotkohl. Auch Christian hatte nur kurz aufgeschaut, als sich die Tür mit Karters Eintreffen geöffnet hatte. Er wischte weiter seelenruhig die Tische ab. Dann ging er zum Wirt und deutete auf seine Arbeit. Der Wirt nickte anerkennend. Dann ging der Junge in die Küche.

»Hallo«, sagte Karter.

»Hallo«, grunzte der Wirt. »Angenehmen Tag gehabt?«

»Es war ganz nett.«

Der Wirt nickte und spülte weiter. Karter machte einen zögerlichen Schritt auf ihn zu, so wie einer, der sich innerlich noch nicht entschieden hat, zu gehen oder zu bleiben. Der Wirt schaute ihn fragend an.

»Ist die Küche schon ... geöffnet?«

Willi sperrte eine Sekunde den Mund auf, dann lachte er schallend.

»Die frische Luft macht hungrig, was?«

»So könnte man es nennen.«

»Was soll's denn sein?«, fragte der Wirt, putzte seine Hände an einem alten löchrigen Handtuch trocken und warf es auf den Tresen.

»Ein Schinkenbrot ... vielleicht etwas Salat – natürlich nur, wenn sie es gerade dahaben.«

Wieder lachte der Wirt, dann schob er mit lautem Knall die Tür der Durchreiche auf.

»Ein Schinkenbrot und einen kleinen Salat, Lina! Für die Fünfzehn.«

»Ich würde es gern mit aufs Zimmer nehmen.«

Wieder nickte der Wirt. »Ihr Wunsch ist mir Befehl.« Geschäftstüchtig war der Wirt – ohne Frage.

Ein wenig atemlos erreichte Karter das obere Stockwerk. Er hatte einem jugendlichen Übermut nachgegeben und war die Treppe hoch gesprungen, immer zwei Stufen auf einmal nehmend.

In seinem Zimmer atmete er tief durch. Das Fenster war zum Lüften geöffnet, das Oberbett lag prall und glatt auf seinem Bett – einem Ungetüm von Bett, wie Karter erst jetzt bemerkte. Ein riesiger schwerer Eichenkasten, an dessen Kopfteil an den Seiten kleine gedrechselte Säulen aufgesetzt waren. Dagegen wirkten alle anderen Möbelstücke vergleichsweise zierlich, Tisch und Stuhl, die unmittelbar unter dem Fenster standen, sogar mickrig.

Karter fragte sich, ob es Lina neben der Küchenarbeit auch

oblag, sich um die Gästezimmer zu kümmern. Wenn ja, dann machte sie es mit der gleichen Umsicht, mit der sie auch Muzen buk, denn sie hatte nicht nur sein Bett frisch aufgeschüttelt, sondern auch sein Hemd ordentlich zusammengefaltet und seine Sandalen ordentlich neben das Nachtschränkchen gestellt. Auf dem Tisch, neben seinen Unterlagen, stand eine kleine Vase mit drei gelben Rosen. Welch eine Aufmerksamkeit! Karter schmunzelte. Dann rief er Fred an.

*

Das Telefongespräch dauerte nur zwanzig Minuten. Fred hatte gute Arbeit geleistet. Er hatte nicht nur Karters Quittung gefunden, sondern auch schon die dort angegebene Telefonnummer angerufen. Karter hörte aufmerksam zu, während Fred mit ruhiger und sachlicher Stimme die Fakten beschrieb. Seine Spur führte ins Münsterland, weitab vom Niederrhein. Der Bildhauer hieß Ingo Grethmann.

»Er kommt aus Poppenbeck«, sagte Fred gerade.

»Woher?«

»Poppenbeck«, wiederholte Fred. »Ein kleines Kaff in der Nähe von Havixbeck, Münster et-cetera. Ich glaube, da stehen nur vier Häuser.«

Im Hintergrund hörte Karter jemanden reden. Dann lachte Fred und sagte: »Weiß so ein Grünschnabel wie du eigentlich, wovon er redet?«

»Was ist los?«, fragte Karter.

»Ach, nichts weiter. Patze hat nur gerade seine gesammelte Lebenserfahrung zum Besten gegeben. Er meinte, dass ein Ort mit diesem Namen doch eigentlich keine Nachwuchssorgen haben sollte.«

Karter grinste. »Vielleicht solltest du Patze mal kurz dorthin schicken – zwecks Genstreuung sozusagen.

»Keine schlechte Idee.«

Fred gab Karters Ratschlag sofort weiter, und die beiden Männer auf dem Kommissariat witzelten noch eine Zeit lang herum. Karter hielt den Telefonhörer dicht ans Ohr und hörte mit. Auch er grinste vor sich hin. Er stand am Fenster und schaute in die Landschaft hinaus, aber vor seinem inneren Auge sah er seinen jungen Kollegen, der dem ungeschriebenen Gesetz seiner Jugend Genüge tat und seine männliche Potenz hervorhob, und er sah Fred, der bei nachlassender Potenz ihre Wichtigkeit zu relativieren versuchte. Das alles geschah unterschwellig und keinesfalls aggressiv, sondern freundschaftlich und gutmütig. Aber auch darin ordnete man sich einem Gesetz unter. Vielleicht dem, das lautete: Nur gemeinsam sind wir stark. Für einen winzigen Augenblick dachte Karter darüber nach, ob man nicht immer und überall Gesetzen gehorchte, die außerhalb des Menschen selbst lagen, und die Freiheit des Handelns nur eine scheinbare war. Dann hatten die Männer im Kommissariat genug gelacht, und Fred wandte sich wieder an Karter.

»Also«, sagte Fred, »der Mann heißt, wie gesagt, Ingo Grethmann, wohnt in diesem ... unsäglichen Ort und besitzt noch alle Unterlagen, die für dich wichtig sind. Ich habe dort angerufen. Er erwartet deinen Besuch.«

»Hervorragend«, antwortete Karter. »Ich denke, wenn ich den Engel erst einmal gefunden habe, ist die Aufklärung des Falles ein Kinderspiel.«

»Davon gehe ich aus«, sagte Fred. *»Good luck!«*

»Danke, Fred«, antwortete Karter. »Für die Hilfe und für ... die Glückwünsche.«

Fred knurrte etwas von »Selbstverständlichkeiten«. Dann legten sie auf.

Karter hatte während des gesamten Telefonats aus dem Fenster geguckt. Erst jetzt drehte er sich herum. In der Tür stand Christian mit einem Tablett. Der Junge schaute ihn groß an, und Karter schaute ebenso erstaunt zurück. Er hatte den Jungen nicht kommen hören.

»Wie lange stehst du schon hier?«, fragte er, nachdem er sich von seinem ersten Schreck erholt hatte.

»Ich sollte Ihnen noch den Tee bringen«, antwortete der

Junge ohne Karters Frage zu beantworten. Er trat nun ins Zimmer und suchte einen freien Platz, wo er das Tablett absetzen konnte.

»Moment«, sagte Karter, »ich räume die Sachen zur Seite.«

Die Blicke des Jungen huschten flink und neugierig durch das Zimmer.

»Also: Wie lange hast du vor der Tür gestanden?«

Der Junge zuckte mit de Schultern. »Ich habe nichts von dem gehört, was Sie mit ... ähm ... Ihrer Frau besprochen haben.«

Karter schaute ihn an. Dumm war er nicht.

»Heißt eine Frau Fred?«

Wieder zuckte der Junge mit den Schultern. »Wie gesagt: Ich habe nichts gehört. Ich dachte nur ... Sie ...«

Vorsichtig setzte er das Tablett auf den Tisch, nicht ohne kurz das Bild auf dem Laptop zu betrachten. Irrte Karter sich, oder hatte der Anblick den Jungen erschreckt? Auf jeden Fall wandte er den Kopf außergewöhnlich schnell ab, schlug, als Karter sich ihm näherte, die Augen nieder und sagte: »Ich muss jetzt gehen.«

Als der Junge verschwunden war, ließ Karter sich in den Sessel fallen. Er schaute auf den Laptop. Es war das Bild mit Ruine und Kornfeld, das er als Wallpaper abgespeichert hatte. Durch die Helligkeit der gelben Fläche eignete es sich hervorragend dazu, ganz davon abgesehen, dass er es sehr ästhetisch fand. Was mochte den Jungen daran so erschreckt haben? Er spürte, wie die Fragen ihn erschöpften. Und plötzlich war alle Kraft, die er noch vor wenigen Minuten so deutlich gespürt hatte, verschwunden.

*

Dorothee war immer voller Feuer gewesen. Lange Zeit hatte er sich gefragt, warum sie gerade ihn geheiratet hatte. Ihn, der außer einer guten Schulbildung und einem gut trainierten Körper nichts zu bieten hatte, was einer Frau gefallen könnte. Er war nicht beredt, nicht charmant oder in irgendeiner Weise unterhaltsam. Er zog sich häufig zurück und betrachtete eingehend irgendwelche Bilder. Er verfügte nur über ein geringes Einkommen. Dennoch hatte sie ihn geheiratet. Nicht nur das – sie hatte ihn geliebt. Sie hatte ihn geliebt für seine Schweigsamkeit und seinen Bizeps, für seine Körpergröße und für seine Locken, die das einzig Weiche an ihm waren. Und er hatte sie geliebt, ihre Lebendigkeit und ihre Verrücktheiten. Ihre Sorglosigkeit. Ihre Sicht der Dinge, deren Planung nie weiter ging als bis zum nächsten Jahr.

Er war sich lange Zeit nicht sicher gewesen, ob er ihr genügen würde. Dabei hätten allein ihre körperlichen Reaktionen als Beweis ausgereicht. Selbst nach vielen Jahren Ehe zitterte sie vor Erregung, wenn er sie nahm. Und er nahm sie oft. Nicht immer direkt. Er genoss ihre Erregung. Er genoss ihre Erwartung. Er genoss es, wenn sie über seine Muskeln strich. Er genoss es, sie anzuschauen: ihre vollen Brüste, ihr weiches Becken, die leichte Wölbung des Bauches, den Flaum ihrer Schamhaare …

Ihr Körper war die ganzen Jahre jung geblieben. Erst gegen Ende der Krankheit hatte er abgebaut, war mager geworden und knochig. Und dennoch hatte sie ihn begehrt. Immer wieder. Immer neu. Aber er hatte sich gescheut und war vorsichtiger geworden. Er hatte Angst gehabt, ihr wehzutun. Daraufhin hatte sie sich von ihm zurückgezogen.

»Es war der Fall Karl Schuster«, sagte Karter zu sich selbst, »durch den wir wieder zueinandergefunden haben.« Voller Verwunderung über diese Erkenntnis schüttelte er den Kopf. Verwunderung darüber, dass er meinte, seine Frau erst jetzt, nach ihrem Tod, besser kennenzulernen als zu Zeiten ihrer Ehe.

Der Fall Schuster war ein komplizierter Fall gewesen. Ein fast perfektes Verbrechen, bei dem Karl Schuster scheinbar völlig unmotiviert ermordet worden war. Ein kleiner Beamter, brav, in anständigen Verhältnissen, keine Feinde, keine Motive, keine Spuren. Über ein Jahr hatten Fred und er gebraucht, um durch eine winzige Unregelmäßigkeit – eine Abbuchung von Schusters Konto in Höhe von siebzehn Euro achtzig an ein Blumengeschäft – dem Täter auf die Spur zu kommen. Wieder einmal hatten sie festgestellt, dass sich die Bravheit und Ehrbarkeit nur in äußeren Grenzen hielt. Hinter der anständigen Fassade hatte Schuster es mit der ehelichen Treue nicht so ganz genau genommen. Leider war der Gatte seiner letzten Angebeteten mit der »Fremdvögelei« – wie Fred es genannt hatte – nicht ganz einverstanden gewesen und hatte seinen Nebenbuhler ausgeschaltet.

An dem Tag, als sie den Mörder Schusters überführten, war er voller Befriedigung über die Lösung des Falles nach Hause gekommen. Für einen Moment hatte er Dorothees Krankheit vergessen, hatte sie angestrahlt und von seinem Erfolg erzählt. Und Dorothee war auf ihn zugekommen und hatte ihn geküsst, begehrlich und leidenschaftlich. Und er hatte den Kuss genauso leidenschaftlich erwidert. »Fick mich«, hatte sie ihm ins Ohr geflüstert, als er sie atemlos für eine Sekunde losließ. Und er hatte sie genommen – noch in der Diele, ohne auf ihre Zerbrechlichkeit und ihre Krankheit zu achten. Sie hatte ihm danach gedankt. Es war das letzte Mal, dass sie miteinander schliefen.

Sie liebte meine Siege, dachte Karter, als er sich müde aus dem Sessel erhob. Nein, falsch: Sie liebte den Sieger. Den Sieger in ihm, den sie immer gesehen hatte.

Komisch, dachte Karter. Er fühlte sich nicht als Sieger. Er hatte sich nie als Sieger gefühlt. Und jetzt erst recht nicht. Wie kurz war er erst hier, und wie sehr strengte es ihn an! Wie vermessen war es, zu glauben, man könne andere Menschen kennen? Wie vermessen, zu meinen, sich selbst zu kennen?

Karter atmete tief durch. Wäre es nicht besser, nach Hause zu fahren? Hatte Dorothee nicht recht damit gehabt, dass die Vergangenheit nicht wichtig war, sondern vergangen? Was würde es ihm bringen, sie zu erforschen? Er schüttelte er den Kopf. Sie liebte meine Siege! Ich *werde* siegen, dachte er.

*

Er hatte lange dort am Tisch gesessen – ruhig und nachdenklich. Seit Dorothees Tod hatte er die Gedanken an sie immer wieder zur Seite geschoben. Sie waren zu schmerzhaft. Er hatte sich abgelenkt, hatte vieles getan, um diese Gedanken erst gar nicht aufkommen zu lassen, hatte sie ausgeblendet. Merkwürdig, dass sie ihn jetzt so bedrängten. Oder war es nicht merkwürdig, sondern nur konsequent?

Ihm fiel ein Gespräch ein, das er vor vielen Jahren einmal mit einem Polizeipsychologen hatte. Sie waren zusammen auf einer mehrtägigen Weiterbildung gewesen. Er war Karter sofort aufgefallen. Er war hochgewachsen und hatte ein kluges, verschlossenes Gesicht. Er sprach leise und deutlich. Dabei schaute er seinen Gesprächspartner prüfend an, sodass man den Eindruck gewann, dass ihm auch nicht die kleinste innere Regung verborgen blieb.

Im Allgemeinen fand Karter Psychologen eher etwas langweilig oder überspannt. Dieser war genau das Gegenteil: bescheiden und ruhig. Er beobachtete mehr, als dass er kommentierte und erklärte. Nur hin und wieder stellte er dem einen oder anderen eine kleine, harmlose Frage, die jedoch – und das hatte Karter imponiert – ins Schwarze zu treffen schien. Die Angesprochenen verblüffte und irritierte es. Schwiegen sie auf seine Fragen, so lächelte er. Antworteten sie schnell und langatmig, wandte er sich ab. Er war mit Abstand der interessanteste Teilnehmer dieser Runde gewesen, und so hatte Karter sich beim Abendbrot an den Tisch gesetzt, wo er auch saß. Sie hatten über vieles gesprochen, über Täter- und Opferprofile, über Vernehmungstechniken und die Unterscheidung zwischen Lüge, Irrtum und Wahrheit.

Mit Fortschreiten des Abends und des Genusses von Wein und Bier wurden die Gespräche lockerer und privater. Die meisten erzählten nun von Frau und Kindern, von ihren Hobbys oder machten Witze. Nach und nach verschwanden sie auf ihre Zimmer. Zum Schluss blieben nur er, Karter, der Polizeipsychologe und ein kleiner drahtiger Mann zurück, der den ganzen Abend über nichts getrunken hatte. Der Kleine sah aus wie ein Habicht. Seine Nase war gebogen, und seine Lippen waren schmal und dünn. Er hatte den Polizeipsychologen den ganzen Abend nicht aus den Augen gelassen, hatte Mineralwasser getrunken und – wie es schien – auf den Zeitpunkt gewartet, wo er allein mit diesem Mann war. Als sich die Reihen geleert hatten, hatte er Karter kurz angeschaut und einen Moment überlegt. Karter hatte damals gegrinst. Du oder ich, hatte er gedacht. Und der Kleine hatte unhörbar »Ich« geschrien, hatte sich an den Psychologen gewandt und gesagt: »Wie schaffen Sie es, immer so treffende Fragen zu stellen?«

Der Psychologe hatte an seinem Weinglas genippt, es langsam abgestellt und den Kleinen angeguckt. »Tue ich das?«, hatte er erwidert.

Der Kleine hatte eifrig genickt und ihn mit den Blicken fixiert.

»Und was machen Sie mit dieser Kenntnis, wenn ich Ihnen den Trick verrate?«

»Ich wende ihn an«, hatte der Kleine gegrinst.

»Bei Ihnen selbst?«

»In den Verhören natürlich!«

Der Psychologe hatte genickt und noch mal an seinem Weinglas genippt. »Das dachte ich mir«, sagte er dann, stellte das Weinglas ab und wandte seinen Oberkörper dem Kleinen zu.

»Gut«, sagte er. »Dann will ich Ihnen den Trick verraten.«

Der Kleine nickte kurz.

»Haben Sie schon einmal einen langsam fließenden Fluss angeschaut?«

»Natürlich!«

»Und was ist Ihnen aufgefallen?«

Der Kleine zuckte die Achseln. »Nichts?!«

Der Psychologe lächelte. »Wenn Sie genau gucken«, sagte er, »dann könnten Sie einiges beobachten. Kleine Wirbel an der Wasseroberfläche, ein Blatt, das schneller vorangetrieben wird als die Fließgeschwindigkeit des Flusses eigentlich zulässt. Hin und wieder erkennen Sie vielleicht eine Einbuchtung am Uferrand, wo das Wasser scheinbar zu stehen scheint, hin und wieder springt aus dem glatten Spiegel der Wasseroberfläche eine kleine Welle.«

»Ja, ja«, sagte der Kleine. »Das habe ich auch schon gesehen. Und was hat das mit den Fragen zu tun?«

Wieder lächelte der Psychologe. »Werfen Sie einfach einen Stein hinein«, sagte er. »Und dann schauen Sie weiter.« Danach hatte der Psychologe den Rest Wein ausgetrunken, war aufgestanden und hatte den beiden Männern einen guten Abend gewünscht.

Karter hatte nichts gesagt, aber er war froh gewesen, dass er nicht die Frage gestellt hatte, deren Antwort so einfach war.

»Typisch Psychologen«, sagte der Kleine abfällig. »Auf eine einfache Frage vermögen sie keine Antwort zu geben, sondern verstecken sich hinter Allgemeinplätzchen.«

Karter schmunzelte. »Ich fürchte, dass es an einem selbst liegt, ob man die Antworten versteht.« Dann war er auch aufgestanden und auf sein Zimmer gegangen.

Damals – so dachte Karter – glaubte er die Antwort verstanden zu haben. In seinen Verhören beobachtete er sehr genau den vermeintlichen Täter, und dort, wo er unter der glatten Oberfläche einen Wirbel wahrzunehmen glaubte, fragte er nach. Oft mit Erfolg.

Warum hatte er nur nie bei Dorothee genau geguckt? Warum nicht bei ihm selbst?

Hatte sich deshalb im Laufe der Zeit so viel angestaut, dass es jetzt mit Macht seinen Weg nach außen suchte? Oder warfen die Landschaft und die Menschen die Steine hinein, die nötig waren, bei ihm für Aufruhr zu sorgen?

*

Karter schaute hoch. Durch das geöffnete Fenster strömte schwüle Luft ins Zimmer. Die leichten Wattewölkchen hatten sich zusammengeschoben und bildeten eine schwere weiße Decke.

Unschlüssig sah er sich um. Dann beschloss er, das Geschirr hinunterzutragen, bevor Lina oder der Junge es abholen würde. Er wollte noch einen Spaziergang machen.

Die Gaststätte war leer. Außer Lina, die gerade ein paar Aschenbecher putzte, und dem Wirt, der die letzten schmutzigen Gläser spülte, war niemand dort. Beide arbeiteten schweigsam und für sich. Karter sah ihnen zu. Sie waren ein merkwürdiges Paar. Obwohl sie nicht miteinander verheiratet waren, verband sie mehr als die gemeinsame Arbeit und Sorge um die Gaststätte.

Kurz überlegte Karter, ob er Lina nicht einfach fragen sollte, wie ihr die Arbeit hier gefalle, aber dann verwarf er den Gedanken. In gut einer Woche wäre er wieder zu Hause. Er würde keinen der Menschen, die er hier kennengelernt hatte, jemals wiedersehen. Es war nicht gut, in die Seelen hineinzuschauen und eine Intimität aufzubauen, die letztendlich keine war.

Er schaute auf die Uhr. Es war sechzehn Uhr. Er hatte heute auf dem Nachhauseweg einen kleinen Kiosk ausgemacht, der vielleicht noch geöffnet hatte. Er hatte vor, ein paar Zeitschriften zu kaufen, um die Abende, an denen er zur Untätigkeit verdammt war, zu überbrücken. Er stellte gerade den schmutzigen Teller auf den Tresen, als draußen von der Straße eine Frau mittleren Alters ans geöffnete Fenster trat. Lina und Willi schauten erstaunt hoch.

»Am Festplatz ist der Teufel los«, rief die Frau. »Sie haben einen Schausteller gefunden. Halbtot!«

Dann verschwand sie wieder.

Lina und Willi schauten sich an und banden die Schürzen ab. Ohne auf ihn – Karter – zu achten, ohne die Türen und Fenster zu verschließen, liefen sie hinaus.

Karter folgte ihnen bis auf die Straße. Dann blieb er stehen. Die Neuigkeit schien sich wie ein Lauffeuer im Dorf verbreitet zu haben, und jeder wollte schauen, was passiert war. So viele schlimme Ereignisse hatte das Dorf seit Jahren nicht mehr erlebt. Die Kirmes war ein Ereignis, das positiv zum Zusammenhalt des Dorfes beitragen sollte. Und nun das!

Alles, was Beine hatte, kam und guckte.

Karter ließ die Leute vorbeiströmen und beobachtete sie. »Nur 'ne blutige Lippe«, hörte er einen rufen und lachen. Es war der Rothaarige, der sich so gut mit Kimme und Korn ausgekannt hatte.

»Die Polizei ist gerade eingetroffen. Das gibt 'ne Schlägerei! Die Kirmesleute wollen sich wehren!«

»Sollen sie«, rief der Rothaarige zurück.

Eine Frau mit Kinderwagen blieb entrüstet stehen, dachte einen Augenblick nach und ging in die Richtung zurück, aus der sie gekommen war. Das angriffslustige Lachen des Jungen schien sie erschreckt zu haben.

Karter ließ sich nicht von der Nachricht mitreißen. Dass er hinter Willi und Lina hergelaufen war, war lediglich der Reflex eines langen Berufslebens gewesen. Aber schon nach einigen Metern war ihm klar geworden, dass er die Schlägerei – wenn sie denn überhaupt stattfand – nicht sehen wollte. Er hatte diese Art der Auseinandersetzung in seinen ersten Jahren als Polizeibeamter zur Genüge gesehen. Er kannte das Schema, das immer gleich aussah. Es gab immer ein »Wir« und ein »Ihr«. »Ihr« und »wir« waren austauschbar, beliebig und immer nur abhängig vom Bezugsrahmen. Es hatte nichts zu bedeuten. Viele waren morgen Feind, die heute noch Freund waren – und umgekehrt.

Und so würden sich heute die Schausteller diesseits des

Kirmesplatzes und die Dorfbewohner jenseits des Kirmesplatzes kurze Zeit wie Feinde gegenüberstehen – jeder mit einem berechtigten Anliegen. Jeder mit seinen Zweifeln und Ängsten. Jeder mit seiner Art von Familie. Denn das waren auch die Schausteller, die sich Jahr für Jahr an den unterschiedlichen Orten wiedertrafen und, obwohl man sich nicht richtig kannte, ein Gefühl der Zusammengehörigkeit entwickelt hatten. Nun hatte man jemanden aus ihren Reihen zusammengeschlagen. Nicht weil es eine Berechtigung dazu gegeben hätte. Nein. Nur weil man der fahrenden Zunft angehörte. Weil man anders war als die anderen. Was heute ihm passierte, konnte morgen jedem von ihnen passieren. Jede Seite würde ihre Ambivalenzen haben, die sich daraus speisten, dass man plötzlich ein Teil der Welt wurde, in der das Böse Einzug gehalten hatte. Wie es bis dahin – jedoch fremd und fern – Einzug gehalten hatte durch die täglichen Nachrichten.

Karter verließ den Hof. Ohne zu wissen, wohin er wollte, ging er einfach drauflos. Die Straßen waren leer. Erst als er schon eine Weile gelaufen war, begegnete ihm der ein oder andere, was bedeutete, dass die Aufregung auf dem Festplatz sich gelegt hatte und die Menschen wieder nach Hause gingen. Die meisten waren nicht allein, sondern strömten in Grüppchen zurück in ihre Gärten und Küchen.

Er wandte sich einer kleinen dunklen Gasse zu. Der Abstand zwischen der rechten und linken Häuserreihe betrug nur etwa einen Meter. Mittig auf dem Weg verlief eine Art Abflussrinne, die das Regenwasser auf die tiefer gelegene Straße leitete. An einigen Hauswänden hatte man trotz des permanenten Schattens einige Rankgewächse gepflanzt: Knöterich und Clematis, die nur dürftig wuchsen und lange Ausläufer gebildet hatten, die dem spärlichen Sonnenlicht entgegenstrebten.

Obwohl Karter Schuhe mit Ledersohlen trug, hallten seine Schritte an den Mauern wider und klangen dumpf.

Nach einer Weile wichen die Häuser zurück. Zur Straße

hin standen mannshohe Mauern, hinter denen die Höfe und Gärten der Häuser lagen. Hier war es heller.

Für einen Moment blieb Karter stehen und genoss das Sonnenlicht und die Wärme. Sein Blick fiel auf eine alte, verzogene Holztür. Irgendjemand hatte sie vor vielen Jahren einmal grün gestrichen. Aber die Farbe war abgeplatzt und gerissen. Das Holz darunter war dunkel und morsch. Die Stirnseiten der Bretter waren fransig verfault. Die Klinke bildete ein eiserner Griff, rund wie ein gebogener Stab. Karter betrachtete sie lange. Dann legte er die Hand auf die Klinke und drückte sie hinunter. Die Tür gab knarrend nach.

Karter stand in einem Garten. Eine Art Terrasse aus alten Ziegelsteinen, auf der einige weiße Plastikstühle standen, grenzte an ein sauber angelegtes Beet. Seitlich davon standen Johannisbeer- und Stachelbeersträucher und eine Reihe langer Bohnenstangen. Dahinter lag eine Wiese mit Obstbäumen. Ein kleines Mädchen spielte auf der Terrasse. Es bettete seine Puppen in einen kleinen Korbwagen, legte vorsichtig die Decke darüber und sprach begütigend auf sie ein. Seine langen braunen Haare hatte es zu Zöpfen geflochten, die auf dem Rücken hin und her rutschten, wenn es den Kopf bewegte.

Es war eine eigenartige Situation, ein eigenartiges Gefühl – vertraut und heimisch. Gern wäre Karter zu dem Kind hingegangen und hätte etwas zu ihm gesagt. Irgendeine Selbstverständlichkeit wie »Das Essen ist fertig« oder »Mach dich nicht schmutzig«, Sätze, die täglich hundertfach fielen – von Müttern und Vätern. Sätze, die sagten, dass jemand da war. Dass man dazugehörte.

Karter stand vielleicht zwei Minuten lang dort – halb im Türrahmen, halb im Garten. Er fühlte sich hingezogen zu diesem Kind. Oder zu der Situation? Es dauerte, bis dieser gefühlte Gedanke in sein Bewusstsein drang. Als er ihm bewusst wurde, erschreckte er und schüttelte unwillkürlich den Kopf über sich selbst und über sein Anliegen. Leise zog er die Tür hinter sich zu und trat den Rückweg an. Er beeilte sich. Eine Angst hatte ihn plötzlich ergriffen, und er wusste nicht mehr, ob es gut war, weiter an diesem Ort zu bleiben. Er hatte sich selbst gesucht, aber im Moment hatte er mehr den Eindruck, dass er sich immer mehr verlor, in Gefilde eindrang, die er besser mied, weil sie schon so lange nicht mehr zu ihm gehörten.

*

Hinter dem Unkenpfuhl begann der Himmel. Zementgrau schob er sich Meter für Meter von Nordosten an die Platanen heran. Hin und wieder zerzauste eine Windböe ihre Blätter. Im Westen war der Himmel noch ein verwaschenes Blau, an dem zwei kleine Helikopter wie Fliegen hingen. Hin und wieder verringerte einer von ihnen die Höhe oder stand für Sekunden auf der Stelle. Im näheren Umkreis hatten die Suchtrupps keine weiteren Hinweise und Spuren finden können. Nun standen sie einsatzbereit im Hof des Unkenpfuhls und warteten über Funk auf Anweisungen der beiden Piloten.

Es würde ein Gewitter geben. Das würde die Suche erheblich erschweren. Hoffentlich hält sich das Wetter noch bis in die Nacht, dachte Karter. Mit einer Wärmebildkamera wäre der Junge eventuell sogar leichter ausfindig zu machen als am Tage.

Karter ging langsam weiter. Seine Füße schmerzten, und er hatte das Gefühl, dass der rechte Schuh lockerer am Fuß saß als der linke. Aber er achtete nicht darauf.

Der Eingang zum Unkenpfuhl war voller Menschen. Auf der Straße erkannte er das Polizeiauto wieder. Karter überlegte, ob es noch einen anderen Weg als über den Hof zum Unkenpfuhl gab. Er hatte keine Lust, sich an den Menschen vorbeizudrängen. Er versuchte sich die Lage des Hintereingangs in Erinnerung zu rufen. Ging dort nicht noch ein zweiter Weg ab? Und wenn? Wo führte er hin? Oder spielte ihm die Erinnerung einen Streich? Die wenigen Male, die er das Haus über die Hintertür verlassen hatte, hatten sich ihm nicht eingeprägt. Zumindest jedoch konnte er den Hintereingang benutzen, dachte er, als er an der Toreinfahrt des Unkenpfuhls angekommen war. Sein rechter Schuh saß mittlerweile so locker, dass er unübersehbar schlappte. Karter schaute hinunter: Kunststück, der Schnürsenkel hatte sich vollends gelöst. Er bückte sich und band ihn zu. Die Menschen, die in seiner Nähe standen, beobachteten ihn. Es waren durchweg alte Gesichter. Männer in derben Hosen und Unterhemden, Frauen in Kitteln. Dann schauten sie wieder weg. Etwas anderes hielt ihr Interesse gefangen, und als Karter sich wieder aufrichtete, nahm er eine Gruppe von fünf oder sechs Jugendlichen und jungen Männern wahr, die in der Nähe der Tür standen. Sie hatten eine Flasche Bier in der Hand und grölten irgendwelche Parolen. Allen voran der Rothaarige. Er hatte sich auf den Rand eines Blumentopfes gestellt und feuerte die Menschen an, sich nicht von irgendeinem Fremden die Bedingungen aufdrücken zu lassen. Seine Worte hatten nichts mit der Sache an sich zu tun. Er nutzte nur die Gunst der Stunde, andere mit seinen politischen Ansichten zu infiltrieren. Ansichten, für die die anderen Dorfbewohner durch ihre Angst und Sorge vielleicht gerade offen waren.

Karter wollte die dummen Fremdenhassparolen nicht hören. Er ging den direkten Weg über den Hof zum Eingang. Er ging langsam. Die Menschen schauten ihn an und machten den Weg frei. Er sah schwielige Hände, ängstliche und ablehnende Gesichter.

Als er den Eingang fast erreicht hatte, stellte sich ihm der Rothaarige in den Weg. Seine Alkoholfahne war beträchtlich.

Karter schaute ihn an, wartete und schwieg.

»Sie können jetzt nicht vorbei«, sagte der Rothaarige, und ein überlegenes Lächeln spielte um seine Mundwinkel.

»So? Wer sagt das?«

»Ich!«

»Haben Sie denn hier überhaupt etwas zu sagen?«

»Habt ihr das gehört!«, rief der Rothaarige in die Menge. »Er fragt tatsächlich, ob wir hier etwas zu sagen haben.«

Die Umstehenden schauten Karter befremdet an. Er wandte sich den Nächststehenden zu, verzog gelangweilt das Gesicht, öffnete seine Arme und zeigte ihnen intuitiv die nackten Handflächen: Seht her, ich bin waffenlos.

Der Rothaarige beobachtete die Szene. Die Umstehenden blieben indifferent und schwiegen.

»Ich bin Gast hier«, sagte Karter nun lauter und mit Nachdruck, »und ich möchte auf mein Zimmer.«

»Er ist Gast hier«, wiederholte der Rothaarige und legte eine Kunstpause ein. »Gast! Hat einer von euch schon einmal gehört, dass ein Gast kleine Kinder anspricht? Kleine Mädchen und Jungen? Dumme Fragen stellt?«

Die Menschen, die in unmittelbarer Nähe des Rothaarigen standen, gafften Karter irritiert an.

»Lass ihn in Ruhe, Günter«, mischte sich nun ein älterer Mann ein. »Und komm endlich von dem Blumentopf runter.«

»Was heißt hier in Ruhe lassen? Fragen Sie die Sabine. Er hat sie dumm angequatscht.«

Der ältere Mann schüttelte missbilligend den Kopf und zog sich zurück, was Wasser auf die Mühlen des Rothaarigen zu sein schien, der sich nun wieder direkt an Karter wandte.

»Da staunen Sie, was? Woher ich das weiß.« Er sprang nun vom Rand des Blumentopfes herunter, ging direkt auf Karter zu und zischte: »Ich sage nur: Friedhof!«

Karter überlegte einen Augenblick. Es war keine Situation, die durch Reden zu lösen wäre – nur durch Handeln. Und da gab es nur zwei Möglichkeiten: Entweder ging er jetzt einfach durch die Gruppe Jugendlicher, die den Eingang blockierte, und provozierte damit eventuell eine erneute Prügelei, oder er zog sich höflich zurück und versuchte, über den Hintereingang ins Haus zu kommen.

Er entschied sich für Letzteres, drehte sich herum und

wünschte allen Umstehenden, einschließlich des Rothaarigen, einen angenehmen Abend.

Der Rothaarige rief ihm noch einige Gehässigkeiten nach, aber Karter überhörte sie und bat die anderen Umstehenden, ihm Platz zu machen. Die meisten von ihnen hatten den kleinen Machtkampf der beiden aufmerksam verfolgt, wenngleich sie nicht Stellung bezogen hatten. Aber als Karter sie nun bat, Platz zu machen, nickte ihm der ein oder andere anerkennend zu und trat zur Seite.

Ohne größere Mühe erreichte er den kleinen Weg, der zum Hintereingang führte. So langsam und umsichtig er sich vorher durch die Menschenmenge geschlängelt hatte, so sehr schritt er jetzt aus, obwohl der Weg dunkel und schmal war.

Kurz vor dem Holunderstrauch stieß er fast mit jemandem zusammen. Der andere stand breitbeinig vor dem Strauch und nestelte an seiner Hose. Karter stoppte kurz ab. Überrascht schaute der andere für einen Augenblick hoch. Es war Christians Stiefvater. Karter wandte den Blick ab und versuchte, an dem Mann vorbeizukommen, der jedoch die Bewegung Karters mitvollzog. Er war wieder betrunken und hatte weder seine Bewegungen noch seine Blase unter Kontrolle. Karter wich dem kräftigen Urinstrahl geschickt aus. Schon wollte er erleichtert aufatmen, als er ein weiteres Geräusch vernahm: ein Rascheln und Knacken und wieder danach ein unterdrücktes Fluchen und einen kurzen Aufschrei.

Karter wandte seinen Blick zurück. Neben Hubert stand Christian, zerzaust und zerkratzt. Ein Zweig hatte sich in seinen Haaren verfangen, und es war unschwer zu erkennen, dass er aus den Büschen gekrochen war, als sein Vater seine Notdurft dort unkontrolliert verrichtete. Noch bevor er sich aus der gebückten Haltung befreien konnte, hatte ihn sein Vater am Hemd gefasst und nach oben gerissen. Instinktiv legte Christian die Arme über den Kopf.

»Was treibst du hier?«, lallte der Vater. Der Junge wich noch mehr aus.

»Nichts!«

»Nichts? Ich werde dir zeigen, was nichts ist.«

Mit der freien Hand schlug er zu. Christian versuchte sich frei zu machen und riss den Vater fast mit um.

»Lass mich los!«

»Ich werde dir helfen!«, lallte der Vater, diesmal lauter und wütender.

Das war der Zeitpunkt, wo Karter eingriff. Mit einem geschickten Griff drehte er Huberts freien Arm auf den Rücken. »Lassen Sie Ihre dreckigen Finger von ihm«, zischte er ihm zu.

Hubert protestierte fluchend. Karter roch den bierschweren Atem des anderen. Der keuchte vor Wut und Schmerz und Hilflosigkeit. Karter bog den Arm noch mehr in Richtung Schulterblatt.

»Packen Sie ihn *niemals* mehr an«, raunte Karter.

Der andere nickte mit schmerzverzerrtem Gesicht. Und ob es die Aufregung der letzten Stunden war oder der Schmerz und die Schmach ... Hubert entspannte sich von einer Sekunde auf die andere. Sein Körper sackte förmlich zusammen, und mit der Entspannung wurde erneut ein – diesmal dünneres – Plätschern hörbar. Karter hatte es zuerst gar nicht bemerkt. Erst als er einen kurzen Blick zu dem Jungen warf, der die Szene mitverfolgt hatte und seinen Vater unverhohlen grinsend ansah, schaute er zu dem Mann, dessen Hose von oben bis unten nass war.

»Und du, verschwinde!«, sagte er zu Christian.

Der Junge nickte. Karter wartete, bis der Junge außer Reichweite war, und ließ Huberts Arm los.

Der Mann sackte noch mehr zusammen, stierte Karter mit dumpfem Blick an, lallte: »Das werden Sie bereuen«, und wankte davon.

Karter ging zum Eingang, und für einen Moment lehnte er erschöpft den Kopf gegen die Tür und schloss die Augen.

»Was ist passiert?«, fragte der Wirt erschrocken, der gerade aus der Küche kam und Karter so vorfand.

Karter schüttelte nur den Kopf und schwieg.

»Nun sagen Sie schon, Mann«, brummte der Wirt gutmütig und klopfte Karter freundschaftlich auf den Rücken.

»Es ist wirklich nichts«, antwortete Karter müde.

Der Wirt zog gekränkt seinen Arm von Karters Schulter und ging einen Schritt zurück.

»Wie Sie meinen«, sagte er. »Aber dafür sind Sie verdammt nass.«

Erst jetzt schaute Karter an sich herunter. Der Wirt hatte recht. Vom Knie an abwärts waren beide Hosenbeine nass.

»Nun kommen Sie schon. Sie sehen aus, als könnten Sie einen Schnaps vertragen.«

Karter wäre ein Weizenbier lieber gewesen, aber in dieser Gegend bevorzugte man Altbier, verabscheute Kölsch und trank am liebsten Schnaps.

»Das wärmt den Magen und weckt die Geister«, sagte der Wirt, als er Karter ein Schnapspinnchen mit einer hellen Flüssigkeit aus einer der vielen Flaschen hinüberschob. »Prost«, sagte er dann und kippte das Getränk mit einem Schluck hinunter.

Auch Karter trank. Das Getränk brannte im Hals und im Magen, aber es tat gut.

In der Ecke des Schankraumes, unter dem alten Ölgemälde, saßen drei Männer. Karter hatte sie bei seinem Eintreten flüchtig gesehen, ihnen aber keine Beachtung geschenkt.

»Jetzt sind sie sauer«, sagte der Wirt zu Karter und deutete mit dem Kinn auf die Gruppe der Männer.

Karter drehte sich zu ihnen um. Es waren die beiden Kommissare, die den jungen Schausteller in der Mangel hatten. Und tatsächlich: Einer der beiden Männer warf ihnen zuerst einen missbilligenden und später, als ihm Karters Interesse auffiel, einen verärgerten Blick zu.

»Ach«, bemerkte Karter, »das ist ja der junge Schausteller.«

»Kennen Sie ihn?«, fragte der Wirt verwundert und rückte ein Stück von Karter ab.

»Nein, er fuhr nur am ersten Tag unter meinem Zimmerfenster vorbei und blieb mit dem Wagen in einem Schlagloch stecken.«

Der Wirt lachte finster. »Das sieht solchen Leuten ähnlich. Aber jetzt haben sie ihn ja!«

»Was heißt das?«

»Sie haben Martins Portemonnaie auf dem Kirmesplatz gefunden – ganz in der Nähe seines Wohnwagens. Deshalb haben ihn unsere Jungs doch ein bisschen auseinandergenommen. Jetzt verhören sie ihn. Alles nur eine Frage der Zeit, bis er gesteht.«

Karter blickte in Richtung des jungen Mannes, der verstockt auf dem Stuhl saß und sehr bleich und verbissen den Mund hielt. Die beiden Kommissare redeten abwechselnd auf ihn ein. Der Jüngere von ihnen zündete sich eine Zigarette an und inhalierte tief.

»Wegen zwei Euro ein Kind verschleppen ... oder Schlimmeres!«

»Sie wissen doch gar nicht, was passiert ist. Ein Kind ist verschwunden. Vielleicht hat es sich nur verlaufen, oder ...«

»Martin doch nicht! Der hätte sich nicht getraut, auch nur einen Fuß aus unserem Dorf zu setzen. Nee, nee. Den hat jemand mitgenommen. Und dieser Jemand scheint dahinten zu sitzen.«

»Und warum gerade er?«

»Jemand hat ihn mit Martin gesehen. Am Vormittag. Danach war er weg. Ich glaube, die nehmen ihn heute mit.«

»Wäre vielleicht besser für ihn«, sagte Karter und dachte an die aufgebrachte Meute.

Der Wirt schenkte schweigend noch einmal nach.

»Jetzt haben Sie wieder etwas mehr Farbe«, sagte er und wischte über den Tresen. Dann lenkte er ein: »Natürlich haben die da noch keine Beweise.«

Karter hielt es für besser, das Thema zu wechseln.

»Was ist eigentlich mit Christian?«

»Was soll mit ihm sein?«, brummte der Wirt.

»Es ist immerhin sein Bruder, der da verschwunden ist, und seine Eltern scheinen sich nicht viel um ihn zu kümmern.«

Der Wirt zuckte mit den Schultern. »Die haben jetzt andere Sorgen.«

»Arbeitet er häufig bei Ihnen?«

»Wieso fragen Sie?«

»Nur so. Ist mir halt aufgefallen.«

»Er hilft mir manchmal in den Ferien.«

Auch Karter nickte. Das Gespräch war zäh. Einer der vernehmenden Kommissare war nun aufgestanden, trat dicht an den jungen Schausteller heran, beugte sich halb über ihn und redete sehr eindringlich auf ihn ein. Der Mann wandte sein Gesicht ab.

Karter schaute zu ihnen hinüber. Bedeutete das Rücken der Stühle, dass Bewegung in das Verhör gekommen war?

Auch der Wirt guckte neugierig hinüber.

»Verbrecherfresse«, murmelte er, und Karter musste ihm innerlich sogar recht geben. Der Mann war alles andere als mit Schönheit gesegnet. Er hatte eng zusammenstehende Augen, die tief in den Augenhöhlen lagen, eine spitze, gebogene Nase und dicke, fleischige Lippen. Eine Platzwunde über dem Wangenbein und ein bläulicher Schatten unter dem Auge waren das Ergebnis der Prügelei und ließen das Gesicht noch schiefer und verzogener wirken. Ansonsten war er kräftig und muskulös. Mit einem anderen Gesicht hätte er sicherlich bessere Chancen gehabt, dachte Karter.

Auch der Schausteller hatte Karter und dem Wirt einen flüchtigen, unsteten Blick hinübergeschickt, dann jedoch seinen Blick gesenkt.

Gerade als Karter sich abwenden wollte, klopfte es mehrfach kräftig gegen die Fensterscheiben und gegen die Tür. Der Schausteller zuckte zusammen. Die Kommissare sahen sich bedeutungsvoll an und nickten sich zu.

»Auch wenn Sie es vielleicht nicht hören wollen … Ich habe schon so viele Menschen gesehen … der dort hat was auf dem Kerbholz. Koscher ist der nicht!«, sagte der Wirt.

Er hatte noch einmal nachgeschenkt. Innerlich zählte Karter die Schnapspinnchen. Es war bestimmt das fünfte, mit dem er jetzt dem Wirt zuprostete.

»Aus dem spricht doch das schlechte Gewissen. Gucken Sie doch mal, wie der guckt«, sagte der Wirt.

»Ja, ja«, gab Karter zu. »Sein Blick ist nicht so nett. Aber auch Blicke sind nicht immer das, was sie zu sein scheinen.«

Karter fühlte, dass seine Zunge immer schwerer wurde und es ihm nicht gelingen würde, seinen Gedanken Ausdruck zu verleihen. Gedanken darüber, dass das, was wir aus den Blicken der anderen herauszulesen glaubten, häufig das war, was wir hineinlegten, und dass das, was wir hineinlegten, oftmals mehr mit uns selbst als mit dem anderen zu tun hatte.

»Man muss aufpassen«, sagte Karter.

Der Wirt grinste. »Da haben Sie völlig recht. Man kann nicht vorsichtig genug sein.«

Sie schwiegen wieder. Karter beguckte sich die Bierdeckel mit dem Emblem von Hannen Alt.

»Die kommen ja hier aus der Gegend«, sagte er.

Der Wirt nickte. »Jo.«

»Ja, dann ... Ich glaube, es wird Zeit, auf mein Zimmer zu gehen.« Vorsichtig und schwerfällig stieg Karter vom Barhocker.

Der Wirt grinste immer breiter. »Und vergessen Sie nicht, Ihre Hose zu trocknen!«

*

In seinem Zimmer war es frisch. Karter setzte sich auf den Bettrand und atmete tief durch. Ihn fröstelte. Vom Fenster drang ein kalter Luftzug ins Zimmer. Der Himmel hatte sich verdunkelt, dabei war es erst kurz vor neunzehn Uhr. Aus der Ferne hörte er ein Donnergrollen.

Er wurde das Gefühl nicht los, dass sich irgendetwas verändert hatte – in seinem Zimmer oder in ihm. Er stand auf und schloss das Fenster. Das Gewitter war schon ganz nah. Hoffentlich fanden sie den Jungen noch, bevor es losging. Eine Leuchtdiode an seinem Laptop blinkte. Er hatte den Computer doch ausgeschaltet. Oder nicht? Er war sich nicht mehr sicher.

Von Ferne glaubte er die Sirenen der Feuerwehr zu hören. Dann legte er sich hin. Er schlief tief und traumlos. Einmal wachte er auf. Ein heller Blitz durchzuckte die Nacht. Dann hörte er ein regelmäßiges Klatschen gegen die Fensterscheiben. Nein, es war kein Klatschen. Es war härter. Mühsam versuchte er die Augen zu öffnen. Wieder blitzte es. Es war kein einfaches Gewitter. Es war ein Unwetter. Hagelkörner, so groß wie Murmeln, knallten gegen die Fensterscheiben. Der Wind pfiff durch Ritzen und Fugen. Einzelne Sturmböen zerrten an den Fensterläden. Das alte Fachwerk ächzte und stöhnte.

Hin und wieder verebbte der Sturm. Dann trat eine laute Stille ein, die aufhorchen ließ. Mitten in diese Stille mischte sich plötzlich ein anderes Geräusch: hell und quietschend. Es kam aus dem Inneren des Hauses. Karter schaute zur Tür. Hatte sich nicht eben die Klinke bewegt? Er versuchte, den Blick zu schärfen. Vorbei. Wieder krachte ein Blitz. Warum habe ich nur so viel getrunken, dachte er. Er drehte sich zur Seite, zog die Bettdecke fröstelnd hoch und horchte auf das Donnergrollen, auf das Prasseln der Hagelkörner, auf ein erneutes Quietschen.

Irgendwann am frühen Morgen beruhigte sich das Unwetter. Der Hagel verwandelte sich in Regen, der unaufhörlich und monoton gegen das Fenster klatschte. Dann schlief Karter ein.

Im Hinübergleiten nahm er noch das Bild wahr. Das Bild des Jungen Christian. Aber er hatte ein schiefes Gesicht – so wie der Schausteller. Er kämpfte und schlug. Und plötzlich war Karter mit im Traum und kämpfte und schlug mit. Er schlug die Kommissare und den Wirt. Christian lachte. Und er, Karter, schlug noch mehr. Und der Wirt verwandelte sich in ein Kind. Ein Kind mit Locken. Ein Kind, das schrie und lachte und schrie. Und Karter schlug und schlug, aber das Kind hörte nicht auf zu schreien. Dann kam der Wirt und gab ihm ein Glas, in dem ein Tuch lag. Er zog es hinaus, und das Tuch blähte sich auf, wurde größer und dicker, wurde zum Kissen. Zu einem Kissen, das in den Mund des kleinen Jungen passte. Er ging ganz nah an das Kind heran. Er sah den geöffneten Mund. Er hörte diesen hohen schrillen Ton, der sich anhörte wie eine Sirene. Dann drückte er zu. Das Gesicht des Kindes verschwand. Das ganze Kind verschwand. So groß war das Kissen. Karter horchte, fühlte. Mit einem Mal war es ganz ruhig. Kein Ton war mehr zu hören. Kein Gezappel zu spüren. Vorsichtig nahm er das Kissen weg und erschrak. Unter dem Kissen lag ein Säugling.

*

Der nächste Morgen war kühl und diesig, der Himmel grau und verhangen. Die Temperatur war um fünfzehn Grad gefallen, und das alte Gemäuer schien die Feuchtigkeit wie ein Schwamm aufgesogen zu haben. Schlaftrunken ging Karter ins Bad.

In seiner linken Schläfe pochte ein bohrender Schmerz, der auch nach der heißen Dusche nicht nachließ und sich nun, mit jeder Stufe, die Karter hinunterging, verstärkte. Er fühlte sich müde und erschöpft.

Im Haus waren aufgeregte Stimmen zu hören.

Es fehle nicht nur ein ganzer Schinken, sagte Lina gerade zum Wirt, und ihr ganzer Körper zitterte vor Empörung. Es fehle auch ein ganzer Laib Brot. Sie wüsste das ganz genau, denn sie hätte es gestern erst gebacken.

Der Wirt schaute sie finster an und hob abwehrend die Hände. Es war ihm deutlich anzusehen, dass er Linas Hiobsbotschaft erstens nicht glaubte und zweitens, in Anbetracht der Schäden der letzten Nacht, für unerheblich hielt. Lina schien seine Ablehnung nicht zu bemerken. Unaufhörlich redete sie auf ihn ein und wiederholte die Ungeheuerlichkeit, dass es sich um einen *ganzen* Schinken und einen *ganzen* Laib Brot handelte.

»Unsinn«, sagte der Wirt und fuhr mit dem Fingern über eine Fensterscheibe, die in der Mitte einen Riss zu haben schien.

»Nein, nein, nein«, insistierte Lina, trippelte zum Wirt hin und trippelte wieder zurück, wie ein Hund, der seinem Herrchen etwas zeigen will.

Willi wollte soeben ansetzen, sich Lina gegenüber ungehalten zu zeigen, als Karter den Schankraum betrat.

»Guten Morgen«, sagte Karter und schaute sich ein wenig müde um.

»Guten Morgen«, knurrte der Wirt und folgte Karters Blick. Ihm wurde bewusst, dass er vergessen hatte, das Frühstück für seinen Gast einzudecken.

»Einen ganzen Schinken!«, zeterte Lina. »Und einen ganzen Laib Brot!« Im Gegensatz zum Wirt übersah sie Karter in ihrer Aufregung. Fast konnte man den Eindruck gewinnen, sie befürchte, dass in der Zwischenzeit noch mehr abhanden kommen könnte, und dies nicht aufgrund eines Diebstahls, sondern aufgrund magischer Kräfte, da der Vorratsschrank doch abgeschlossen war.

»Frühstück kommt sofort«, sagte der Wirt. »Ich muss nur mal schnell ... Sie sehen ja!«

Karter nickte. Eigentlich war er ganz froh darüber, dass man ihn nicht ansprach oder sonst wie behelligte. Für einen Moment überlegte er, ob es besser wäre, sofort loszufahren und unterwegs zu frühstücken.

Er entschied sich, zuerst einen Blick auf die Straßenkarte zu werfen, die in seinem Auto lag. Die Hintertür war, anders als in den vergangenen beiden Tagen, geschlossen. Als er die Klinke niederdrückte, stellte sich ein hoher, quietschender Ton ein. Der gleiche Ton wie in der Nacht?

Karter ließ die Klinke los, die schwer und knarrend in die Ausgangsposition zurückschnellte. Dann drückte er sie noch einmal langsam und vorsichtig hinunter. Ja, es war der gleiche Ton. Irritiert und nachdenklich ging er nach draußen.

Der Garten sah verwüstet aus. In der Ecke am Holunder und auf der Bank lagen kleine weiße Hagelberge. Der Hagel hatte die Rosenblätter abgemetzelt. Dazwischen lagen kleinere Zweige, Äste und Blätter. In den Beeten waren die meisten Blumen abgeknickt. Die, die es nicht waren, streckten sich trotzig der Sonne entgegen, die milchig verdeckt am Himmel hing. Am östlichen Horizont brauten sich erneut dunkle Wolken zusammen. Hin und wieder frischte der Wind auf, und die Böe schüttelte Regentropfen von den Bäumen. Das Wetter machte keine Anstalten aufzuklaren. Ganz im Gegenteil.

Karter fluchte leise vor sich hin und ging eiligen Schrittes über den Gartenweg zur Straße. Kurz darauf blieb er wieder stehen. Vor ihm stand der Papiercontainer des Hauses, jedoch nicht in leuchtend blau-weißer Farbe, sondern schwarz und rußig. Es hatte also wirklich gebrannt! Dass er die Sirenen gehört hatte war keine Sinnestäuschung gewesen, ebenso wenig wie das quietschende Geräusch der Türklinke.

Er beeilte sich, zum Auto zu gelangen, wie jemand, der eine plötzliche Erkenntnis oder Einsicht hat. Schon von Weitem nahm er die Lackschäden auf Dach und Kühlerhaube wahr. Und als er auf die Fahrerseite wechselte, sah er den platten Reifen, der schlaff auf der Felge saß. An der Außenseite des Reifens war deutlich ein scharfkantiger Schnitt zu erkennen.

Er hatte so eine Vorahnung gehabt, dennoch blieb er einen Augenblick erschreckt stehen. Da schien ihn wohl jemand nicht zu mögen. Der Gleiche, der heute Nacht …? Fast mechanisch spulte Karter die Fragen nach dem möglichen Täter ab. Die Frage war, wer? Viele boten sich nun nicht an: der Rothaarige oder Christians Stiefvater. Er hatte die freie Wahl. Das heißt, er hatte gar keine Wahl, denn er würde es nicht herausfinden können, ohne Hilfe in Anspruch zu nehmen. Und das wollte er auf keinen Fall.

»Da hat anscheinend jemand was gegen Sie«, sagte plötzlich eine Stimme hinter ihm. Langsam drehte Karter sich herum und blickte in das Gesicht des Kommissars, der den Schausteller am Vortag verhört hatte. »Glattgesicht« hatte er ihn insgeheim getauft. Nicht weil er jung und faltenfrei war, sondern weil sein Gesicht während des Verhörs und bei den weiteren Geschehnissen kein einziges Mal eine winzige Spur von innerem Berührtsein gezeigt hatte. Den anderen hatte Karter »Stiernacken« getauft. Der Mann war insgesamt ziemlich gedrungen, aber am Hals hatte der liebe Gott es mit dieser Eigenschaft besonders gut gemeint.

Stiernacken bog nun auch um die Ecke vom Unkenpfuhl, schlenderte betont locker heran und besah sich schweigend den kaputten Reifen.

»Da hat Sie wohl jemand nicht sonderlich gemocht«, sagte nun auch der Stiernacken.

»Scheint so«, antwortete Karter widerwillig und spielte mit dem Zündschlüssel in seiner Hand.

»Merkwürdig«, sagte der Stiernacken.

»In der Tat«, bekräftigte das Glattgesicht. »Sehr merkwürdig. Uns wurde dieses Dorf als sehr gastfreundlich vorgestellt – zumindest gegenüber Sommerfrischlern.«

»Für Kommissare nicht?«

Die beiden überhörten die Frage.

»Sie wohnen schon länger hier?«, fragte das Glattgesicht.

»Ich dachte, Sie hätten sich erkundigt.«

»Fünf Tage, nicht wahr?«

Karter grinste. Die Finte war zu deutlich. »Fünf Tage oder fünf Wochen oder vielleicht sogar Monate …?«

»Ein wenig mehr Respekt, wenn ich bitten darf«, sagte der Stiernacken und kam nahe an Karter heran. So nahe, wie er auch dem Schausteller auf die Pelle gerückt war.

Das Glattgesicht zog jetzt ein Notizbuch hervor. »Angekommen vor zwei Tagen abends. Sprach ein Mädchen im Park an …«

»Ich sprach eine Gruppe Jugendlicher an«, erwiderte Karter.

»Steht das in deinem Buch?«, fragte der Stiernacken.

»Nein. Das Mädchen sagte, Sie hätten es merkwürdig angeschaut.«

»Sagte es das?«

»Ja, das sagte es!«

Karter spürte Ablehnung in sich hochsteigen. Er hätte ihr gern Ausdruck verliehen. Aber er tat es nicht, stattdessen zog er gelangweilt die Augenbrauen hoch.

»Und Sie glauben alles?«, fragte er.

»Wir gehen jeder Spur nach«, antwortete das Glattgesicht.

»Aha. Gute Kommissare.«

»Zweifeln Sie daran?«

»Steht das zur Debatte?«

Die beiden schwiegen wieder und betrachteten das Auto eingehend.

»Erst zwei Tage hier und dann schon Feinde ... Das macht Ihnen so schnell keiner nach.«

»Was wollen Sie?«, fragte Karter und schloss die Wagentür auf.

»Einige Antworten auf unsere Fragen?«

»Finden Verhöre jetzt auf der Straße statt?«

»Sind nette Nachfragen jetzt Verhöre?« Der Stiernacken begann zu grinsen. Er hielt sich wohl für besonders klug.

»Der Wirt sagte uns, dass Sie ursprünglich nur eine Nacht gebucht und sich dann plötzlich anders entschieden hätten. Ungewöhnlich für einen ... Sommerfrischler«, warf das Glattgesicht ein.

»Das stimmt.« Karter sog hörbar die Luft ein. »Ich bin eben ein ungewöhnlicher Sommerfrischler. Kein Langweiler.«

»Aha«, antwortete das Glattgesicht, ging mit geschürzten Lippen langsam um das Auto herum und nickte, als würden seine Gedanken Fäden spinnen, in denen Karter sich früher oder später verfangen würde.

»Dann verabschiede ich mich jetzt«, sagte Karter. »Sie sehen ja, ich brauche eine Werkstatt.«

Der Stiernacken machte es seinem Boss nach, schürzte die Lippen ebenfalls und beguckte das Auto kritisch.

Auf der anderen Straßenseite waren unterdessen zwei ältere Männer stehen geblieben und schauten unverhohlen neugierig zu ihnen hinüber.

»Sie kommen aus München«, stellte der Stiernacken fest und notierte das Kennzeichen.

Zu den Männern auf der anderen Straßenseite gesellten sich noch eine junge Frau und ein halbwüchsiges Mädchen. Karter merkte, wie die anfängliche Ablehnung in Ärger umschlug. Er machte sich ungern zum Idioten.

»Hören Sie«, sagte er, »ich möchte jetzt wirklich gehen. Ich stehe Ihnen für weitere Fragen gern später zu Verfügung.«

»Ein Spaßvogel«, sagte der Stiernacken zum Glattgesicht und grinste.

»Ein besonderer Spaßvogel«, wiederholte das Glattgesicht. »Ich liebe Spaßvögel, müssen Sie wissen.«

»Schön für Sie. Ich liebe sie nicht. Sie sind mir im Allgemeinen zu dumm.«

»Aha!«

»Ja. Ausgesprochen dumm sogar.«

»Und Sie sind klüger, nicht wahr?«

»Ohne Zweifel. Deshalb frage ich Sie jetzt auch, wie Ihr Vorgesetzter heißt, denn den liebe *ich*«, grinste Karter.

»Sie sind sehr neugierig.«

»Neugier ist mein Beruf.«

»Oh, ein Journalist«, grinste der Stiernacken.

»Oder ein Paparazzo?«

»Das überlasse ich Ihrer Phantasie. Es sei denn, Sie sagen, dass dies ein Verhör ist. *Dann* allerdings haben Sie mir erst mal nach Paragraph 136 und 163a *vor* Beginn meiner ersten Vernehmung zu eröffnen, welche Tat mir zur Last gelegt wird. Es ist darauf hinzuweisen ...«

»Oh, ein Kenner!«, witzelte der Stiernacken.

»Sie haben es erfasst.«

Das Gesicht des Glattgesichts wurde noch glatter. »Das ist kein Verhör. Wir haben uns lediglich unterhalten.«

»Weshalb ich jetzt diese Unterhaltung abbrechen werde. Ich habe Wichtigeres zu tun.«

Karter machte Anstalten, das Handschuhfach zu öffnen, in dem er seine Straßenkarten aufbewahrte.

In der Jackentasche des Glattgesichts klingelte es. Er holte das Handy aus der Tasche und nickte dem Stiernacken mit gerunzelter Stirn zu.

Karter wusste, dass sie keine Handhabe gegen ihn hatten, dass sie im Grunde nichts machen konnten, außer ihm höflich ein paar Fragen zu stellen. Er konnte und durfte sich jederzeit entziehen. Das wusste auch das Glattgesicht. Im Gegensatz zum Stiernacken hatte er Karters aggressive und überlegene Haltung registriert. Und er würde sie mit Sicherheit im Hinterkopf behalten. Er würde sich revanchieren. Karter war sich sicher. Aber es war ihm egal.

Das Glattgesicht winkte den Stiernacken zu sich herüber.

»Heute Nachmittag, fünfzehn Uhr, im Unkenpfuhl«, sagte der Stiernacken.

Karter hätte gern erwidert: »Wenn ich Zeit habe«, aber die beiden Männer drehten sich weg und hörten mit aneinanderliegenden Köpfen dem Anrufer zu.

Das Telefonat bot beiden eine gute Gelegenheit, sich ohne Gesichtsverlust der Situation zu entziehen.

*

Es war höchstens ein Kilometer bis zum Ortsausgang, den Karter auf seinem Weg zur nächsten Tankstelle zu Fuß zurücklegen musste. Trotz des Ärgers über die Kommissare und seiner Sorge wegen des kaputten Reifens war er nicht unfroh, zu dieser frühen Stunde durch das Dorf zu marschieren. Das Unwetter hatte die Menschen in die Gärten getrieben, wo sie darangingen, Ordnung und Idylle wieder herzustellen. Sie standen zusammen, beschauten die Schäden und griffen zu Rechen und Besen. Eine Emsigkeit war spürbar, die sich auf jeden übertrug, der in die Nähe dieser Menschen kam. In einem Garten trugen Kinder lachend einen großen Ast zu Seite. Eine Frau band einen Rosenzweig fest. Auf dem Dach tauschten zwei Männer einige Dachziegel aus.

Die Tankstelle war ein Ein-Mann-Betrieb mit Lehrling, die beide gleichzeitig Reifen wechseln und Brötchen backen konnten. Der Chef des Betriebes nahm Karters Auftrag mit stoischer Ruhe entgegen, ließ sich die Automarke nennen und schaute in der Werkstatt nebenan, ob er zwei Reifen der gleichen Sorte vorrätig hatte. Dann versprach er, bis zum Nachmittag seinen Lehrling vorbeizuschicken, der den Schaden an Ort und Stelle beheben würde. Karter bedankte sich, kaufte die Tageszeitung und verließ die Tankstelle.

Wenn man das Wozu kennt, erträgt man jedes Wie, dachte Karter. Der Gedanke legte sich wie ein Mantel um ihn und wärmte ihn. Der Vorfall mit der Polizei berührte ihn nicht weiter. Sie hatten ihre Pflicht getan. Sie hatten ein wenig gestochert, hatten durch subtile Unterstellungen und dumme Fragen einen möglichen Täter in die Falle jagen wollen. Alles ganz normal. Tägliche stupide Polizeiarbeit, die nichts mit ihm zu tun hatte. Er würde heute Nachmittag sein »Verhör« abkürzen, indem er dem Glattgesicht zu verstehen geben würde, dass sie nicht nur aus dem gleichen beruflichen Stall kamen, sondern dass er, Karter, ranghöher war. Einem Typen wie dem Glattgesicht würde diese Information ausreichen, ihn in Frieden des Weges ziehen zu lassen.

Auf dem Rückweg beschloss Karter, den Pfarrer zu besuchen. Er redete sich ein, dass dieser ein geschichtlich interessierter Mensch sei, dem Ahnenforschung Freude bereiten würde.

Als Karter diesmal vor der schweren Eichentür stand, war alles ruhig. Überhaupt schien das ganze Haus in seiner Ausstrahlung verändert. Es hatte seine Leichtigkeit verloren. Und als Karter klopfte und im Inneren des Hauses Agathes

Schritte hörbar wurden, wünschte er sich, er hätte seinem harmlosen Wunsch nach ein wenig menschlicher Wärme und Anteilnahme nicht nachgegeben, sondern wäre in den Unkenpfuhl gegangen und hätte seine weitere Vorgehensweise strukturiert.

Agathe öffnete mit dem gleichen unfreundlichen, mürrischen Gesicht wie am Tag zuvor, lediglich mit dem Unterschied, dass sie ihn nun in das Haus bat, obwohl der Pfarrer gerade – wie sie sagte – wichtige Amtsgeschäfte zu erledigen hätte.

Für einen kurzen Moment war Karter geneigt zu denken, dass der Pfarrer eigentlich auf *ihn* gewartet und seine Haushälterin instruiert hatte, ihn in dieses Haus zu lassen, weil auch er ein Interesse hatte, mit ihm – Karter – zu reden. Aber dann verbannte er den Gedanken in die Schublade seiner Eitelkeiten und lehnte dankend ab.

»Ich komme später noch einmal«, sagte er.

»Wann?«

»Ich weiß noch nicht. Heute vielleicht. Vielleicht auch erst morgen.«

»Soll ich ihm etwas ausrichten?«

Karter runzelte die Stirn. Was sollte er antworten? Etwa: Bestellen Sie dem Pfarrer, dass ich mit ihm meine Gefühle sortieren möchte. Dass ich ihnen auf die Spur kommen möchte, meinem Hass, meiner Wut, die so alt sind, wie ich selbst? Unsinn. So etwas sagte man nicht. So etwas dachte man vielleicht noch nicht einmal. Eigentlich reichte es, diese Gedanken zu haben und sie gleich zu verwerfen.

»Nein danke«, antwortete Karter, zog den Hut und verabschiedete sich. Als die Tür mit einem Krachen ins Schloss fiel, zuckte er zusammen. Für den Bruchteil einer Sekunde verscheuchte der Lärm den Gesang der Vögel und das Summen der Bienen. Für einen kurzen Moment war es ganz still. Irritiert schaute Karter sich noch einmal um. Das Haus ruhte dunkel zwischen den Blumen.

Vielleicht war es ganz gut, dass er den Pfarrer nicht getroffen hatte. Es war ein dummer Gedanke, seinem Gefühl Raum zu geben. Sich anlehnen zu wollen.

Jetzt lächelte Karter. Welch kindlicher Wunsch! Was hätte er sagen sollen? Er hatte nichts zu sagen, nicht das Geringste.

*

Als Karter im Unkenpfuhl ankam, hatte sich die Lage um hundertachtzig Grad gedreht: Der Wirt grüßte freundlich, und Lina war wieder die Ruhe selbst. Obwohl beide sehr beschäftigt waren, lief die Alte sofort in die Küche und holte Karters Frühstück. Der Wirt rückte unterdessen flink und behände die Tische zur Seite und stellte die Stühle in langen Reihen auf.

»Was ist los?«, fragte Karter erstaunt. »Große Versammlung heute?«

»So könnte man es nennen«, brummte der Wirt, ohne seine Arbeit zu unterbrechen. »Der Bürgermeister kommt heute. Großes Palaver wegen der Kirmes.«

»Wegen der Kirmes?«

Der Wirt nickte. »Da wollen ein paar Neunmalkluge alles absagen. Waren wohl gestern in der Kreisstadt und haben sogar die Presse eingeschaltet. Und jetzt kommt deswegen der Bürgermeister.«

»Absage wegen des Jungen also.«

Der Wirt nickte. »Als käme er dadurch zurück. Unsinn alles. Na ja, mir soll's recht sein.«

Karter setzte sich an den Tisch. Linas Kaffee duftete wie immer gut, und er verspürte mit einem Mal Hunger.

»Ich hoffe, es schmeckt Ihnen«, sagte Lina. »Ich habe Ihnen noch ein paar Gurkenscheiben dazu gelegt. Obwohl – Gurken am frühen Morgen … aber die Geschmäcker sind ja verschieden.«

»Es ist alles sehr gut«, beeilte Karter sich zu sagen. »Köstlich wie immer.«

»Ich habe heute Morgen einen neuen Schinken aufgeschnitten, aber ich denke, er schmeckt genauso gut. Auch diesen haben wir ja selbst gepökelt.«

Noch während Karter kaute, wurde er plötzlich von Ungeduld erfasst. Zum ersten Mal empfand er Linas Reden als dummes Geschwätz, in das man verfällt, wenn man sich eigentlich nichts zu sagen hat. Er trank den Kaffee in einem Zug aus. Sein Hals brannte wie Feuer, und er hustete.

»Es war sehr gut«, sagte er, stand auf und nahm das Tablett. »Ich muss jetzt aber wirklich gehen.«

Lina nickte erleichtert, und Karter lächelte ihr zu. Er brauchte seine Unterlagen. Er hatte vor, seine Notizen – nach den Regeln der Vernunft – in Ruhe durchzuschauen und fernab jeglichen Gefühls die Fakten und deren Konsequenzen zusammenzutragen. Voller Elan marschierte er in sein Zimmer, nahm seine Aufzeichnungen und wog sie in der Hand. Sie wogen leicht für ein ganzes Leben. Aber er hatte keine andere Chance. Er hatte nur die Adresse von Fred, seine eigenen Erinnerungen und die Erzählungen seiner Mutter. Und irgendwo dazwischen musste es ein Schlüsselwort geben, das dem Ganzen einen Sinn gab.

In seinem Inneren hörte er Dorothees Stimme, ein wenig schlaftrunken, so wie ihre Stimme immer gewesen war, wenn sie nachts aufgestanden war und ihn im Wohnzimmer hatte sitzen sehen, mit den Fotos eines Opfers und der Umgebung. Er war regelmäßig hochgeschreckt, so vertieft war er.

»Die Antwort steckt hier drin«, hatte er dann schnell geantwortet. Sie hatte dann genickt und »Schluss für heute« gesagt. Meistens hatte er dann die Bilder zu Seite gelegt und war mit ihr gegangen, hatte sich neben sie gelegt. Sie schlief erfahrungsgemäß sofort wieder ein. Er hatte dann mit seiner Hand ihre linke Brust umschlossen, deren Weichheit gespürt und den Herzschlag gesucht. Karter atmete tief durch. Wie sehr er sie vermisste! Dann nahm er den Stapel Blätter.

Die nächsten beiden Stunden arbeitete er seine Texte akribisch durch. Er las sie mehrfach und fügte das ein oder andere ein, das aus dem Dunkel der Erinnerungen auftauchte, nachdem seine eigenen Worte das Bild erneut heraufbeschworen hatten. Danach begann er, alle Wörter und Szenen herauszustreichen, die Ähnlichkeit miteinander hatten. Wo war sie – die Verbindung, die Linie, die dem Ganzen einen Sinn gab? Auf den ersten Blick waren nur die Begriffe »Feuer« und »schwarzer Mann« auffällig, die in zwei völlig unterschiedlichen Bereichen vorkamen.

»Du wirst sicherlich niemals rauchen«, hatte seine Mutter gesagt und gelacht. Sie hatte ihn gebeten, ein Streichholz anzuzünden und den Campingkocher anzumachen. Er hatte – wie er es tausendmal bei seiner Muter gesehen hatte – den Zündkopf an der schwarzen Seite der Dose gerieben. Als der Schwefel entflammte, hatte er das Holzstäbchen weggeworfen. Ein trockenes Grasbüschel hatte daraufhin Feuer gefangen. Er war schreiend weggelaufen und hatte danach jahrelang kein Streichholz mehr angefasst.

Gab es eine Verbindung zu Dr. Fellers Diagnose? Oder war alles nur Zufall? Hatte nur der Zufall dafür gesorgt, dass er sich diesen Mann ausgesucht hatte, der übertrieben pedantisch jedem Patienten die eigene Krankheit erklärte? Oder hatte er schon damals unbewusst eine Antwort gesucht oder sie vielmehr gemieden? Was hatte er damals empfunden, als er ihm am Schreibtisch gegenübersaß, diesem Mann, der so unscheinbar und mager war, dass seine Sätze nicht mehr als ein Hauch waren?

»Der Schläfenlappen wird durch die sogenannte Inselregion ergänzt. Über diesen Abschnitt verlaufen unter anderem die Verbindungsbahnen für Informationen aus dem Magen-Darm-Kanal und dem Mund, weshalb Betroffene eine Hitzewelle in dieser Region verspüren.«

Dr. Feller hatte dabei die Augenbrauen hochgezogen, über den Brillenrand geguckt und ihm aufmunternd zugenickt.

»Das ›Feuer im Bauch‹ ist also eine wissenschaftlich erwiesene – nicht immer, aber häufig auftretende – Folgeerscheinung Ihrer Erkrankung. Das Feuer findet im Gehirn statt, nicht in Ihrem Bauch, auch wenn sich das so anfühlt.«

Feuer im Hirn statt Feuer im Bauch. Karter schüttelte den Kopf. Es mochte wissenschaftlich betrachtet alles richtig sein, aber es war nicht richtig. Es war nicht richtig. Doch was war richtig?

Beim »schwarzen Mann« musste er nicht lange suchen. Er wusste, dass seine Mutter diese imaginäre Figur oft heraufbeschworen hatte, um durch Angst sein Verhalten zu lenken. Wie oft hatten sie abends als Kinder in den Straßen dieses Spiel gespielt.

»Wer hat Angst vorm schwarzen Mann?«

»Ich nicht!«

»Und wenn er kommt?«

»Dann laufen wir!«

Wie oft hatte er es gespielt und das Prickeln genossen, wenn der Mitspieler plötzlich aus seinem Versteck hervorbrach und in die Reihen der Mutigen Löcher riss, sie mitnahm, damit auch sie schwarze Männer wurden. Ein schaurig schönes Spiel, das er mit Begeisterung gespielt hatte. Heute – im Rückblick – kam ihm in den Sinn, dass er es nicht grundlos gespielt hatte.

Wer hat Angst vorm schwarzen Mann? »Ich!«, hätte er antworten müssen. »Ich habe Angst vor ihm. Ich weiß nicht, warum. Ich weiß nicht, wo er ist, aber er ist da.«

»Und wie oft«, sagte Karter halblaut für sich, »habe ich diesen schwarzen Mann fangen wollen, einsperren wollen, ihn seiner Schuld überführen wollen?«

Das war der eigentliche Grund, warum er zur Polizei gegangen war.

*

Das Klopfen war leise und zaghaft. Als Karter es wahrnahm, glaubte er im ersten Moment, sich verhört zu haben. Erst als es sich wiederholte, lauter und eindringlicher wurde, legte er den Stapel Blätter zur Seite und öffnete die Tür.

Vor ihm stand Christian, der nun einen Schritt zurückwich.

»Ja bitte?«

»Telefon für Sie«, sagte der Junge und richtete sich auf wie einer, der das Ohr an die Tür gelegt hatte.

Karter nickte und schaute auf die Uhr. Es war kurz vor zwölf. Wer mochte das sein? Ob Fred noch etwas herausgefunden hatte?

»Danke«, sagte Karter. »Ich komme sofort.«

Der Junge schaute ihn noch eine Sekunde fragend an. Dann drehte er sich abrupt um und verschwand.

Auf der Treppe schlugen ihm Schwaden von Rauch und Stimmengewirr entgegen. Der Schankraum war zum Bersten voll. Alle Stühle waren besetzt. Selbst an den Wänden lehnten Gruppen von Menschen. Sie redeten durcheinander und rauchten trotz des Rauchverbots. Es schien unwichtig zu sein. Ein gewichtiger Mann mit Anzug und Weste hielt eine Art Rede, die, der Lautstärke nach zu urteilen, keinen interessierte.

»... weshalb man bedenken sollte, dass das Volksfest als gemeinsames Erlebnis aller Bürgerinnen und Bürger ...« Seine Stimme war eine Spur zu sanft und zu warm, als dass sie angenehm gewesen wäre.

»... den Gemeinschaftssinn stärkt ...«

Einige Jugendliche im hinteren Teil des Raumes lachten laut.

»Hört, hört!«, riefen sie.

Der Gewichtige ließ sich davon scheinbar nicht beeindrucken. »... und man auch bedenken soll, dass dies in seinen Ursprüngen ein kirchliches Fest war, weshalb heute unser werter Herr Pfarrer ...«

»Die Pasalacken sollen abhauen!«, schrie ein anderer. Dann hustete er. Sein Kopf wurde hochrot, und als er erneut ansetzte, gehorchte ihm die Stimme nicht mehr ganz. »Wir wollen andere ... andere ...«

»Aber ich bitte Sie ...«

Karter wandte sich an den Wirt. »Der Junge hat mich geholt ...«

»Telefon«, nickte der Wirt und wandte sich einem kleinen Mann am Tresen zu. »Noch ein Bier?«

»Der Bürgermeister hat völlig recht«, sagte der kleine Mann darauf und dann: »Ja, noch ein Bier.«

»Genau das, Jupp!«, fiel nun eine dritte Stimme ein. »Wir werden Zeichen setzen! Noch heute! Sollen sie ...«

Der Bürgermeister hob beide Arme und wartete, dass sich die aufkommende Unruhe wieder legte.

Karter nahm den Telefonhörer. »Karter hier!«, sagte er und drehte sich augenblicklich zur Wand. Die fromme Haltung des Bürgermeisters hatte doch einen Augenblick für Ruhe sorgen können, sodass sein »Karter« einen Moment lang laut im Raum nachklang. Unnatürlich und aufdringlich hörte es sich an.

»... weshalb unser werter Herr Pfarrer ...«, wiederholte der Dicke, »heute auch zu seiner Gemeinde ...«

»Guten Tag, Herr Karter. Pannenbecker hier, Esso-Tankstelle. Sie waren heute Vormittag bei uns und haben uns einen Auftrag erteilt. Mein Lehrling hat den Bestand unserer Reifen genauestens durchgeguckt. Wir haben zwar noch Goodyear ...«

Karter hörte dem Mann am Telefon nur halbherzig zu. Es war nicht nur die Enttäuschung, dass Fred nicht am Apparat gewesen war. Es war die Welle der Bewegung, die die Menschen nach den Worten des Bürgermeisters ergriffen hatte. Synchron drehten alle ihre Köpfe in Richtung eines kleinen Tisches, an dem der Pfarrer saß und gerade ein Schlückchen Wein trank. So im Mittelpunkt stehend, setzte er das Glas Wein nun auf den Tisch, nickte seiner Gemeinde wohlwollend zu und – schwieg.

Karter grinste.

»Hallo«, sagte die Stimme am anderen Ende der Leitung. »Sind Sie noch dran?!«

»Entschuldigen Sie bitte ... ja, ich bin noch dran.«

»Also«, sagte die Stimme am anderen Ende. »Es wird länger dauern als erwartet ... Ist das für Sie okay?«

Karter versuchte, sich halbwegs auf das Telefongespräch zu konzentrieren. »Oh ja, das ist nicht ganz so tragisch«, hörte er sich sagen, während er die Menschen nicht aus den Augen ließ.

»Goodyear hatten wir nur noch die 155/70er. Pirelli hätte ich noch in Ihrer Größe da. Die könnte man natürlich auch aufziehen, aber Ihre anderen Reifen sind auch von Goodyear. Es ändert nichts an der Fahreigenschaft, aber ...

»Ich nehme die Goodyear«, unterbrach Karter seinen Gesprächspartner. »Wann wäre der Wagen fertig?

»So gegen drei?«

Hatte der Blick zum Pfarrer für einige Sekunden Ruhe heraufbeschworen, so setzte das Gemurmel wieder von Neuem ein.

»Sagen wir um vier«, antwortete Karter, der nun auch die beiden Kommissare in unmittelbarer Nähe zum Bürgermeister hatte sitzen sehen, die Blicke scheinbar auf die Bilder an den Wänden geheftet.

»In Ordnung«, sagte der Tankstellenbesitzer, »dann bis um vier.«

Das Gespräch war beendet, doch Karter legte nicht auf. Er hatte einen kurzen Blick mit dem Pfarrer getauscht, der ihn – Karter – jedoch nicht wiedererkannte oder nicht wiedererkennen wollte. Karter war sich unsicher.

Der Bürgermeister begann nun wieder wortgewaltig zu reden. »... denn wir, diese Gemeinde, hat Verträge, die nicht so einfach aufzuheben sind ...«

»Genau«, pflichtete eine Frau bei, »darum geht es doch. Es geht darum ...«

»Verträge, die uns binden! Binden an das Gesetz, an deutsches Recht, das Vorrang hat vor Einzelinteressen ...«

»Kommt wohl immer darauf an, wessen Interesse«, warf jemand in den Raum, den Karter nicht ausmachen konnte.

In der Stimme aber schwang unverhohlen die Geringschätzigkeit für den Bürgermeister mit.

Grob gesehen spaltete sich die Menschenansammlung in drei große Gruppen, stellte Karter fest: die Befürworter der Kirmes, die Gegner und die große Gruppe der Schweiger und Unentschlossenen, der Fähnchen im Wind.

Ein Mann mit Kamera stand an der Wand und schrieb eifrig mit. Egal wie das Ergebnis ausfallen wird, die örtliche Presse hat in jedem Fall morgen ihre Schlagzeile, dachte Karter. Entweder würde der Schreiber die moralische Großtat dieses Dorfes herausstellen, das auf das alljährliche große Ereignis der Kirmes verzichtete, oder die Gefühllosigkeit der Neuzeit, die es zuließ, dass Menschen trotz der Not eines anderen noch feiern konnten.

Der Bürgermeister redete unbeirrt weiter. Redete von Recht und Verantwortung für *alle* Mitbürger.

Karter legte endlich auf. Meinungsmache kannte er zur Genüge. Die musste er sich nicht noch einmal antun. Ohne es sich einzugestehen, fühlte er eine Enttäuschung in sich aufsteigen, eine Müdigkeit angesichts der Tatsache, dass es – egal an welchem Ort der Welt man sich aufhielt – immer so ablaufen würde, wie er es gerade hier im Kleinen erlebt hatte. Die Stimmgewaltigen würden siegen. Die Unterlegenen würden ihren Unmut wegtrinken, und die große Masse würde sich – durch so viele Argumente beruhigt – dem Feiern hingeben.

Gerade als Karter sich abwenden und auf sein Zimmer gehen wollte, erhob sich der Pfarrer. Er wartete und schwieg. Nach und nach verstummten alle und richteten ihre Aufmerksamkeit auf ihn. Er ließ seinen Blick über die Menschen schweifen. Bei manchen schaute er länger, manchen nickte er fast unmerklich zu, dann begann er zu reden:

»Liebe Gemeinde, Freunde, wir alle kennen Martin, kennen sein frohes, lautes, lebensbejahendes Lachen. Ein Lachen – seien wir ehrlich – das uns manchmal zu laut war. Wir alle kennen die Familie Hölter, die durchaus ihre eigene Problematik hat.

Ich höre hier Menschen unser Fest verdammen, die – so glaube ich sagen zu dürfen – Martin und seine Familie doch sehr gemieden haben. Menschen, die jetzt andere Menschen zum Teufel jagen. Seien wir ehrlich: Geht es uns um diese Menschen? Seien wir gerecht: Tragen *sie* eine Schuld, nur weil sie uns fremd sind …?«

In der Kneipe war es so ruhig, dass man eine Stecknadel hätte fallen hören. Einzig der Mann von der Presse schrieb wild mit. Ob ihn die Rede beeindruckte? Ob er verwundert war, dass es außer den beiden Möglichkeiten von Gut und Böse noch andere Nuancen gab?

Karter zumindest war beeindruckt. Von der plötzlichen Stille der Menschen und von der Ausstrahlung des Pfarrers, von seiner Stimme, in der sein ganzer Gottesglaube lag.

»… und so denn, meine Freunde, wollen wir an Martin denken, wollen wir für ihn beten, dass ihm kein Unglück widerfahren ist, wollen wir Gott bitten, dass er schützend seine Hand über ihn hält. Wollen wir auch – was keiner wünscht – für denjenigen beten, dessen Herz so dunkel ist, dass er das helle Lachen Martins nicht ertragen konnte. Vertrauen wir ihn der Fürsorge Gottes an und begehen wir das Fest – unser Fest – in Ruhe und Würde. Lasset uns beten.«

Eine Sekunde lang blieb es still, in der nächsten Sekunde wurde das Scharren der Stühle hörbar. Alle erhoben sich.

»Vater unser im Himmel …«

»… geheiligt werde dein Name.«

*

Als Karter die Augen aufschlug, lag er in seinem Bett. Im Sessel neben ihm saß der Pfarrer, der sich nun zu ihm herunterbeugte.

»Alles wieder in Ordnung?«

»Wie spät ist es«, flüsterte Karter. Er fühlte sich unendlich matt. Sein rechter Arm war eingeschlafen, und er versuchte, ihn vorsichtig zu bewegen.

»Kurz vor zwölf«, antwortete der Pfarrer.

Karter nickte. »Fast eine Stunde ... Seit wann sitzen Sie hier?«

»Seit fast einer Stunde.«

Wieder nickte Karter. »Warum?«

»Es hat mich interessiert, ob Sie mit Ihrer Suche etwas erreicht haben«, antwortete der Pfarrer und lehnte sich wieder in den Sessel zurück. »Ich hatte Sie im Schankraum gesehen. Und als Sie unvermittelt gingen, bin ich wenige Minuten später hinterher gekommen.«

Karter versuchte sich aufzusetzen und stützte sich mit den Armen ab. Er fühlte sich merkwürdig, ertappt, ungeschützt, nackt. Bislang war bis auf Fred und Dorothee niemand Zeuge eines Anfalls geworden. Allerdings hatte ein Anfall auch noch nie so lange gedauert. Zumindest nicht, soweit er sich zurückerinnern konnte.

Der Pfarrer stand auch auf und schaute aus dem Fenster. »Ich kenne es von meiner Schwester«, sagte er. »Bei ihr war es schlimmer. Man musste immer aufpassen, dass sie sich nicht die Zunge abbiss.«

»Sogar die Schuhe habe ich aus!«, stellte Karter fest. »Habe ich das nun gemacht oder Sie?«

»Ich war so frei«, antwortete der Pfarrer. »Lina würde sich über die schmutzige Bettwäsche wundern.« Er lächelte ein wenig.

»Danke«, sagte Karter. Langsam kehrten Kraft und Gefühl in die Muskeln zurück.

»Wie lange haben Sie das schon?«

»Seit meiner Kindheit.«

»Und? Keine Tabletten?«

»Doch. Ich habe sie die letzten Jahre fast nicht gebraucht. Obwohl ... vielleicht hätte ich sie hier nehmen sollen.«

»Was belastet Sie so sehr?«, fragte der Pfarrer, drehte sich vom Fenster weg und schaute Karter geradewegs in die Augen.

Karter zuckte die Schultern. »Meine Frau ist Anfang des Jahres gestorben. Wir haben keine Kinder. Ich wollte etwas über meine Herkunft herausfinden. Fehlanzeige!«

Während die Worte Karter leicht über die Lippen gingen, kam ihm zu Bewusstsein, dass sein Schmerz über Dorothees Tod auch mit der Erkenntnis zusammenhing, sie letztendlich nicht ganz gekannt zu haben und von ihr erkannt worden zu sein. Dass seine und ihre Liebe den Quantensprung der innerlichen Nacktheit nicht geschafft hatte. Deshalb hatte er sich geweigert, ihren Tod und die damit verbundene Endgültigkeit an sich herankommen zu lassen.

»Tja«, sagte er. »War vielleicht etwas viel auf einmal.«

»Vielleicht sollten Sie besser ein wenig ausspannen, anstatt die Anstrengung einer Ahnenforschung auf sich zu nehmen«, antwortete der Pfarrer.

»Die Entspannung bringt meine Frau auch nicht zurück.«

»Das Ergebnis Ihrer Nachforschungen denn?«

Karter zuckte die Achseln. »Wohin ich gehe, weiß ich – zu Dorothee. Woher ich komme, weiß ich nicht.«

Der Pfarrer hatte begonnen, im Raum hin und her zu gehen. Drei Schritte nach rechts – drei Schritte nach links. Dabei hielt er die Hände hinter dem Rücken verschränkt und warf jedes Mal, wenn er die Fensterseite erreichte hatte, einen Blick nach draußen. Dann blieb er abrupt vor Karters Bett stehen, nahm die Hände vom Rücken und stützte sich auf dem Bettrahmen auf.

»Vielleicht wäre eine Hilfe nicht schlecht«, sagte er.

Karter nickte und grinste. »Klar, Herr Pfarrer. Fahren wir gemeinsam durch die Gegend?«

»Auf meine Hilfe können Sie zählen, aber als Fahrbegleitung hatte ich jemand anderen im Sinn.«

»Lassen Sie mal, Herr Pfarrer. Danke trotzdem, aber ich kann mir nicht vorstellen, dass ich irgendjemanden bei mir haben möchte, mit dem ich bei meiner Suche Small Talk betreiben müsste.«

»Sie würden mir damit einen großen Dienst erweisen.«

Karter schaute den Priester verblüfft an.

»Einen Dienst? Ich?«

»Ja!«, antwortete der Pfarrer mit fester Stimme. »Sie. Eigentlich wüsste ich im Moment keinen Geeigneteren.«

»Bin gespannt«, sagte Karter, »reden Sie.«

Der Pfarrer nickte und schwieg noch einen Augenblick, in dem er sich die Worte zurechtlegte, die nah genug waren, Karter zu überzeugen, und distanziert genug, ihm genügend Freiraum für seine Entscheidung zu lassen.

»Nun, wie soll ich beginnen? Vielleicht damit, dass ich schon fast zwanzig Jahre Pfarrer hier am Ort bin. Viele Menschen, die Sie heute im Schankraum gesehen haben, habe ich aufwachsen sehen. Ich kenne sie ... alle!«

Karter nickte. »Und?«

»Ich kenne ebenso die Beziehungen der Menschen untereinander. Ich habe die ganze Zeit darüber nachgedacht, was mit Martin passiert sein könnte. Wer tut so einem kleinen Jungen etwas? Und warum?«

»Haben Sie einen Verdacht?«, fragte Karter.

Der Pfarrer antwortete nicht.

»Mir ist keiner aus dem Ort bekannt, der pädophile Neigungen hätte«, sagte er nach einer Weile.

»Es wird keiner damit hausieren gehen!«

»Nein, aber zur Beichte. Egal ob als Kind oder als Erwachsener ... das sechste Gebot. Sie verstehen.«

Karter schwieg. Er war sich noch nicht ganz im Klaren darüber, worauf der Pfarrer hinauswollte, der nun wieder seinen Weg durchs Zimmer aufnahm: drei Schritte nach rechts, drei Schritte nach links.

»Als ich hier hochkam«, begann er aufs Neue, »lagen Sie auf dem Bett. Ich sprach Sie an. Sie antworteten nicht. Ihre Hände waren verkrampft. Ich zog Ihnen die Schuhe aus und drehte Sie zur Seite und – wartete. Ich wartete, wie ich früher auch bei meiner Schwester gewartet hatte. Ihr Polizeiausweis fiel aus Ihrer Jacketttasche ... Herr Karter.«

Karter schwieg immer noch, aber das Schweigen hatte sich verändert. Es hatte an Schwere zugenommen. Es war nicht das Schweigen desjenigen, der aufmerksam zuhört, sondern das Schweigen der inneren Ablehnung.

»Bin ich Ihnen zu nahe getreten?«, fragte der Pfarrer jetzt, da Karters Blick nicht mehr ihm galt, sondern seiner Jacketttasche. »Ich habe den Ausweis natürlich zurückgesteckt.«

»Schon gut!«

»Es tut mir leid«, entschuldigte sich der Pfarrer.

Karter schüttelte unwillig den Kopf. »Ich muss mich entschuldigen«, sagte er. Dann atmete er tief durch. Er wusste nicht, ob der Pfarrer sich den Beruf eines ehemaligen Kommissars der Mordkommission überhaupt vorstellen konnte. Ob er wusste, womit man dort konfrontiert war? Er trug weder die Bilder der Leichen noch die Bilder der Täter in sich. Er kannte nicht die Gefahr und nicht die Wut.

»Wissen Sie, Herr Pfarrer, es gab Zeiten, da hing mein Leben davon ab, zu funktionieren. Richtig zu funktionieren. Und nun verliere ich schon den Ausweis.«

Wieder schüttelte Karter voller Unwillen den Kopf. Unwillen über sich selbst.

»Das Leben und wir selber funktionieren nicht immer so, wie wir sollen. Noch nicht einmal, wie wir manchmal wollen«, antwortete der Pfarrer.

»Sicher.«

Karter spürte, wie ihn die Nähe des Pfarrers plötzlich unangenehm berührte. Er wäre jetzt gern allein gewesen, hätte seinen Anfall als unabänderlichen Begleiter seines Lebens geduldet und zur Not eine Tablette genommen. Aber nach allem, was gewesen war, konnte er unmöglich jetzt das Gespräch beenden.

»Was möchten Sie?«, fragte er direkt und fordernd. »Sagen Sie es geradeheraus. Ich werde schauen, was ich für Sie tun kann.«

»Ein plötzlicher Sinneswandel?«

»Nein. Sie haben mir geholfen. Ich werde schauen, dass ich Ihnen helfe. Das ist alles. Um was geht es also?«

Die Stimme des Pfarrers blieb unverändert weich. »Letztendlich geht es um Christian – den Bruder von Martin«, begann der Pfarrer und dann erzählte er von den Verhältnissen der Familie Hölter, in der der Vater trank und die Mutter nicht genau wusste, von wem das Kind war, das sie geboren hatte. Er erzählte von den Striemen, die er einmal auf Christians Rücken gesehen hatte. Aber er erzählte auch davon, wie die beiden vor einigen Wochen auf dem Pfarrfest zusammen die Kaninchen betreut hatten – ganz wie Vater und Sohn.

»Sie waren so stolz, als man sie lobte«, sagte er. »Sie lachten, und der Vater nahm Christian sogar in den Arm.«

»Was wollen Sie mir damit sagen?«, fragte Karter.

Der Pfarrer hatte seine Wanderung wieder aufgenommen, hatte Daumen und Zeigefinger an die Nasenwurzel gelegt und die Stirn in Falten gezogen.

»Vielleicht will ich beide schützen«, sagte er. »Vater und Sohn.«

»Aha.«

»Es mag Ihnen unverständlich erscheinen, aber … nun, ich hielt es damals für einen Anfang.«

»Sie geben die Hoffnung nicht auf, dass sich ein gutes Verhältnis zwischen beiden entwickelt?«

»Das ist das eine«, antwortete der Pfarrer. »Das andere ist, dass Hubert Hölter ein schwacher Mensch ist. Einer, der kippt, sobald die Belastung steigt. Und die Belastung ist im Moment enorm. Was ist, wenn er Christian wieder verprügelt? Dann steht das Urteil fest – oder so gut wie fest.«

»Was ist, wenn er der Täter ist?«

Der Pfarrer schüttelte den Kopf. »Nein, das glaube ich nicht. Wäre Christian etwas passiert, dann … dann vielleicht. Aber nur vielleicht!«

Pfarrer Görres stützte sich wieder auf Karters Bett. »Verstehen Sie? Hubert ist schwach, auch jähzornig, aber nicht unbedingt bösartig. Auf seine Art liebt er sogar seine Kinder.«

»Natürlich«, antwortete Karter spöttisch. »Wer seine Kinder liebt, der züchtigt sie. Haben Sie schon einmal ein misshandeltes Kind gesehen? Haben Sie schon einmal ein ausgemergeltes kleines Kinderskelett gesehen? Die Platz- und Brandwunden? Die Knochenbrüche und Blutergüsse? Ich schon! Zugefügt von Menschen, die sich Vater und Mutter nennen.«

»Natürlich. Ich bin nicht weltfremd«, antwortete der Pfarrer. »Dennoch glaube ich nicht, dass es Hubert war.«

»Der Glaube ist Ihre Sache. Fakten meine.«

»Natürlich. Andererseits ...«

»Ja?«

»Das Dorf ist so klein. Die soziale Kontrolle groß. Auch wenn sich die Menschen nicht alle lieben, sie haben dennoch ein Auge aufeinander. Nein! Hubert Hölter hat mit dem Fall nichts zu tun. Ich bin mir sicher.«

»Haben Sie einen ... Verdacht.«

Der Pfarrer hob den Blick, schaute Karter nach langer Zeit offen ins Gesicht und lächelte. »Aus unserem Dorf kann ich mir keinen vorstellen, der die Tat begangen haben könnte. Natürlich, ich weiß – alles eine Glaubensfrage.«

»Ich wollte Sie nicht kränken«, wandte Karter ein. »Ich fürchte nur, dass meine Erfahrungen andere sind als Ihre. Sie sprechen die Menschen im Vorhinein frei, wo unser – oder mein – Misstrauen quasi das tägliche Brot war.«

»Und? Hat es Ihnen gutgetan, das Misstrauen?«

Karter zuckte die Schultern und lächelte. »Wahrscheinlich hat Ihr Glaube Ihnen besser getan.«

Der Pfarrer nickte ernst. »Ja, das hat er. Wenn Sie auf IHN hören, zeigt er Ihnen die Wege. So wie heute.«

»Das verstehe ich nicht.«

»Es ist ganz einfach«, sagte der Pfarrer. »Ich hatte eine Sorge. Christian! Ich wusste nicht, wie ich eventuelle Übergriffe des Vaters verhindern könnte. Ich kam zu Ihnen, um mich nach Ihrer Recherche zu erkundigen. Ich gebe zu, dass mir Ahnenforschung Freude bereitet. Dann fand ich Sie. Tja, Sie lagen hier. Ich fand den Ausweis. Ich hatte genügend Zeit nachzudenken. Ich überlegte, dass es nicht schlecht wäre, wenn Christian ein bisschen aus dem Blickfeld seines Vaters heraus wäre. Verstehen Sie? Manchmal leitet Gott unsere Wege.«

Karter lächelte. »Wie gut, dass er sich dann der Hilfe eines ausgemusterten Kommissars bedienen kann. Er versteht zumindest etwas von Arbeitsteilung.«

»Das wird es sein«, antwortete der Pfarrer. »Sie schützen Christian und seinen Vater, halten die Augen offen und ich … ich gucke und bete.«

Karter ließ sich mit seiner Antwort Zeit. Der Pfarrer hatte sich wieder in den Sessel gesetzt und wartete geduldig.

»Ich soll Christian also unter meine Fittiche nehmen?«

»Er könnte Sie auf Ihren Fahrten begleiten. Er könnte Ihnen helfen. Er wäre Ihnen nützlich – so wie Sie ihm nützlich sind.«

»Ob Christian das auch so sieht?«

»Sie wären also bereit?«

»Ich habe keine Kinder. Bin noch nie mit ihnen umgegangen …«

»Das wäre keine Schwierigkeit. Ich würde Christian erzählen, wenn es Ihnen Recht ist, dass Sie als Kommissar einige Nachforschungen betreiben müssen, bei denen er Ihnen helfen könnte. Das erspart Ihnen die Erklärung und wird ihn mit Stolz erfüllen. Er *wird* mitkommen. Und Sie …« Der Pfarrer schaute Karter prüfend an. »Damit Sie sich sicher sein können … Was halten Sie davon, wenn Sie heute einen … ähm … nennen wir es Probelauf mit ihm vornehmen. Sie lernen sich kennen. Sie schauen, ob Sie sich der Aufgabe gewachsen fühlen, und dann entscheiden Sie.«

Karter schmunzelte. »Womit durch Ihre Information an Christian die Entscheidung schon gefallen sein dürfte.«

Auch der Pfarrer schmunzelte. »Sie waren bestimmt ein guter Kommissar – bei dieser Antwort.«

Karter nickte ihm zu. »Wann?«

»Sagen wir in einer Stunde?«

Karter nickte.

»Wo?«, fragte der Priester.

»Was halten Sie vom Friedhof? Da ich einen bestimmten Grabstein suche, wäre es, wenn ich ihn mitnähme, sowieso seine Aufgabe, mir dabei zu helfen. Außerdem hat man ein Gesprächsthema.«

»Gut«, sagte der Pfarrer. »Sie werden es nicht bereuen.«

Das Gespräch war damit beendet. Es gab nichts mehr, was wichtig gewesen wäre, zu erzählen. Es herrschte eine Klarheit zwischen den beiden Männern, die es ihnen leicht machte, sich die Hände zu reichen, zu gehen und gehen zu lassen.

*

Sie gingen auf dem Hauptweg des Friedhofes entlang – der Junge und er. Karter spürte den kühlen Wind auf seiner Haut. Die Luft war frisch, aber sobald die Sonne durchbrach, geriet man ins Schwitzen. Es war ein merkwürdiges Wetter, so merkwürdig wie der Himmel, der im Osten dunkel und bedrohlich aussah, zum Westen hin aber immer mehr aufklarte. Dort war er blau mit wenigen fasrigen Wolkenfetzen. Karter sah über die Landschaft hinweg bis zum Horizont, wo die Sonne gerade einige Kopfweiden zum Leuchten brachte. Er spürte, dass die Ereignisse der letzten beiden Tage mit ihm zu tun hatten. Er wusste, dass die Ursache für seine innere Beteiligung hier in diesem Landstrich lag, in dieser Ebene, in diesem so unheimlich dunklen Bodenständigen.

Der Junge lief die ganze Zeit schweigend neben ihm her. Karter spürte, wie es ihn nervös machte, dieses Kind an seiner Seite zu wissen. Er sollte ihn beschützen. Wovor? Vor dem Vater? Vor dem Bösen? Er sollte mit ihm reden. Worüber? Er sollte etwas vortäuschen. Dabei wusste er noch nicht einmal, was genau der Pfarrer ihm gesagt hatte.

»Du kennst dich also hier aus«, begann Karter ungeschickt das Gespräch. Der Junge guckte ihn verblüfft an.

»Ja. Natürlich.«

»Gut!«, sagte Karter und achtete auf das Knirschen des Kieses unter seinen Schuhen, das merkwürdig laut war. Lauter als das Geräusch, das der Junge mit seinen Schuhen machte. Nach dem ersten Satz hatte der Junge Abstand genommen.

Das offene Grab, das Karter vor zwei Tagen gesehen hatte, war zugeschüttet. Ein Berg Kränze lag darauf. Die seidigen Schleifen hingen trostlos und nass herunter.

»Das ist das Kriegerdenkmal«, sagte der Junge.

Karter schaute abwechselnd zu ihm und zu einem schlichten grauen Stein, auf dem viele Namen eingraviert waren. Was mochte der Pfarrer dem Jungen erzählt haben?

»Ah ja«, sagte er und besah sich den Stein. Dann ging er näher heran und tat, als würde er die Namen lesen. »Zweiundvierzig junge Männer. Gar nicht so wenig für so einen kleinen Ort.«

»Ja«, antwortete Christian, »und die meisten Namen finden Sie auch auf unserem Friedhof wieder.«

»Aha.«

»Ja«, sagte der Junge. »Nur den Namen ›Zander‹ gibt es hier nicht. Das ist also einer, den sie hier gefunden haben.«

Karter nickte. »Gut überlegt!« Was hatte dieser verdammte Pfarrer dem Jungen nur erzählt? »*Wenn* die Namen denn alle stimmen«, wandte er dann skeptisch ein.

»Natürlich stimmen sie!«

»Und das weißt du so genau?«

»Na klar! Die Soldaten haben ja so eine Marke aus Metall. In der Mitte hat die Marke so Löcher. Und wenn ein Soldat gestorben ist, dann bricht man diese Marke durch und steckt die eine Hälfte in den Bauch des Toten. Dann kann man ihn identifizieren.«

»Aha.«

»Ja«, sagte Christian. Er schaute kurz auf den Grabstein, wandte sich Karter zu und musterte ihn mit ein wenig zusammengekniffenen Augen provokativ.

»Ja«, wiederholte er. »Man bricht sie durch und drückt die Marke in die Haut. Das blutet dann auch nicht mehr, weil die Toten ja schon tot sind.«

Karter nickte wissend.

»Aber knacken tut es noch, oder nicht? ... Ich meine, wenn man so die Haut durchstößt, knackt es doch, oder?«

»Keine Ahnung«, antwortete Karter.

»Aber Sie sind doch Polizist. Sie müssen es doch wissen.«

»Aha«, sagte Karter wieder, aber diesmal hatte er tatsächlich verstanden. Das hatte der Pfarrer dem Jungen zumindest erzählt. Dann lächelte er. »Aber ich mache die Toten nicht. Ich kläre nur die Fälle. Das heißt, ich klärte sie mal. Jetzt mache ich das nicht mehr.«

»Aha.«

Sie wandten sich vom Grabstein ab und gingen weiter. Der Junge schien enttäuscht.

Sonnenstrahlen blitzten durch einige große, dunkle Koniferen. Christians Worte hatten Abneigung und Widerwillen bei Karter ausgelöst, und er hatte das Gefühl, als wäre irgendetwas mit dem Jungen geschehen, als hätte die Vorstellung von diesen »Hundemarken« für ihn etwas Befreiendes, etwas, auf das man stolz sein konnte. War es die Vorstellung vom Heldentod, die ihn beflügelte? Oder nur eine kleine sadistische Lust? Karter schaute aus den Augenwinkeln auf Christian, dessen Arme locker neben seinem Körper schwangen. Auch schien sein Schritt kraftvoller. Als der Junge Karter anschaute, lächelte er sogar, aber es war ein ungutes Lächeln. Karter räusperte sich. Der Junge hatte bemerkt, dass er beobachtet wurde, und sich auf seine Art abgegrenzt.

»Entschuldigung«, sagte Karter.

»Wofür?«

»Nur so.«

Der Junge zuckte die Achseln und drehte sich weg.

»Und außerdem sind solche Gedanken nichts für Kinder.«

»Ich bin kein Kind mehr«, antwortete der Junge trotzig, hob einen Stock vom Boden und warf ihn im hohen Bogen über die Koniferen. Der Stock drehte sich in der Luft und surrte, stieß an die Spitze der Konifere und mähte ein paar Nadeln ab.

Karter schaute ihm zu. Hier im Freien mit dem federnden Gang und dem kraftvollen Wurf wirkte er ganz anders als gestern Abend, als Karter ihn vor seinem Vater geschützt hatte. Im Moment war er ein Junge, fast ein junger Mann. Gestern Abend war er ein Stück Angst und Hass gewesen.

»Sie hätten mich nicht zu verteidigen brauchen. Es ist mir egal, wenn er mich schlägt«, sagte Christan plötzlich mit Nachdruck.

»Aber einem guten Polizisten sollte es nicht egal sein«, antwortete Karter.

»Waren Sie ein guter Polizist?«

»Ich will's hoffen.«

Wieder hob der Junge einen Stock vom Boden und ließ ihn durch die Luft sausen. »Die beiden Polizisten, die jetzt bei uns sind, sind Idioten!«

Karter schaute ihn erstaunt an. »Wie kommst du denn darauf?«

Der Junge antwortete nicht. Stattdessen blieb er an einem der vielen Wasserhähne stehen, drehte ihn auf, trank davon und ließ das Wasser über Gesicht und Hals laufen.

»Du wirst dich erkälten.«

Der Junge lachte. »Ich nicht!« Dann fuhr er sich mit den nassen Händen durch das Haar. »Sie haben einen Mann von der Kirmes verhaftet«, sagte er. »Dabei war er es gar nicht. Der hatte nur dreckige Klamotten. Deshalb. Verstehen Sie?« Dann lachte er wieder. »Sie sind unserem Feuermelder auf den Leim gegangen.«

»Einem Mann mit roten Haaren?«

»Genau. Auch ein Idiot. Sogar ein Oberidiot.«

»Die Polizei muss jedem Hinweis nachgehen, auch wenn er noch so klein ist.«

»Auch dem falschen?«

»Ob der Hinweis falsch war, müssen Sie ja erst mal herausfinden.«

Der Junge schwieg und dachte nach. Er war sichtlich enttäuscht. Karter spürte, dass er die Arbeit der Polizei gern verteidigen wollte. Wie kam er dazu? Angehöriger der Polizei zu sein bedeutete noch lange nicht, auch korrekt, geschweige denn, menschlich zu sein. Wie viele Unfähige hatte er im Laufe seines Lebens kennengelernt? Menschen, denen es um Macht ging, nicht um Gerechtigkeit.

»Hat man schon einmal jemanden verprügelt, weil Sie einem Hinweis nachgegangen sind? Also, ich meine ... haben Sie schon einmal so getan, als hätte jemand etwas getan, nur um zu gucken, was passiert?«

Karter dachte an das Gespräch mit den vernehmenden Kommissaren, die ihm gegenüber bewusst und absichtlich Unterstellungen geäußert hatten, um zu verunsichern. Hatte er das nicht auch getan – während seiner Verhöre? Hatte er nicht auch den Tathergang dem Verdächtigen so erzählt, wie er dachte, dass er sich zugetragen hätte? Karter kannte das Gefühl, das entstand, wenn man den anderen für schuldig hielt und wenn dieser andere kaltschnäuzig log und man keine Mittel in der Hand hatte, ihn dieser Lüge zu überführen. Er kannte die Hilflosigkeit, die auch in ihm zuweilen aufgetaucht war und eine Wut lostrat, die nur von dem Wunsch beseelt war, diesem Gesicht die Lüge zu entreißen, die dort geschrieben stand – mit *jedem* Mittel.

Aber, so dachte Karter, ich habe es im geschützten Raum des Kommissariats gemacht – und nach gründlicher Recherche, nach gründlicher Gewichtung von Beweisen, die ein rundes Bild ergaben, wo nur noch das Geständnis fehlte. Das unterschied ihn wohl von diesem jungen glattgesichtigen Kommissar, der einfach ins Blaue hinein herumstocherte und mit Angst und Vorurteilen etwas herauszupressen versuchte.

Der Junge hatte wieder angefangen, Steine und Stöcke zu suchen und sie voller Kraft durch die Gegend zu werfen. Ein merkwürdig zärtliches Gefühl stieg in Karter hoch. Er wollte dieses Gefühl nicht, aber es war ganz einfach da. Und so, wie er früher versucht hatte, Puzzleteil für Puzzleteil, Wort für Wort und Bild für Bild zu einer großen, einheitlichen Aussage zusammenzufügen, einer Anklage, die alle verstanden, so versuchte er jetzt, seine Gefühle zusammenzufügen zu einem einheitlich großen Gefühl, das ihm diese eigenartige Faszination dem Jungen gegenüber erklären konnte. Aber er fand es nicht.

Auf jeden Fall spürte er Erleichterung darüber, dass er am Vortag eingegriffen hatte, als der Vater seine Enttäuschung darüber, dass sie den Täter nicht lynchen durften, an dem Jungen hatte auslassen wollen.

Überhaupt, warum hatte der Junge sich im Holunder versteckt? Warum hatte er sich nicht zu den anderen gestellt? Wenn ich es mir recht überlege, so dachte Karter, habe ich ihn eigentlich noch nie bei anderen stehen sehen. Ob er die Menschen mied? Nein. Karter verwarf den Gedanken. Er mied sie nicht. Er betrachtete sie vielmehr aus der Distanz heraus – und wenn diese Distanz noch nicht ausreichte, so kroch man eben in ein Gestrüpp, in eine Ecke, zog sich zurück und verbarrikadierte sich. Diese Erkenntnis rief in Karter ein eigenartig schmerzliches Gefühl hervor. Es war weniger die Tatsache, dass man den Jungen rau angegangen war. Das mochte passieren. Es war das Grinsen des Jungen gewesen, das ihn erschreckt hatte. Ein Grinsen, das Karter nicht mochte. Ein Grinsen, das keinem gegolten hatte, weder der Situation noch den drei Beteiligten.

»Wollen Sie noch mehr sehen oder reicht das für heute?«

Karter schrak aus seinen Gedanken hoch und schaute den Jungen an. Er war sich sicher, dass dieser ihn die ganze

Zeit beobachtet und vielleicht sogar seine Gedanken erraten hatte.

»Wir werden gehen«, antwortete Karter. »Für heute soll es genug sein.«

Der Junge nickte. »Soll ich Sie zum Unkenpfuhl begleiten oder …?«

»Ich finde den Weg zurück«, sagte Karter.

Wieder nickte der Junge und kickte achtlos einen Stein ins Blumenbeet.

»Hör mal, Christian …«

»Ja?«

»Wegen des Schaustellers und wegen der Kommissare … Auch wenn sie dir nicht sympathisch sein mögen …

»Ist schon gut. Die sind bestimmt klasse!«

»Das wollte ich nicht sagen.«

Der Junge warf ihm einen trotzigen Blick zu, steckte die Hände in die Hosentaschen und lenkte seinen Blick in die Ferne.

»Ich meinte vielmehr … Sie sind trotz allem Polizisten und kämpfen für das Recht. Und wenn du was weißt … Er ist doch dein Bruder … Du willst doch auch, dass man ihn wiederfindet. Und sie wollen das auch! Sag, was du zu sagen hast. Sag, was du weißt.«

Karter hatte eindringlich zu dem Jungen gesprochen, aber dessen Haltung hatte sich nicht verändert. Stattdessen schien sein Interesse einem Stein zu gelten, den er langsam und vorsichtig mit den Füßen hin und her schob.

»Du willst doch, dass man deinen Bruder wiederfindet, oder nicht?«

»Ich muss jetzt gehen«, antwortete Christian.

Karter nickte.

»Und die Polizisten hätten mir auch nichts geglaubt!«

»Warum?«

»Weil ich auch dreckige Klamotten habe. Und weil mein Bruder auch dreckige Klamotten hat. Darum!«

Karter atmete tief durch. »Unsinn.«

»Ich muss jetzt gehen.«

»Du hilfst mir bei meiner Recherche?«

Wieder zuckte der Junge mit den Schultern.

»Morgen früh um acht Uhr?«

»Wenn Sie das möchten.«

Dann drehte er sich um und verschwand zwischen den Hecken.

*

Karter stand noch eine Weile nachdenklich dort, dann ging er den schmalen Weg zurück zur Straße. Er begegnete niemandem. Das Dorf schien wie ausgestorben. Nur auf dem Kirmesplatz wurde noch gearbeitet. Man baute das Zelt auf. Hunderte von Brettern lagen in Stapeln auf dem Holzfußboden. Die Dachplane hatte man schon halb über das stählerne Gerüst gezogen. Jemand schob gerade einen Holzkeil unter das Rad seines Anhängers. Der Besitzer des Kettenkarussells hängte die letzten bunten Holzverkleidungen über Motor und Getriebe. Vereinzelt brannten in den Wohnwagen Lampen oder flackerte das bläuliche Licht des Fernsehers. Irgendjemand hatte einige Kirmesplakate abgerissen und in den Dreck geworfen. Die Stimmung war gedrückt. Nur das Mädchen mit dem Pony sang vor sich hin, während es das Tier striegelte.

Karter ging langsam weiter. Der Pfarrer würde gut daran tun, abends mit dem Fackelzug zu gehen. Die Stimmung im Dorf hatte sich nur vordergründig beruhigt. Unterschwellig waren Misstrauen, Angst und Wut weiterhin spürbar.

Als er den Unkenpfuhl erreichte, bot sich ihm ein ähnliches Bild wie auf dem Kirmesplatz. Die Hundestaffel war gerade wieder zurückgekommen. Lina stellte den Tieren Wasser hin. Einige Kinder bestaunten die Hunde mit gebührendem Abstand. Weitere Suchtrupps vom Technischen Hilfswerk und von den Feuerwehren waren eingetroffen. Sie standen bei der Einsatzleitung und legten den Radius der erneuten Suche fest. An der nahe gelegenen Niers hatte jemand

Froschmänner gesichtet. Ein Radio wurde laut gestellt. Es war der Lokalsender: »Guten Abend, meine Damen und Herren. Nach monatelangem Druck aus der NATO will die Bundesregierung das deutsche Kontingent für Afghanistan um eintausend auf viertausendfünfhundert Soldaten erhöhen. Das wären fast viermal so viel Kräfte wie zu Beginn des Bundeswehreinsatzes vor sechseinhalb Jahren. Der Bundestag entscheidet spätestens Anfang Oktober über diese derzeit größte und gefährlichste deutsche Militärmission. CSU und Opposition verlangten am Dienstag eine schonungslose Zwischenbilanz ...«

Mit einem Mal wurde es leise. Die Umstehenden lauschten den Nachrichten. Sobald jemand etwas kommentieren wollte, stieß man ihm die Ellenbogen in die Rippen. »Ruhe!«, hieß es. »Psst!«

Selbst die Presse, die bisher die Anwesenden interviewt hatte, verhielt sich ruhig.

»... Und nun zur Wettervorhersage: Zum Morgen ziehen westlich des Rheins neue Schauer und Gewitterwolken auf. Heute Nachmittag und am Abend muss bei wechselnder, teils auch starker Bewölkung mit einzelnen Schauern und Gewittern gerechnet werden, die örtlich recht stark ausfallen und mit Starkregen, Hagel und Sturmböen verbunden sein können ...«

»Den finden die nicht mehr«, sagte eine alte Frau und schüttelte den Kopf. Die Umstehenden nickten.

Karter schaute die Frau an. Sie strahlte trotz dieses Satzes eine fast heitere Gelassenheit aus, die sich von der angespannten und neugierigen Haltung der anderen abhob und im ersten Moment befremdlich wirkte. So befremdlich, dass Karter für einen Augenblick stehen blieb.

»Vielleicht ist es besser, wenn sie ihn nicht finden. Sie können das Grab sowieso nicht bezahlen«, sagte eine andere Frau, die genauso alt war wie die erste.

Karter fühlte den Drang, zu dieser Alten zu gehen, sie bei den Schultern zu fassen und durchzuschütteln.

»Wenn er in der Niers ertrunken ist, dann würde ich ihn als Mutter noch nicht einmal sehen wollen.«

»Da hast du recht«, sagte eine andere. »Kein schöner Anblick.« Karter atmete tief durch, dann ging er weiter. Er fühlte sich erschöpft. Erschöpft von den vielen Widersprüchlichkeiten in sich selbst. Erschöpft von den Widersprüchlichkeiten außerhalb seiner selbst.

»Statt hier zu warten, sollten wir besser beten und aufräumen«, sagte die Alte.

Karter spürte Übelkeit in sich hochsteigen. Als er die Tür des Unkenpfuhls gerade erreicht hatte, traten die beiden Kommissare heraus. Sofort sprangen einige Reporter und Fotografen herbei. Ihre Blitzlichter erschreckten die Frösche und tauchten die Menschen danach für eine Millisekunde in rabenschwarze Dunkelheit.

»Herr Kommissar, gehen Sie im Fall Martin H. von einem Verbrechen aus?«

»Die Ermittlungen sind im Gange. Genaueres ist noch nicht bekannt. Fakt ist, dass der Junge seit vorgestern verschwunden ist und die Suchtrupps bislang noch keinen Erfolg verbuchen konnten. Einige Spuren werden wir ...«

»Man hat gehört, dass ein junger Schausteller in Verdacht geraten ist ...«

»... Man soll ihn zusammengeschlagen haben. Hat die Polizei irgendetwas versäumt? Man hörte ...«

»Wir sind ununterbrochen dabei, allen Spuren nachzugehen. Es gab gewisse Verdachtsmomente hinsichtlich eines Schaustellers, die sich aber bislang noch nicht erhärtet haben.«

»Was hat die Polizei bisher unternommen, um den Fall zu klären?«

»Wir tun alles in unserer Macht Stehende. Aber natürlich sind wir auch auf die Hinweise aus der Bevölkerung angewiesen. Diesbezüglich haben wir überregionale Fahndungsfotos an die Medien weitergegeben ...«

»Meinen Sie nicht, dass eine Sicherheitsverwahrung des ...«

»… Plakate und Handzettel in den umliegenden Dörfern verteilt. Sachdienliche Hinweise …«

Das Glattgesicht eilte zum Auto, während die Presse versuchte, noch ein Foto zu schießen.

Im Schankraum war Karter der einzige Gast. Als die Tür hinter ihm ins Schloss fiel, zuckte er zusammen. Auf der Treppe stieß er fast mit Lina zusammen, die einen Berg Schmutzwäsche trug.

»Waschtag«, sagte sie, als sie Karter wahrnahm. »Ihr Bett werde ich gleich wieder beziehen.«

Karter war ihr fast dankbar für diese nüchternen, alltäglichen Sätze.

»Lassen Sie sich ruhig Zeit. Es eilt nicht«, antwortete er.

Als sie auf gleicher Höhe waren, schaute sie ihn sorgenvoll an.

»Geht es Ihnen nicht gut? Sie sehen so blass aus!«

»Nein, nein«, antwortete er. »Es ist nichts.«

Lina nickte. »Sie können das Fenster ruhig wieder öffnen. Es sieht nach Gewitter aus, und ich wusste nicht, wann Sie wieder hier sein würden. Übrigens: Da hat jemand für Sie angerufen.«

Karter drehte sich noch einmal um. »Wann und wer?«

»Vor einer Stunde. Er hat seinen Namen nicht genannt.«

*

Karter setzte sich in den Sessel und wartete. Das Fenster ließ er geschlossen. Es war ganz ruhig im Haus. Er horchte und schaute sich in seinem Zimmer um. Lina hatte gute Arbeit geleistet: Oberbett und Kissen lagen aufgeplustert am Fußteil des Bettes. Die Matratze war alt und grau und in der Mitte ein wenig speckig. Die neue Bettwäsche lag sauber gefaltet darauf. Ob er das Bett selbst beziehen sollte? Er sah auf die Uhr. Noch zwanzig Minuten, dann hatte er sein Date mit den Kommissaren. Er wollte sie nicht auf seinem Zimmer sehen. Er wollte nicht, dass sie in seine Intimsphäre eindrangen. Er wollte nicht mit ihnen reden.

Er lehnte sich zurück und schaute aus dem Fenster. Ihn überkam Sehnsucht nach München, nach seiner Wohnung, nach den gelben Vorhängen und nach Alois, seinem Kater. Er vermisste seine Freunde, Menschen, die ihn kannten, für die er Alois Karter, ein Freund, war und vor denen er sich nicht mehr beweisen musste – nicht als Kommissar und nicht als Mensch.

Er schloss die Augen und atmete ein paar Mal tief durch. Dann stand er auf. Es war Viertel vor drei. Er ging ins Bad und wusch sich das Gesicht. Dann ging er langsam die Treppe hinunter. Er schloss die Tür nicht ab. Lina würde gleich kommen.

Bevor er in den Schankraum trat, straffte er sich. Er hörte die alte Frau mit irgendwelchen Gerätschaften klappern. Der Schankraum war leer. Er fragte sich, wo der Wirt war. Auch der Junge war seit ihrem gemeinsamen Spaziergang über den Friedhof nicht wieder aufgetaucht. Die Kommissare schienen draußen noch beschäftigt zu sein. Hoffentlich waren sie pünktlich, und hoffentlich ließen sie es nicht an der nötigen Diskretion fehlen.

Unschlüssig, ob er zu Lina in die Küche gehen oder besser hier warten sollte, spazierte er im Schankraum unruhig umher. Hin und wieder blieb er stehen, betrachtete das Bild oder die gemalte Inschrift über der Tür:

DIESER BAUW STEHET IN GOTTES
HANT GOTT BEHUET IHN
VOR FEUR UNT BRANT

Greta Harbek fiel ihm ein – die Fachfrau für Sprüche längst verstorbener Menschen. Seit Dorothees Beerdigung hatte er sie nicht mehr gesehen, und auch dort nur flüchtig. Über Jahre hatte er stets ein gespaltenes Verhältnis zu ihr gehabt, obwohl – oder gerade weil – sie Dorothees beste Freundin gewesen war. Er hatte den Kontakt so weit wie möglich gemieden. Bei den seltenen Gelegenheiten, wo sie im Hause Karter war, hatten sich die Gespräche auf berufliche Dinge bezogen. Sie war Germanistin und hatte sich der Nachkriegsliteratur verschrieben.

Und so sieht sie auch aus, dachte Karter. Sie trug eine kleine silberne Lesebrille und hatte einen Dutt. Sie redete sehr akzentuiert, und in dieser Kombination entsprach sie dem Bild einer weltfremden Philologin, deren Realität talentierte, aber meist zu früh verstorbene Literaten ausmachte, deren Texte und Leben sie unter die Lupe nahm. Sie war ihm nie ganz geheuer gewesen mit ihrer Leidenschaft für fremde Leben.

Nur ein einziges Mal – ganz zu Beginn der Freundschaft zwischen ihr und Dorothee – hatte Dorothee ihn zu einem ihrer Vorträge mitgenommen. Es ging um Wolfgang Borcherts »Nachts schlafen die Ratten doch«. Sie saßen in der ersten Reihe, und Greta hatte Dorothee zugezwinkert, kurz bevor sie sich zum Podium begab und einen Vortrag über den Schriftsteller hielt.

Ihre Stimme war warm und leidenschaftlich gewesen, und er hatte ihr nur widerwillig zugehört. Nach der Veranstaltung waren sie gemeinsam zu einem Chinesen essen gegangen. Er hatte sich Ente bestellt und provokant die These geäußert, dass Borcherts Protagonist falsch gehandelt hätte. Statt dem Jungen dumme Geschichten zu erzählen, die sachlich falsch waren, hätte er ihm die Fährnisse des Lebens klar vor Augen führen sollen, damit dieser gewappnet gewesen wäre. Sie hatte dieses Argument belächelt, Dorothee angeschaut und gesagt: »Wo Realitäten nicht mehr zu ändern sind, kann manche Lüge ein Trost sein.«

Sie hatten noch eine Weile kontrovers diskutiert. Er hatte Beispiele seiner Arbeit vorgetragen und seine Vorstellung von Wahrheit zum Besten gegeben. Die Ente war darüber kalt geworden. Greta hatte stets dazu gelächelt. Auf der Rückfahrt war er sehr einsilbig gewesen, und Dorothee hatte ihn nie wieder zu einem Vortrag mitgenommen.

Merkwürdig, dass sie ihm jetzt einfiel. Karter wandte sich

von der Hausinschrift ab und schaute auf die Uhr. Es war zehn Minuten nach drei, und von den Kommissaren war weit und breit nichts zu sehen.

Er durchschritt noch einmal den Schankraum und schaute wieder auf die Uhr. Es waren erst zwei Minuten vergangen. Im Haus war es ruhig. Die klappernden Geräusche von Lina waren verschwunden. Er ging am Tresen vorbei und schaute in die Küche. Sie war leer.

Als er in sein Zimmer zurückkam, war das Bett frisch bezogen. Die Bettwäsche mit dem rosa Blumenmuster hatte Lina gegen eine mit hellblauem Karomuster ausgetauscht, und am Fußende hatte sie ihm noch eine wollene Decke hingelegt, falls es in der Nacht kalt werden sollte. Karter lächelte. Linas Gedankengänge waren einfach und klar: Zu einem Mann passte ein blaues Karomuster besser. Er warf einen kurzen Blick aus dem Fenster, dann auf die Uhr. Der Himmel war immer noch bleiern, aber der Wind hatte sich etwas gelegt. Hoffentlich hielt sich das Wetter, bis der Monteur die Reifen gewechselt hatte. Außerdem musste er noch seine Versicherung wegen des Hagelschadens anrufen.

Karter ging zu seinem Bett und schaltete die Nachttischlampe ein. Ein herausgerissener Zettel lag auf dem Kopfkissen inmitten eines Karos. Er war nicht größer als drei mal zwei Zentimeter. Verwundert griff Karter danach. Das Papier war dünn wie Seide und von beiden Seiten bedruckt, selbst die Seitenzahl war zu lesen.

»… leid mit dem Rizinusstrauch, um den du dich nicht gemüht hast und den du nicht herangezogen hast, der in einer Nacht heranwuchs und in einer Nacht …«

Karter wendete den Zettel.

»… ortete ihnen: »Nehmt mich und werft mich ins Meer, damit das Meer sich beruhige und von euch ablasse, denn ich weiß, dass um meinetwillen dieser große Sturm über euch gekommen ist.«

Merkwürdig. Er setzte sich auf die Bettkante und las erneut. Der Papierschnipsel stammte aus einer Bibel. So viel stand fest. Und es kann noch nicht einmal eine billige Bibel gewesen sein, dachte Karter. Man fühlte die gute Qualität des Papiers, und am Rand war bei genauer Betrachtung ein Rest der goldenen Seitenbeschichtung zu erkennen. Wer hatte ihm das hier hingelegt? Und warum? Ob Lina so abergläubisch war, dass sie das gestrige Unwetter seiner Anwesenheit zuschrieb? Zumindest war es kein Zettel, der irgendwann zwischen die Bettwäsche gerutscht war. An der Rissstelle waren die feinen Zellulosefasern noch deutlich zu erkennen. Karter war sich unschlüssig ... War es ein Hilferuf? Eine Aufforderung? Eine Drohung?

Er steckte den Zettel in seine Brieftasche und verließ durch die Hintertür das Haus. Es waren tatsächlich noch immer Menschen auf dem Hof, die der Presse Auskunft erteilten, Menschen, die vorbei kamen und nach den Neuigkeiten fragten, Menschen, die Neuigkeiten wussten, obwohl keine vorhanden waren. Das Polizeiauto mitsamt den Kommissaren war verschwunden.

Als er über den Hof zum Tor ging, bemerkte er das Mädchen, dessen Nase aus der Stirn zu wachsen schien und das ihm vorgestern den Unkenpfuhl empfohlen hatte. Das Mädchen hatte ihn wohl auch gesehen. Es senkte seinen Blick und wandte ihm dann demonstrativ den Rücken zu.

Auf der Straße blieb er kurz stehen und atmete tief durch. Auf der gegenüberliegenden Seite des Unkenpfuhls stand geduckt ein kleines Haus, davor wuchs eine riesige Ulme. Das Haus daneben war neuer und größer, mit gelben Klinkersteinen versehen, und wieder daneben musste früher ein kleiner Laden gewesen sein. Die Eingangsfront bestand lediglich aus einer Tür und einer Schaufensterscheibe. Karter ging näher heran und schaute oberhalb des Schaufensters auf den alten Putz, wo in schnörkeligen, verblassten Buchstaben der Name des Geschäftes gemalt war: Hendrik Maier, Schlachterei und Metzgerei seit 1917. Auf dem Weg zwischen Haus und Straße wuchsen Gras und Löwenzahn aus den Fugen. Er bückte sich, pflückte die Blume und pustete. Die

Samenstände tanzten einen Augenblick durch die Luft und sanken zu Boden.

Alles an und in diesem Ort war Realität. Es war kein Traum, keine Erinnerung und keine Interpretation, sondern Wirklichkeit, wie dieser Zettel und sein Überbringer auch Wirklichkeit waren.

Karter drehte er sich um und ging zum Pfarrhaus.

*

»Aber, aber, Heribert«, sagte der Pfarrer und zupfte das weiße Chorhemd des Jungen über dem roten Talar zurecht. »Wir wollen doch in Würde Gott und den Menschen entgegentreten.«

Der Junge lächelte verlegen und nickte. Er war der kleinste der Messdiener und sah noch staunend zu, wie sich der Priester das Zingulum um seinen Talar band und sich die Stola von den älteren Messdienern um die Schultern legen ließ.

Pfarrer Görres hatte Karter direkt bei dessen Eintreten bemerkt, zuerst erstaunt die Augenbrauen hochgezogen und dann erfreut gelächelt. Karter hatte seine Hände gehoben und angedeutet, dass er keinesfalls stören wolle. Der Priester hatte genickt und sich weiter seiner Aufgabe gewidmet, die darin bestand, sich selbst und seine Messdiener auf ihr liturgisches Amt einzustimmen.

Karter stellte sich leise und abwartend neben eine kleine Tür, die scheinbar zu den Kellerräumen der Kirche führte. Sie war nur angelehnt, und er spürte den kalten Luftzug an den Händen.

Als sie das »Vaterunser« gebetet hatten, gebot der Priester den Messdienern einen Augenblick zu warten. Dann wandte er sich Karter zu. Ohne ihn großartig zu begrüßen, schaute er ihn prüfend an. »Etwas mit Christian?«

Karter schüttelte leise den Kopf. Er fühlte sich ein wenig deplatziert und schalt sich, zu ungeduldig gewesen zu sein.

Aber als Agathe, die Haushälterin, Karter mit dem Hinweis abgewehrt hatte, dass der Herr Pfarrer jetzt eine Andacht zu halten habe und in der Sakristei sei, war Karter dennoch dorthin gegangen, in der Hoffnung, wenigstens einen winzigen Hinweis auf diesen ominösen Papierschnitzel zu erhalten.

»Mit Christian ist alles okay«, sagte Karter mit gedämpfter Stimme. »Aber ich habe heute etwas gefunden, von dem ich nicht weiß, was es zu bedeuten hat.«

»Was?«

Karter zückte sein Portemonnaie und holte den Zettel heraus. »Das hier!«

Der Priester las die beiden Seiten des Zettels. »Mhm«, sagte er, »merkwürdig«, und fuhr sich mit der Hand über das Gesicht. »Woher haben Sie es?«

»Es lag auf meinem Bett – vor circa einer halben Stunde.«

»Zufall?«

»Wohl eher nicht. Dazu wurde es zu genau auf dem Kopfkissen platziert.«

»Ein Hinweis?«

»Vielleicht. Vielleicht aber auch eine Drohung?«

Pfarrer Görres schwieg eine Sekunde, dann schüttelte er zweifelnd den Kopf. »Glaube ich eher nicht. Haben Sie nach der Andacht Zeit?«

»Natürlich.«

»Gut. Warten Sie hier oder im Pfarrhaus. Wir werden uns die entsprechende Textstelle einmal vorknöpfen. Und …«

»Ja?«

»… und Sie können mir Ihren Eindruck von Christian schildern.«

Karter nickte. Dann öffnete der erste Messdiener bereits die Sakristeitür, und bevor sie geschlossen wurde, hörte Karter die Ministrantenschelle. Die Orgel spielte die ersten Takte, und zögerlich sangen die ersten Stimmen »Großer Gott, wir loben dich«.

Karter blieb noch einen Moment in der Sakristei. Er war

nie Messdiener gewesen, aber er erinnerte sich, dass es eine Zeit gegeben hatte, wo er es gern geworden wäre. Das war die Zeit seiner Erstkommunion gewesen, die für heutige Verhältnisse zwar recht bescheiden ausgefallen, für die Zeit nach dem Krieg aber ein pompöses Fest gewesen war. Er erinnerte sich, dass er einen Anzug trug. Einen dunkelblauen Anzug und ein weißes Hemd mit Fliege. Seine Mutter hatte sie ihm auf dem Schwarzmarkt am Isarufer besorgt. Es war kurz nach der Währungsreform, eine Zeit, wo ein Kilogramm Schweinefleisch noch sechshundert bis siebenhundert Mark gekostet hatte. Es war die Zeit, in der über das Fraternisierungsverbot gelacht wurde. Längst gab es einen regen Handel zwischen den amerikanischen Besatzungskräften und der einheimischen Bevölkerung. Er hatte sich für seinen schönen Anzug gegenüber den anderen Kommunionkindern geschämt, aber seine Mutter war stolz auf ihn gewesen.

Er warf noch einmal einen Blick auf das bleigefasste Buntglasfenster, die verzierten Eichenschränke, die allerlei Kostbarkeiten zu enthalten schienen, atmete noch einmal den Duft von Wachs und Weihrauch ein und verließ die Sakristei.

Die Luft war kühl und nass. Einen Moment lang wurde ihm ein wenig schwindlig, und er hielt sich am eisernen Handlauf der Treppe fest.

Unterwegs rief Karter die Auskunft an und erfragte sich die Nummer von Greta Harbek. Er war unentschlossen, ob er sie tatsächlich anrufen sollte. Sicherlich würde sie sich nicht mehr an das Gespräch bei dem Chinesen erinnern, und er fürchtete, in ihrer Stimme das sanfte Mitleid derer zu hören, die sich überlegen fühlen.

Dennoch: Sie war Dorothees beste Freundin. Wenn außer ihm noch irgendjemand etwas wissen konnte, dann sie. Seufzend speicherte er die Telefonnummer ab.

*

Karter kam mit einer halbstündigen Verspätung im Pfarrhaus an. Er entschuldigte sich. Er sei noch einmal zum Unkenpfuhl zurückgegangen, da er einen Termin mit einem Monteur der Tankstelle gehabt hätte.

»Hagelschaden?«, fragte der Pfarrer interessiert.

»Plattfuß«, antwortete Karter. »Jemand hat mir einen Streich gespielt.«

Der Priester zog überrascht die Augenbrauen hoch. »Das sind ja keine guten Neuigkeiten.«

»In der Tat.«

»Haben Sie einen Verdacht, wer es gewesen sein könnte?«

»In den beiden Tagen, seit ich hier bin, hatte ich noch nicht so viele Gelegenheiten, mir Feinde zu machen. Wenn mir auch einige als solche entgegentreten.«

Pfarrer Görres führte Karter nicht in sein Arbeitszimmer, sondern in den hinteren Teil des Hauses, in dem sich eine große alte Küche und der Abgang zum Keller befanden.

»Ich habe sturmfreie Bude«, erklärte der Pfarrer, als er Karters überraschten Gesichtsausdruck wahrnahm. Mit der Hand deutete er auf den Küchentisch. Karter setzte sich.

»Mit anderen Worten: Ihre Haushälterin ist einkaufen.«

»Fast«, schmunzelte der Pfarrer. »Ihre Schwester hat sie vor einigen Minuten abgeholt. Sie fahren zu irgendeiner Tante in den Nachbarort.«

Karter schaute dem Priester zu, der einen nostalgischen Wasserkessel vom Regal nahm, in den er an einem großem Porzellanbecken Wasser einfüllte.

»Das Haus ist ein ehemaliger Bauernhof, nicht wahr?«

»Ja, aber schon seit über einhundert Jahren in Kirchenhand.«

»Sehr schön«, sagte Karter.

»Das Haus oder die Besitzverhältnisse?«

Karter schmunzelte. Humor hatte der Priester jedenfalls. »Ich meinte mehr das Haus.«

Der Pfarrer hob nachdenklich den Kopf. »Unter ästhetischen Gesichtspunkten mögen Sie recht haben, aber es ist ein entsetzlich arbeitsintensiver Kasten. Warmes Wasser gibt es nur im Bad. Die Scheunen draußen verfallen, und auf der Obstwiese verfaulen die Äpfel. Aber sonst … natürlich, schön ist das Haus.«

»Darf ich?«, fragte Karter und deutete auf das schmale Fenster, das sich unmittelbar neben der Tür zum Hof befand.

»Schauen Sie sich ruhig um«, erwiderte der Priester, öffnete einige Schranktüren und schloss sie wieder. »Wo hat Agathe nur …« Er sprach den Satz nicht zu Ende, sondern begann ein Lied zu summen.

Karter schaute aus dem Fenster auf den grasbewachsenen Innenhof, der am äußeren Ende ein schmiedeeisernes Tor hatte, dessen Flügel offen standen. Zwei riesige Scheunentore waren wie große Mäuler geöffnet. Davor parkte ein kleiner grüner Fiat.

»Wie friedlich es hier ist«, bemerkte Karter nach einer Weile.

Der Pfarrer unterbrach das Summen. »Wenn Ihnen so etwas gefällt, kann ich Ihnen den Garten zu diesem Haus zeigen. Mein Vorgänger hat ihn angelegt. Sohn eines Bauern, mit Sinn für Schönheit. Rosen in allen Farben und Variationen. Ein betörender Duft und … ach, wie trinken Sie Ihren Kaffee? Mit Milch und Zucker?«

»Nur mit Milch, bitte.«

»Ich mag ihn gerne stark mit sehr viel Zucker.«

Gerade als Karter sich zum Priester umdrehen wollte, sah er, dass eine Gruppe von drei Kindern durch das schmiedeeiserne Tor kam. Wie selbstverständlich gingen sie in eine der Scheunen und zogen das Tor hinter sich zu.

»Sie haben Besuch bekommen«, sagte Karter.

Der Pfarrer hob seinen Blick. Seine Aufmerksamkeit hatte dem alten Wasserkessel gegolten, der in dem Moment, wo Karter den Pfarrer ansprach, zu pfeifen begann.

»Hat es geklingelt?«, fragte er überrascht.

»Ihr Besuch kam durch die Hintertür.« Karter deutete

mir dem Kopf aus dem Fenster. Der Pfarrer reckte den Hals und schaute auf das geschlossene Scheunentor.

»Ach, die Kinder«, sagte er und lächelte. »Die spielen hier.«

Dann schüttete er das Wasser in den Filter, ging an einen alten Küchenschrank und holte die Gedecke heraus.

»Echt Delfter Porzellan«, sagte er, als er die Untertassen auf den Tisch stellte. »Meine Mutter kommt von dort, wissen Sie.« Er ging erneut zum Schrank, holte die dazugehörigen Tassen heraus und hob sie gegen das Licht.

Karter setzte sich an den Tisch und schaute ihm zu. »Meine Frau mochte Porzellan von Villeroy und Boch«, sagte er. »Ich habe nicht so viel Ahnung davon.«

»Ich auch nicht«, sage der Pfarrer. »Aber dieses Blau ist phantastisch. Ich erfreue mich gern der schönen Dinge.« Dann schenkte er den Kaffee ein und fragte. »Kennen Sie Delft?«

»Nein«, antwortete Karter. »Leider nicht.«

»Delft war noch vor drei Jahrhunderten eine der größten Städte Südhollands.«

»Interessant.«

»Wie die meisten Dinge auf dieser Welt«, lächelte der Pfarrer.

Karter hörte zu. Obwohl er eigentlich offiziell hier war, um die Botschaft des Zettels besser einordnen zu können, genoss er den Umgang mit diesem Menschen, der eine so vertrauensvolle Wachheit an den Tag legte, wie Karter sie selten erlebt hatte. Oder war es Naivität?

Der Pfarrer schaute noch einmal hinüber zur Scheune, dann setzte er sich Karter gegenüber an den Küchentisch und nickte ihm aufmunternd zu. Einen Moment lang fühlte sich Karter unbehaglich, griff nach dem Kaffeelöffel und rührte abwartend und ein wenig hilflos in seiner Kaffeetasse. Dann war der Moment vorbei.

»Woran ist Ihre Frau gestorben?«, nahm Pfarrer Görres das Gespräch wieder auf.

Erstaunt schaute Karter ihn an. Er hatte mit vielen Fragen gerechnet, mit dieser nicht. »Brustkrebs«, sagte er und spürte, dass er auch kein weiteres Wort darüber verlieren wollte.

Der Pfarrer zog die Augenbrauen zusammen. »Aber deshalb sind Sie ja nicht hier. Nicht wahr?«

»Richtig!«, antwortete Karter. »Ich komme wegen des Zettels, den ich gefunden habe.«

»Darf ich ihn noch einmal sehen?«

Karter öffnete seine Brieftasche und schob den Papierschnipsel über den Küchentisch.

»Er lag auf meinem Bett«, erklärte Karter. »Ich vermute, dass man ihn absichtlich dorthin gelegt hat.«

Der Pfarrer las beide Seiten des Zettels noch einmal. »Ein Auszug aus dem Buch Jona. ›Nehmt mich und werft mich ins Meer, damit das Meer sich beruhige und von euch ablasse, denn ich weiß, dass um meinetwillen dieser große Sturm über euch gekommen ist‹«, las Pfarrer Görres vor.

Er schaute sich die Rückseite an und nickte. »Ganz eindeutig. Kennen Sie das Buch Jona?«

»Ich bin zu Ihnen gekommen, weil Sie der Fachmann in dieser Frage sind. Ich erinnere mich nur ganz dunkel, dass ich einmal diese Walfischgeschichte gehört habe. Wenn Sie die meinen.«

Jetzt schmunzelte der Pfarrer. »Der Fachmann für Himmel und Hölle. Aber Sie haben recht. Was Kinder – und vielleicht auch Erwachsene – daran faszinierend finden, ist das gruselige Bild, im Magen eines Wals zu hocken. Dabei ist das eigentlich der geringste Teil der Geschichte.«

Dann schwieg er und lächelte geistesabwesend, bevor er sich Karter wieder zuwandte. »Woran denken Sie, wenn Sie den Zettel sehen?«

»Ich weiß es nicht. Zuerst kam mir der Sturm in den Sinn … Aber jetzt, da Sie das Buch Jona erwähnen, denke ich an den vermissten Jungen. Auch er ist seit drei Tagen verschwunden.«

»Möglicher Zusammenhang«, sagte der Pfarrer. »Haben

Sie eine Idee, wer Ihnen den Zettel auf das Bett gelegt haben könnte?«

»So viele Möglichkeiten gibt es nicht«, antwortete Karter. »Nur Lina, der Wirt und allenfalls Christian hätten es gewesen sein können.«

»Hatten Sie Ihr Zimmer nicht abgeschlossen?«

»Zu diesem Zeitpunkt nicht. Lina wollte mein Bett beziehen, und so ließ ich die Tür offen.«

»Dann könnte ihn theoretisch also jeder aufs Bett gelegt haben.«

»Nur unter der Annahme, dass jemand wusste, dass die Zimmertür zu diesem Zeitpunkt nicht abgeschlossen war«, entgegnete Karter.

»Oder unter der Annahme, dass jemand gar nicht auf den Gedanken gekommen ist, dass die Zimmertür überhaupt abgeschlossen sein könnte.«

»Unwahrscheinlich, aber nicht auszuschließen«, bestätigte Karter. Er zögerte kurz. »Außerdem müsste der Überbringer eine Bibel und Kenntnis der Geschichte haben, womit ich den Wirt und auch Christian wieder ausschließen kann.«

»Nicht unbedingt«, erwiderte der Pfarrer. Die Bibel findet man doch in fast jedem Haushalt, und was die Jona-Erzählung angeht …«

Er nahm die Kaffeekanne und schenkte noch einmal nach.

»Vor einiger Zeit habe ich mit den Messdienern diese Geschichte erarbeitet – aus geschichtlicher Sicht sozusagen.«

»Und?«

»Christian ist Messdiener.«

»Hat er in einer besonderen Art und Weise darauf reagiert?«

»Nein.«

»Mhm«, sagte Karter nachdenklich. »Ich bin kein Kenner der Bibel. Was ist die Aussage dieser Geschichte?«

»Nun, die Interpretation ist nicht schwer. Im Grunde geht es um den Gehorsam Gott gegenüber. Jona erhält von

Gott den Auftrag, nach Ninive zu gehen, weil Gott die Boshaftigkeit der dort lebenden Menschen zu Ohren gekommen ist. Jona sollte ihnen drohen, dass die Stadt vierzig Tage später von Gott zerstört würde. Aber«, der Pfarrer schmunzelte, »Jona wollte diesen Auftrag nicht erfüllen. Er hatte keine Lust, wollte nicht der Überbringer dieser Hiobsbotschaft sein und flüchtete auf einem Schiff. Gott schickt einen Sturm. Das ist die Stelle auf dieser Seite. Schauen Sie.«

»Ein unerfüllter Auftrag«, sagte Karter. »Und was hat die andere Seite zu bedeuten?«

»Langsam, langsam«, sagte der Pfarrer. »Also: Jona flüchtet. Gott schickt einen Sturm. Die anderen Seemänner kriegen die Zusammenhänge heraus und werfen Jona auf eigenen Wunsch ins Meer, wo besagter Wal ihn verschluckt und nach drei Tagen wieder an Land spuckt. Und an dieser Stelle beginnt die Geschichte eigentlich von vorn. Jona erhält noch einmal den Auftrag. Doch diesmal geht er nach Ninive, warnt die Menschen, dass Ninive zerstört werden wird. Es bricht eine große Bußbewegung aus, mit der Folge, dass Gott Ninive verschont. Darüber ist Jona – heute würden wir sagen – sauer.«

»Verständlich«, sagte Karter. »Er machte sich unglaubwürdig.«

Pfarrer Görres schmunzelte. »Nicht nur er. Schlimmer ist, dass Gott sich damit unglaubwürdig machte. Und deswegen muss der zweite Teil zu dieser Geschichte auf jeden Fall noch dazu gelesen werden.«

»Und was steht dort?«

»Dort gibt uns die Bibel eine Erklärung für das Verhalten Gottes. Er ließ nämlich eine Rizinusstaude vor Jonas Hütte wachsen, die ihm Schatten spenden sollte. In der gleichen Nacht verdorrt sie, und wieder ist Jonas ... sauer. Und Gott sagt: ›Dich jammert die Staude, um die du dich nicht gemüht hast, hast sie auch nicht großgezogen, die in einer Nacht ward und in einer Nacht verdarb; und mich sollte nicht jammern Ninive, eine so große Stadt, in der mehr als hundertzwanzigtausend Menschen sind, die nicht wissen, was rechts und links ist.‹ Das ist diese Stelle. Sehen Sie?«

Karter nickte und dachte nach. »Könnte es sein, dass die Eltern hier gemeint sind? Ich meine: Sie haben den Jungen ›großgezogen‹! Vielleicht wollte der Übermittler diesen Hinweis geben.«

Pfarrer Görres trank einen Schluck Kaffee, setzte behutsam die Tasse ab und kratzte sich die Stirn.

»Die Eltern? Nein, auf keinen Fall. Ich sagte doch bereits, dass ich keinen aus unserem Ort für den Täter halte. Und außerdem …«

»Ja?«

»Und außerdem ist Martin so etwas wie der Garant dieser Ehe.«

»Wie meinen Sie das?«

In diesem Moment ertönte vom Innenhof lautes Geschrei. Pfarrer Görres stand auf und öffnete die Tür. Ein kleiner Junge kam heulend angelaufen.

»Was ist los, Dennis?«, fragte der Pfarrer. »Warum schreist du hier so herum?«

Der Junge wischte sich die Tränen fort und deutete schluchzend auf sein Knie, das blutig aufgeschlagen war.

»Na, zeig mal«, sagte der Priester, nahm das nackte Bein des Jungen und begutachtete es. Der Junge warf einen Blick zu Karter und zog die Nase hoch. Sein Gesicht verzog sich wieder zu einem Weinen, und eine riesige Zahnlücke wurde sichtbar.

In der Tür erschien nun ein zweiter Junge, älter als der erste. Es war der Messdiener vom Vormittag. Er stockte abrupt, als er Karter am Tisch sitzen sah, stellte sich neben den Kleineren und nickte kurz zu Karter hinüber.

Karter nickte zurück und wandte sich seiner Kaffeetasse zu.

»Nicht so schlimm«, sagte Pfarrer Görres jetzt. »Wir machen die Wunde ein wenig sauber und tun ein Pflaster drauf.« Dann wandte er sich dem größeren Jungen zu: »Warte hier.«

Der größere Junge nickte. Die ganze Angelegenheit war

ihm peinlich, und als Pfarrer Görres und Dennis die Küche verlassen hatten, trat er von einem Bein aufs andere.

»Dein Bruder?«, fragte Karter.

Der Junge schüttelte den Kopf. »Mein Cousin.«

»Da hat er sich ja mächtig wehgetan.«

»Der Marcel hat ihn geschubst«, erklärte der Junge und schob nach kurzem Nachdenken ein »Aber nicht extra« hinterher.

»Passiert schon mal beim Spielen.«

Der Junge schwieg, lugte durch den Türspalt und wandte sich ab. Warum dauerte es nur so lange? Karter schaute verstohlen auf die Uhr, während der Junge unruhig von einem Bein auf das andere trat. Dann endlich kam Pfarrer Görres mit dem Kind an der Hand wieder in die Küche. Das Knie war sauber und ordentlich verpflastert.

»Und jetzt spielt vorsichtiger«, sagte der Pfarrer, schob die Jungen sanft aus der Tür, schloss sie hinter ihnen und guckte ihnen noch eine Weile nach. Dann drehte zu sich zu Karter: »So ist das mit den Kindern. Sie haben ein Leid, aber es ist auch schnell wieder vergessen.«

Karter hätte gern widersprochen, fürchtete aber, dass der Priester ihn diesmal nicht verstehen würde. Das Gespräch hatte mit einem Mal an Dringlichkeit verloren. Auch Pfarrer Görres schaute nun etwas unbeholfen, fast so, als hätte er Karters Gedanken erraten.

»Tja, wo waren wir stehen geblieben?«

»Bei Christians Eltern.«

»Ach ja, richtig. Nun, eigentlich ist nicht viel zu ihnen zu sagen. Leonore war früher ein ganz nettes Mädchen. Leider etwas dumm und einfältig. Mit sechzehn – allenfalls siebzehn – wurde sie schwanger. Von wem, weiß man nicht. Sie hat nie etwas gesagt. Aber obwohl sie damals arbeitslos war, lebte sie recht üppig, sodass alle vermuteten, dass der Kindsvater sich mit Monatsraten freikaufte. Irgendwann war sie wieder schwanger. Christian mochte damals vielleicht neun Jahre gewesen sein …«

»Von Hubert, ihrem jetzigen Mann«, unterbrach Karter ihn.

Der Pfarrer zog die Augenbrauen hoch. »Anzunehmen«, antwortete er.

»Sie zweifeln daran?«

»Ich weiß es nicht«, antwortete der Pfarrer. »Martin sah keinem von ihnen ähnlich. Er war ein ganz charmanter Junge, und Hubert hat ihn irgendwie vergöttert. Leonore auch.«

»Und Christian?«

Der Pfarrer fuhr sich mit der Hand über die Stirn. »Er war ein guter Bruder.«

»War?«

»Jetzt legen Sie nicht die Worte auf die Goldwaage.«

»Irritiert es Sie denn nicht, dass er nicht ... traurig ist. Ich meine, wenn er so ein guter Bruder ... war.«

Der Pfarrer schüttelte den Kopf. »Vielleicht ist ihm die Tragik nicht bewusst. Oder hatten Sie bei Ihrem ersten Treffen einen anderen Eindruck?«

Karter zuckte die Achseln. »Ich weiß es nicht«, sagte er.

»Nehmen Sie ihn mit – auf Ihren Fahrten?«

»Ja.«

»Dann danke ich Ihnen.«

»Nein«, wehrte Karter ab. »Ich muss Ihnen danken!«

Dann schwiegen beide für einen kurzen Moment. Karter trank den letzten Schluck Kaffee und stand auf.

Sie hatten den Zeitpunkt gut gewählt, sich zu verabschieden. In dem Moment, wo auch der Priester aufstand, kam die Haushälterin zur Tür herein. Ihr säuerlicher Gesichtsausdruck machte, dass die beiden Männer eine fröhliche Plauderei begannen. Erst an der Tür, als sie keiner mehr hören konnte, wurde Karter noch einmal ernst.

»Haben Sie eigentlich keine Angst?«, fragte er.

»Wovor?«

»Dass Sie den Bock zum Gärtner machen.«

Pfarrer Görres lachte erstaunt. »Sie? Wer ein ›Ave Maria‹ von Schubert zu würdigen versteht, kann kein Bock sein!«

»Und einer, der epileptische Anfälle hat?«

Der Pfarrer wiegte den Kopf und dachte einen kurzen Moment nach. »Nein, eigentlich auch nicht.«

*

Pfarrer Görres' Worte hatten Karter zunächst auf eigenartige Weise beruhigt. Dann tauchte das Bild des Pfarrers vor ihm auf, der sich über das blutige Knie beugte, und ihm wurde unwohl. Er hob einen Stein auf und nahm ihn in die Hand. Er war glatt und rund. Er mochte solche Steine. Er hatte sie als Kind eine Zeit lang gesammelt. Der glatte Schliff war nicht nur Beweis, dass dieser Stein vor Menschengedenken im Wasser gelegen hatte, sondern zeugte auch von der Kraft des Wassers, das Atom für Atom abgetragen hatte. Er fuhr mit dem Daumen über die Rundung und fragte sich, ob nicht jede Zelle seines Körpers ihr eigenes Gedächtnis hatte und dieses Gedächtnis nicht präziser war als jede Verstandesleistung. Seine Knie erinnerten sich an dieses brennende Gefühl, wenn man beim Rollschuhfahren hingefallen war. Die Hände erinnerten sich an die Schnitte, die ihnen zugefügt wurden, wenn das Messer beim Schneiden ausgerutscht war. Er steckte den Stein in die Tasche und dachte über die Bedeutung dessen nach, was er vorhin erfahren hatte. Der Pfarrer hatte natürlich recht: Rein theoretisch könnte ihm bei unverschlossener Tür jeder x-Beliebige den Zettel auf das Bett gelegt haben. Rein praktisch kamen jedoch nur die Menschen in Betracht, die ein irgendwie geartetes Interesse für ihn gezeigt hatten: Lina, der Wirt, Christian, der Vater Christians, der Rothaarige und … ja, und der Pfarrer natürlich. Jona hatte einen Auftrag erhalten. Hatte jemand ihm – Karter – einen Auftrag erteilen wollen? Handelte jemand im Auftrag eines anderen? Welcher Satz auf dem Papierschnipsel war der eigentliche Hinweis? Er ärgerte sich, dass er nicht darauf geachtet hatte, welche Aussage obenauf gelegen hatte.

Als Karter den Unkenpfuhl erreicht hatte, stellte er zu

seiner Überraschung fest, dass die Stühle im Schankraum auf die Tische gestellt waren. Eine junge Frau putzte mit viel Wasser und Scheuermittel den Boden. Sie schaute nur kurz auf, als sie Karter bemerkte. Er drehte sich herum und ging durch den Hintereingang in das Haus. Auf dem Weg traf er den Wirt, der trotz seiner Leibesfülle erstaunlich flink leere Limonadenkästen aufeinanderstapelte.

»Heute nichts los?«, fragte Karter.

»Für uns nicht«, brummte der Wirt. »Heute ist der Fackelzug, und danach sind die Leute im Festzelt.«

»Ach ja«, sagte Karter, »das hätte ich fast vergessen. Wann geht's denn los?«

»Um sechs graben sie den Zachäus aus. Um sieben ist dann offizielle Eröffnung.«

»Kann man sich das anschauen?«

»Der Zug kommt hier vorbei. Den können Sie nicht verpassen«, brummte der Wirt und sortierte klappernd einige Flaschen.

Karter ging auf sein Zimmer. Er wählte Freds Nummer, erreichte aber niemanden. Er fühlte sich allein und rief alle Nummern seines Adressbuches auf. So viele waren es nicht, zehn oder zwölf, und heute war ein neuer Kontakt hinzugekommen: Greta Harbek.

Karter legte sich auf das Bett und verschränkte die Arme unter dem Kopf. Bewusst versuchte er, sich zu entspannen. Er dachte an Greta und an die letzten Tage, die so ereignislos wichtig für ihn verlaufen waren. Als er seinen eigenen Herzschlag spürte, stand er wieder auf. Unruhig marschierte er im Zimmer auf und ab. Dann ging er wieder hinunter. Die Putzfrau hatte ihre Arbeit verrichtet. Die Kästen mit den Flaschen waren fort und mit ihnen der Wirt. Karter ging um das Haus herum. Der Unkenpfuhl schien ihm ganz allein zu gehören. Es war niemand da. In der Stille hörte er das Ticken der Wanduhr laut und deutlich.

*

Es war fast sechs Uhr, als Karter die Tür seines Zimmers erneut hinter sich schloss. Er hatte die Tür diesmal abgeschlossen und prüfend die Klinke gedrückt. Ja, die Tür war zu! Im Haus war es nach wie vor still.

Als er auf die Straße trat, sah er von Ferne das Licht der Fackeln. Er ging auf die andere Straßenseite, aber als ihm dort ein junger Mann entgegenkam, wechselte er von Neuem und stellte sich in den Schatten einer Häusernische. Es war ihm, als müsse er unsichtbar und unerkannt bleiben. Erst als der Fackelzug auf seiner Höhe war, trat er aus dem Dunkel hervor und mischte sich unter die Menschen. Vornweg ging ein Mann, der eine schwarze Figur auf den Schultern trug. Daneben lief ein anderer Mann, der eine Flasche Korn und ein Pinnchen in den Händen hielt. Dahinter kamen einige kleinere Kinder, die sich einen Spaß daraus machten, an dem Mann hochzuspringen und die Strohpuppe zu berühren. Es folgten einige Erwachsene, vielleicht fünfzig oder sechzig, und wieder danach kam das Tambourkorps »Fidele Jungs«. Im Moment waren sie allerdings weniger fidel, sie schwitzten und spielten nicht auf, sondern redeten. An den Seiten gingen die Fackelträger und rahmten das Bild, das sich bot.

Karter lief ganz einfach mit ihnen. Die Leute beachteten ihn nicht. Vorsichtig schaute er sich um, aber er kannte keines dieser Gesichter. Dann blieben sie stehen. Eine Weile passierte gar nichts, außer dass die Nachfolgenden aufholten und sich in einem Kreis um die beiden Männer an der Spitze scharten.

Die Strohfigur auf dem Rücken des einen Mannes glotzte in die Menge, und die Menge glotzte interessiert zurück. Dann war es scheinbar so weit.

»Zachäus!«, rief der Mann mit der Flasche. »Guck dir die Menschen an. Sie wollen feiern! Erlaubst du es ihnen?«

Der Zachäus schüttelte sich energisch. Die Arme, die vom Körper abstanden, schlenkerten hin und her. Auch das Tuch, aus dem man den Kopf geformt hatte, verzog sich durch die

Bewegung und hauchte der Puppe für die Dauer einer Sekunde Leben ein. Die Umstehenden lachten.

»Jetzt guck genau hin, Zachäus. Sie haben das ganze Jahr gearbeitet.« Der Mann sprach werbend und fordernd zugleich. Die Menschen drum herum nickten.

Der Zachäus machte ein paar tänzelnde Schritte, beugte sich mal zu dieser mal zu jener Seite und schüttelte sich erneut. Erst jetzt schraubte der Mann mit der Flasche diese auf und hielt sie als Lockmittel der Strohpuppe entgegen.

»Komm, Zachäus, einen Schnaps, und einen Tag dürfen sie feiern!«

Karter guckte amüsiert zu. Das Spiel der Verführung ging weiter, bis man dem Patron der Kirmes die Erlaubnis abgerungen hatte, drei Tage feiern zu dürfen. Dann zogen alle weiter ins Festzelt. Die Theke war geöffnet, und das Tambourkorps spielte ein Lied. Karter stellte sich an den Eingang und ließ die Menschen vorüberziehen. Kurz sah er den Rothaarigen, aber diesmal hielt dieser ein Mädchen im Arm und hatte wohl keine Lust auf Streitereien. Auch einen Mann mit Funkgerät sah er. Vermutlich Polizei in Zivil, die man nach den letzten Ereignissen angefordert hatte. Dann kam der Pfarrer. Er unterhielt sich mit Leni und zwei älteren Frauen. Obwohl sie miteinander redeten und lachten, schien es, als würde auch er einen wachsamen Blick auf die Umstehenden werfen. Er nickte Karter kurz zu, und Karter grüßte zurück. Dann ging auch er ins Zelt, in dessen Mitte, direkt unter dem Querbalken, nun eine Leiter und eine Handvoll Menschen standen.

»Hau ruck«, riefen sie und lachten. Einige Frauen quietschten und sprangen zurück. Man hatte der Strohfigur ein Seil um die Brust gebunden und versuchte nun, sie hochzuhieven und am Querbalken des Zeltes festzubinden. Es war nicht ganz einfach, denn die Figur war mannsgroß und den Dellen in ihrem schwarzen Anzug nach zu urteilen auch fest ausgestopft.

»Wirf das Seil rüber«, schrie einer.

Obwohl es im Festzelt laut war, meinte Karter das harte Surren des Seiles auf dem Holz zu hören. Dann hing er dort, der schwarze Mann, dessen Gesicht dort oben im Schein der abgesenkten Lampen noch dunkler wirkte. Ein Patron, ein Bewacher oder ... ein Schreckgespenst für kleine Kinder, dachte Karter.

Unangenehm berührt, hatte er schon vor einigen Minuten das Kind auf dem Arm der Mutter gesehen. Es war vielleicht zwei Jahre alt. Während sie alle um den Zachäus standen, hatte es sein Gesicht in der Halsbeuge der Mutter versteckt. Sie hatte es nicht bemerkt. Vielleicht war ihr auch nur warm, denn sie schob das Kind hin und wieder ein Stück von sich fort und setzte es mal von der rechten auf die linke Hüfte. Doch sooft sie es wegschob, sooft klammerte es sich wieder an, sobald es einen kurzen Blick auf die Umstehenden und auf die Strohpuppe geworfen hatte. Es fing an zu weinen.

Und dann war es Karter, als hätte er alles schon einmal erlebt. Als wüsste er, wie die nächste Handlung dieser Frau aussehen würde. Als wüsste er, dass sie das Kind abgeben, das Kind schreien und die Frau lachen würden. Es würde ein zerstörerisch lautes Lachen sein. Wie hypnotisiert starrte er auf diese Szene, die so klar vor ihm stand. Jetzt! Jetzt würde sie es tun! Er wollte ihr Lachen hören. Er wollte das Schreien des Kindes hören. Er wollte die fremden Arme sehen, die das Kind nahmen. Und dann kamen die Arme, und das Kind schrie.

*

Fred fluchte! Er fluchte wie ein Rohrspatz.

»Wenn man ein Handy hat«, dozierte er, »lässt man es an. Hörst du, Karter! Man lässt es an! Ein ausgeschaltetes Handy ist so viel wert wie ...«

»Fred!«

»Nix Fred! Man lässt es an, insbesondere dann, wenn man mich auf etwas angesetzt hat!«

»Ich hab's wohl aus Versehen ausgeschaltet«, warf Karter ein und versuchte Fred zu beschwichtigen, obwohl er wusste, wie dünn diese Ausrede klang, auch – und gerade – für Fred.

»Das Versehen streichst du und sagst nur, dass du es ausgeschaltet hast. Dann könnte ich wenigstens nachfragen, warum du es getan hast.«

Es war schön, Freds Stimme zu hören. Es war schön, seine Sorge zu spüren. »Ich hab's ausgeschaltet«, sagte Karter.

»Gut«, antwortete Fred. »Möchtest du, dass ich dich frage, warum?«

»Nein!«, entgegnete Karter und schaute auf seine Hand, an der sich eine etwa zwei Zentimeter lange Risswunde befand, von der er nicht wusste, wie sie dorthin gekommen war. Innerlich dankte er Fred, der ihn nicht in Bedrängnis brachte, lügen zu müssen. Aber er hatte so viel erfahren in den letzten Tagen, dass er nicht wusste, wie und was er Fred erzählen sollte. Er fühlte sich müde, und er hatte ... Angst. Ja, es war Angst, die ihm wie ein Tier im Nacken saß. Sie lastete auf ihm wie eine dunkle Gewitterfront und war wie diese ebenso wenig greifbar. In seiner Angst hatte er Greta angerufen, kurz nachdem er aus dem Zelt gegangen war. Zumindest vermutete er das. Wieder guckte er auf seine Hand. Er hatte ihre Nummer gewählt und dann aufgelegt. Wenige Minuten später hatte er es noch einmal versucht. Es klingelte – einmal, zweimal. Dann hatte er das Handy ausgeschaltet.

Und nun stand er am späten Abend unten neben dem Tresen. Der Wirt hatte ihn rufen lassen, ihm den Hörer in die Hand gedrückt und sich wieder zu den drei anderen Männern an den Nebentisch gesetzt. Sie spielten Skat: »Achtzehn, zwanzig ... passe!«

»Hör zu, Karter«, sagte Fred. »Ich habe mal auf eigene Faust von hier unten ein paar Nachforschungen angestellt, habe mir von den Einwohnermeldeämtern die Liste der Wegzüge und die der Zuzüge der Jahre 1946 bis 1956 geben lassen, und zwar von sämtlichen Meldeämtern dieser gottverdammten Gegend dort oben.«

Mein Gott, dachte Karter. Woher nimmt dieser Mann seine Energie. Er nickte erschöpft – was Fred nicht sehen konnte – und wandte den Männern am Nebentisch den Rücken zu.

»Kreuzsolo! Schneider!«

»Kontra!«

Karter dämpfte seine Stimme. »Und? Wie sehen die Ergebnisse deiner Nachforschungen aus?«

»Sie sehen unschön aus! Die Namen ›Karter‹ und ›Gablin‹ gibt es nicht. Und nicht nur dort. Die gibt es am gesamten Niederrhein nicht.«

»Dann bin ich ein Phantom«, sagte Karter, und seine Stimme klang sarkastisch. »Eine Fata Morgana.«

»Das Gespenst vom Niederrhein«, antwortete Fred. In seiner Stimme lag ein unwilliges Knurren.

Tatsächlich erschreckten die Worte Karter. Seine Vergangenheit hatte immer im Dunklen gelegen, war immer diffus und nicht greifbar, in großen Teilen unbekannt und fremd gewesen. Aber sie war da! Festzumachen an den Erzählungen der Mutter und seinem Glauben daran. Festzumachen an einer zehn mal dreizehn Zentimeter großen Quittung, die er beizeiten abgeheftet hatte. Aber jetzt – angesichts Freds Ergebnis – war diese Vergangenheit ganz einfach nicht mehr vorhanden, war ausgelöscht, trat anstelle einer Vermutung ein Nichts.

»Der einzige Beweis, dass es meine Vergangenheit gibt, ist dieser Engel«, wandte Karter ein. »Ihn muss ich finden.«

»Richtig! Hast du den Bildhauer schon kontaktiert?«

»Mein Auto war kaputt.«

»Murphy«, sagte Fred. *»Whatever can go wrong, will go wrong.«*

»Auch ein Bier?«, fragte der Wirt, der zum Tresen gekommen war und den Zapfhahn aufgedreht hatte. Er sah mit einem Mal gar nicht mehr so tatkräftig aus wie sonst. Seine

Unterlippe hing schlaff und fleischig ein wenig herunter. Seine Augenlider waren angeschwollen und stülpten sich halb über die Augäpfel.

»Ja«, sagte Karter.

»Ja«, sagte auch Fred, der Karters Ja als Bestätigung seiner Aussage aufgefasst hatte, »aber das soll uns nicht abhalten.«

Der Wirt stellte das frisch gezapfte Bier vor Karter auf den Tresen.

Karter nickte dem Wirt zu. »Gut! Fangen wir an und verwalten das Nichts.«

»Wir haben mehr als nichts«, antwortete Fred. »Hör zu, folgende Überlegungen bei mir: Deine Mutter hat bewusst alle Brücken hinter sich abgebrochen. Warum wissen wir noch nicht. Sie hat ihr und dir eine neue Identität verschafft. Warum wissen wir auch nicht. Aber wie ist das, Karter? Halten nicht die meisten ein Stück ihres alten Lebens in irgendeiner Form fest?«

»Was willst du damit sagen?«

»Sie hat nur scheinbar die Vergangenheit losgelassen. Einen winzigen Rest hat sie bewahrt.«

»Was?«

»Ihr schlechtes Gewissen vielleicht, das sie mit einem teuren Grabstein zu überdecken gedachte?«

»Mhm.« Mehr konnte Karter nicht dazu sagen. Fred entwarf ein Bild seiner Mutter, das mit seinem eigenen nicht übereinstimmte. Er hatte bei ihr nur Unwillen und Ablehnung bemerkt, wenn er nach seiner Verwandtschaft gefragt hatte – nie einen Hauch von Reue, Scham oder Trauer. Allerdings war er auch ziemlich jung gewesen, als seine Nachfragen drängender wurden.

»Und außerdem einen Teil ihres Namens?«

»Wie meinst du das?«

»Ganz einfach: Wenn ich nur die Silbe ›Kart‹ eingebe, komme ich zu ganz anderen Ergebnissen.«

Karter hörte plötzlich mit neuem Interesse zu. »Erzähl«, forderte er Fred auf.

»Wenn ich das tue, spuckt mir der PC noch die Namen ›Karthäuser‹ und ›Karthuus‹ aus.«

»Aha!«

»Und noch interessanter: Eine Ursula Karthuus aus Emmerich wurde vor vierundfünfzig Jahren als vermisst gemeldet. Und Emmerich liegt verdammt dicht an Kleve!«

Karter hielt die Luft an.

»Hört sich doch gut an, oder?«

»Verdammt gut«, antwortete Karter. »Hast du sonst noch etwas herausfinden können?«

»Nein, aber ich bleibe am Ball. Sobald ich Neues weiß, ruf ich dich an«, sagte Fred.

In diesem Moment steckte Christian den Kopf zur Tür herein, ging zum Wirt und redete kurz mit ihm. Der Wirt blickte ihn von oben bis unten an und nickte mit heruntergezogenen Mundwinkeln. Dann ging der Junge zum Tresen, schenkte sich ein Glas Cola ein, ohne Karter auch nur zu beachten.

Karters Freude schwand in dem Moment, wo er den Jungen sah. Erst jetzt fiel ihm auf, dass Christian nicht beim Fackelzug gewesen war. Zumindest hatte er ihn nicht gesehen. Sein Gesicht war gerötet, und seine Haare klebten schweißnass am Kopf. Seine Hände und sein Gesicht waren schmutzig, und als er jetzt die Flasche anfasste, bequemte sich der Wirt, auch an den Tresen zu kommen.

»Wasch dir die Flossen und putz die Flasche wieder ab«, knurrte er.

Der Junge stelle ohne Widerrede das Glas ab, ging in die Küche und kam zwei Minuten später mit einem Tuch wieder.

»Unzuverlässiges Volk«, knurrte der Wirt und sah zu, wie Christian mit zusammengekniffenen Lippen den Lappen nahm, die Fingerspuren von der Flasche wischte und sie wieder in den Kühlschrank stellte. Der Wirt schenkte Karter ungefragt noch ein Bier ein und stellte es vor ihn hin.

»Und, Karter«, sagte Fred am Telefon, »denk dran, dass

du das Handy morgen eingeschaltet lässt. Oder soll ich besser unter der Festnetznummer anrufen?«

»Nein, nein«, antwortete Karter. »Mein Auto ist wieder ganz, und morgen ... mhm ... geht's los. Das Handy lasse ich selbstverständlich an.«

Die beiden Männer beendeten das Gespräch. Karter trank schweigend sein Bier und dachte über Freds Informationen nach. Es war wüste Spekulation, dass seine Mutter einen Teil ihres Namens beibehalten hätte. Andererseits ... es war etwas Wahres daran, dass man Teile seiner Vergangenheit hinüberretten wollte. Auf jeden Fall würde er diesem Hinweis nachgehen, wenn er den Engel gefunden hatte. Karter stellte das leere Glas auf den Tresen und stand auf.

Auch Christian hatte die Cola ausgetrunken. Schon vor geraumer Zeit. Danach hatte er sein Glas mit nervenaufreibender Langsamkeit gespült. Jetzt wischte er mit der gleichen Langsamkeit das Spülbecken und sortierte die bereits sortierten Gläser erneut.

Karter fragte sich, ob er den Jungen ansprechen sollte. Sie hatten für morgen früh um acht Uhr einen Termin. Er dachte plötzlich mit Unbehagen daran und bereute seine vorschnelle Zusage dem Pfarrer gegenüber, insbesondere jetzt, da er die neuen Informationen von Fred erhalten hatte. Wenn der Junge sich morgen so unnahbar zeigte wie heute, hätte er einen anstrengenden Tag vor sich. Das war alles andere als das, was er jetzt brauchte.

»Du denkst an unseren Termin?«, fragte Karter.

Der Junge schaute kurz hoch, wich aber dann Karters Blick aus und nickte nur.

»Gut«, sagte Karter und versuchte, ihm freundlich zuzulächeln. »Verschlaf nicht. Ich fahre pünktlich ab.«

Wieder nickte der Junge, dann warf er das Spültuch achtlos auf den Tresen und ging. Karter schaute ihm nachdenklich nach.

»Noch ein Bier?«, fragte der Wirt. Seine Stimme klang verwaschen wie von einem, der zu viel getrunken hat. Und das hatte er mit Sicherheit. Sein Blick war glasig und seine Bewegungen waren schwerfällig, als er die Gläser für die anderen Mitspieler auf das Tablett stellte, auf dessen Boden fingerbreit das verschüttete Bier stand.

»Nein danke«, antwortete Karter, legte das Geld auf den Tresen und ging.

Die Hintertür stand offen, und ein Ausschnitt des Nachthimmels war zu sehen. Ob er den Großen Wagen fand? Oder den Polarstern? Leise ging Karter den schmalen Gartenweg entlang. Dann sah er den Jungen. Er stand im Lichtkegel der einzigen Laterne auf diesem Weg. Seine Hände hielten den metallenen Pfosten fest umschlossen, als wolle er ihn erdrosseln. Den Kopf hielt er gesenkt und stieß ihn in rhythmischen Abständen mit der Stirn gegen den Pfosten. Der Schatten in seinem Gesicht war scharf begrenzt und ließ das Gesicht aus der Distanz alt und hart erscheinen. Die Haltung, in der er dort stand, hatte nichts mehr mit der eines Kindes zu tun; nichts mehr mit einem Jugendlichen. Sie war Abwehr und Hass und Hilflosigkeit in einem. Und dann, ganz plötzlich, lösten sich die Hände von dem Pfosten und schlugen zur Faust geballt auf diesen ein, wieder und wieder. Ein Bombardement hilfloser Wut und hoffnungsloser Verzweiflung.

*

Als Karter aus dem Unkenpfuhl ins Freie trat, war es warm und schwül. Auf Wiesen und Feldern lag ein heller, fasriger Dunst. Die Feuchtigkeit des letzten Gewitters verdampfte, und es würde ein heißer Tag werden.

Entgegen seiner Gewohnheit war er gestern früh zu Bett gegangen. Christians Zerrissenheit hatte ihn tief berührt und machte ihm Sorge. Sie hatte ihn in seinen Träumen verfolgt, und je länger er darüber nachdachte, umso mehr drängte sich ihm der Wunsch auf, nicht Zeuge dessen gewesen zu sein. Es wäre einfacher, allein zu fahren, den Gedanken nachzuhängen, in Ruhe eventuelle Neuigkeiten verarbeiten zu können, redete er sich ein. Aber in Wirklichkeit spürte er eine tiefe Sehnsucht nach diesem Jungen. Unwirsch hatte er den Gedanken zur Seite gefegt. Zu allem Unglück hatte er früh am Morgen auf das Display des Handys geschaut und Gretas Telefonnummer gesehen. Sie hatte zurückgerufen. Zuerst redete er sich ein, dass sie nur die Nummer hatte zurückverfolgen wollen, und – da sie keinen erreicht hatte – es kein zweites Mal probieren würde. Dann wieder war er sich fast sicher, dass sie wieder anrufen würde. Der Gedanke lag ihm schwer im Magen, und er hätte am liebsten die Bettdecke über den Kopf gezogen, die Augen geschlossen und sich vorgemacht, dass er in seinem Bett in München liege und Dorothee ihn zum Frühstück wecken würde.

Aber er lag nicht dort, und Dorothee war tot. Das Wort »tot« hatte er laut ausgesprochen. Es hatte einen eigenartig spröden Klang gehabt, als gehöre es nicht hierher oder nicht ausgesprochen. Es machte keine Angst, es passte nur nicht. Es klang fremd. Dann hatte sich der Junge wieder in seine Gedanken geschlichen. Kurz darauf Greta. Als hätten alle ihn gerüttelt und geweckt, war er aufgestanden und ins Bad gegangen. Fast mechanisch hatte er sich die Zähne geputzt und geduscht. Erst als er sich rasierte, wurde es unvermeidlich, in den Spiegel zu gucken, und er war sich nicht mehr sicher, ob der, den er sah, der war, den er kannte. Er suchte nach Zeichen des Wiedererkennens, aber er fand sie nicht. Der graue Haarkranz war ihm ebenso fremd wie die schlaffen Wangen, die seinem Gesicht etwas Hundeartiges verliehen. Er rasierte sich sorgfältig und gab noch ein wenig Aftershave auf das Gesicht. Dann schaute er wieder in den Spiegel und lächelte sich an. Nein, er wurde sich nicht vertrauter.

Als er seine Tasche packte und ihn die Notwendigkeiten in die Realität zurückholten, schalt er sich einen Narren und vertrieb die melancholischen Gedanken.

Er schaute noch einmal auf das Display. Es war dunkel

und unverändert. Doch! Er wollte den Rückruf. Er wollte ihn nicht nur. Er war sich sicher, dass er ihn brauchte. So sicher, wie er wusste, dass der Junge ihn ebenso brauchte.

Mit diesen Gedanken ging Karter in den dunstigen Morgen hinaus. Er hatte gerade den Hof des Unkenpfuhls überquert, den intensiven Duft des Holunders wahrgenommen und den Autoschlüssel gezückt, als er den Jungen sah. Er hockte auf der kleinen Gartenmauer gegenüber der Einfahrt.

Am frühen Morgen sah er noch blasser und magerer aus als sonst. Seine Beine waren schmutzig, und seine Füße steckten in viel zu großen Schuhen. Als er Karter sah, sprang er auf.

»Morgen«, sagte er. Seine Stimme klang ein wenig zögernd und passte nicht zu dem federnden Gang, mit dem er jetzt auf Karter zusteuerte. Außer einer kleinen Beule an der Stirn war nichts von der gestrigen Eruption seiner Gefühle zu bemerken. Er war so indifferent und uneinschätzbar wie an allen anderen Tagen.

»Morgen«, erwiderte Karter. »Ausgeschlafen?«

»Schon lange.«

»Dann wollen wir keine Zeit vergeuden und gleich losfahren.«

Der Junge nickte und ging zur Beifahrerseite.

»Du kannst Karten lesen?«

»Ja.«

»Gut! Als Erstes geht es heute nach Poppenbeck. Wohin wir danach fahren ist noch unklar. Okay?«

Der Junge nickte kurz und knapp. »Wann sind wir zurück?«

»Kann ich noch nicht sagen.«

Christian zögerte einen Moment, als überlegte er noch, ob er wirklich mitfahren sollte.

»Möchtest du doch lieber hierbleiben?«, fragte Karter.

»Ja«, sagte der Junge, schüttelte dann den Kopf und sagte Nein.

»Was denn jetzt?«, fragte Karter.

»Nein«, sagte Christian, öffnete die Wagentür und setzte sich demonstrativ auf den Beifahrersitz.

Als Karter langsam über die Hauptstraße durch Holtbroich fuhr, fiel ihm ein, dass der Junge vielleicht noch gar nicht gefrühstückt hatte. Er selbst hatte sein Frühstück abbestellt, weil er vorgehabt hatte, unterwegs etwas zu essen. Dann, wenn er eine Pause brauchte. Im Moment verspürte er keinen Hunger. Der Junge vielleicht schon.

»Ich würde vorschlagen, wir fahren in die nächste größere Ortschaft und suchen ein nettes kleines Cafe«, sagte Karter und lächelte Christian zu.

Der Junge, der bis zu diesem Zeitpunkt schweigend und gelangweilt aus dem Beifahrerfenster geschaut hatte, schaute Karter kurz an, senkte den Blick und guckte wieder nach draußen, ohne etwas zu erwidern. Es war nur eine Bewegung von höchstens zwei Sekunden Dauer, dennoch war es Karter nicht entgangen, dass der Junge kurz auf seine Beine geschaut hatte, die sehr schmutzig waren.

»Vielleicht könnten wir eine Kleinigkeit es…«, begann Karter, aber Christian fiel ihm ins Wort:

»Ich habe keinen Hunger«, sagte er. Dann legte er seine Hände auf die Knie und setzte sich ein Stück aufrechter hin.

Wenige Minuten später waren sie auf der Autobahn. Die Räder surrten leise auf dem glatten Asphalt. In einer guten Stunde würde er den Namen seiner Großeltern erfahren – und damit den Mädchennamen seiner Mutter. Der erste Schritt, die erste große Hürde wäre damit genommen, und von dort aus wäre alles andere eine Kleinigkeit.

Christian hatte seine Sitzposition nicht verändert. Immer noch schaute er aus dem Seitenfenster. Immer noch lagen seine Hände auf den schmutzigen Knien.

»Willst du ein bisschen Radio hören?«, fragte Karter.

Der Junge blickte nach vorn und dann auf das Armaturenbrett. Ohne Karter eine Antwort zu geben, löste sich seine linke Hand vom Knie und drehte am Knopf des Radios.

Es rauschte. Er fand einen Sender, stellte ihn ein und drehte sich wieder fort.

Danach schwiegen beide, und Karter horchte weiter auf das Summen der Räder.

Er fuhr schnell. Schneller als üblich. Ortschaften und Städte glitten vorbei. Sie waren mittlerweile auf der 42 und hatten den Rhein überquert. Als sie durch den Ruhrpott fuhren, nahm der Verkehr zu. Karter ging mit der Geschwindigkeit herunter. Das Radio plärrte noch immer. Auf der 43 wurde es verkehrsmäßig wieder ruhiger, und als sie die Abfahrt Appelhülsen nahmen, entspannte sich Karter.

*

Fred hatte nicht übertrieben. Poppenbeck bestand nur aus vier Häusern. Das Haus des Bildhauers lag ein paar Meter zurückversetzt direkt an der Hauptstraße. Sie konnten es gar nicht verfehlen. Haupt- und Nebengebäude winkelten aneinander und formten den Vorplatz zu einem großen U.

Karter parkte unmittelbar vor dem Atelier, dessen Sprossenfenster bis zum Boden reichten und einen ersten Blick auf die Skulpturen darin freigaben. Das Haus war mit Efeu berankt und lag eingebettet zwischen hohen Bäumen.

»Jetzt wird sich zeigen, was wirklich ist«, sagte Karter.

Christian schaute ihn fragend an, aber noch bevor Karter etwas erklären konnte, kam aus dem Nebengebäude, das wie eine große Scheune aussah, der Bildhauer heraus. In seinen Haaren und auf seiner Haut lag feiner weißer Staub, und in seiner Hand hielt er einen Meißel.

»Sie wünschen?«, fragte er.

»Karter«, stellte Karter sich vor und streckte dem Mann die Hand hin. »Mein Kollege hat Sie angerufen. Es geht um eine Quittung, die Sie vor einigen Jahren ausgestellt haben.«

»Ach, das sind Sie!«, nickte der Bildhauer. »Grethmann. Ingo Grethmann. Erfreut, Sie kennenzulernen.«

Lächelnd deutete er mit dem Kopf auf Karters Hand und

dann auf seine. »Entschuldigen Sie, aber ich fürchte … Einen Augenblick bitte.« Er drehte sich herum und ging einige Schritte auf das Nebengebäude zu. Dann schien er es sich anders überlegt zu haben und sagte: »Kommen Sie doch mit. Ich hole nur schnell den Schlüssel für das Atelier.«

Karter nickte. »Sie wohnen hier sehr idyllisch«, sagte er. »Fernab von allem Hässlichen – wenn vielleicht auch etwas einsam.«

»Einsamkeit ist für einen Künstler ja nichts Schlechtes«, erwiderte der Bildhauer, blieb für einen Moment stehen, als versuchte er, sein Lebensumfeld mit Karters Augen wahrzunehmen. »Es ist wirklich sehr schön«, bestätigte er. »Das Wohnhaus ist von 1883.« Er zeigte auf seine Werkstatt. »Und das hier wurde 1908 erbaut – für die Herstellung von Zementwaren!«

»Sie wohnen sicherlich schon lange hier?«, fragte Karter.

»Seit 1999.«

»Dann muss die Quittung aus der ersten Zeit, in der Sie hier wohnten, stammen.«

»Richtig. Allerdings lief das Geschäft ganz gut. Ich hatte viele Aufträge. Wir müssen also ein wenig die Unterlagen durchforsten.«

»Ich hoffe, es macht Ihnen nicht allzu viel Umstände.«

»Wenn ich helfen kann …«

Dann waren sie in der Werkstatt, einem hohen, hellen Raum. Unmittelbar neben der Tür stand eine nackte männliche Figur. Daneben stand eine nackte Frauenbüste. Christian wandte sich verschämt ab.

»Das ist aber jetzt kein Marmor, oder?« Karter und blieb vor der nackten Männerfigur stehen.

Der Bildhauer lächelte. »Nein, das ist Baumberger Sandstein. Direkt hier aus der Gegend. Aus der Nähe von Havixbeck. Quasi der Marmor des Münsterlandes.«

Während der Bildhauer den Kittel auszog und sich die Hände wusch, schaute Karter sich weiter um. Kettenwinde, Sackkarre, Eimer, Kabel, Rohre und eine Schleifmaschine waren über und über mit Staub bedeckt. An den Wänden hingen kleinere Reliefs.

»Jetzt kann ich Ihnen auch die Hand geben«, sagte der Bildhauer.

Kurz danach standen sie in einem lichtdurchfluteten Raum mit weißen Wänden, vor denen auf hölzernen Stelen Kunstwerke aus Marmor, Sandstein und kleinere Skulpturen aus Bronze standen, von großen Stauden gerahmt und in ihrer Wirkung unterstrichen.

»Alles Auftragsarbeiten?«, fragte Karter. Sein Blick glitt über die Kunstwerke und Fotos und blieb an einem hängen. Sekundenlang guckte er es an, guckte wieder weg, suchte in den anderen Bildern den gleichen Schreck zu erfahren. Dann wanderte sein Blick zurück zum abgebildeten Engel.

»Das ist er!«, sagte er und seine Stimme war plötzlich rau.

»Das ist wer?«, fragte der Bildhauer.

»Das ist der Engel, den ich suche.«

»Ich dachte, sie suchen die Lieferadresse für eine ganz bestimmte Quittung. Zumindest hat Ihr Kollege …«

»Stimmt«, fiel Karter dem Mann ins Wort. »Und geliefert wurde dieser Engel. Nur wohin? Das würde ich gerne wissen.«

Karter war nun ganz nah an das Bild herangetreten und betrachtete das Engelsgesicht, das mit halb geschlossenen Augen auf den Toten herunterguckte. Im ersten Augenblick erschien es ernst, aber schon im zweiten bemerkte man den leicht abfälligen und spöttischen Zug um die Lippen.

»Statuario«, sagte der Bildhauer. »Ich erinnere mich noch gut an diese Auftragsarbeit – wegen des Marmors.«

Karter schaute ihn fragend an.

»Schauen Sie«, sagte der Bildhauer, »der Engel hat geöffnete Flügel und geöffnete Arme … für solch filigrane Arbeiten kann man nur Statuario benutzen. Was erzähle ich? Carrara sagt Ihnen bestimmt etwas. Ist aus der Gegend dort. Tja, und Blöcke in dieser Größe, die sind selten und teuer. Eine schwierige … na, sagen wir anspruchsvolle Kundin.«

Karter konnte seine Aufregung nur schwer unterdrücken. »Sie haben also alle Unterlagen und erinnern sich sogar noch an die Auftraggeberin?«

»Ja natürlich«, sagte der Bildhauer. Dann zögerte er. »Ihr Kollege sagte, er sei vom Münchner Kommissariat ...«

»Richtig.«

»Ja, er sagte es nur.« Der Bildhauer blieb abwartend stehen. Karter verstand nicht.

»Auch in unserem Bereich gibt es schwarze Schafe, die Ideen ... ich sage mal ... verwerten ... Ich helfe gerne, aber ...«

»Ach«, sagte Karter ungeduldig und reichte dem Bildhauer den Polizeiausweis, »ich verstehe.«

»Tja«, erzählte der Bildhauer, während er den Ausweis anschaute. »Es war eine lange Geschichte – damals. Ich habe die Auftraggeberin nie gesehen. Wir haben miteinander telefoniert. Ich schickte ihr einige Entwürfe. Sie teilte mir ihre Veränderungswünsche mit.«

»Konnten Sie an der Stimme in etwa ihr Alter ausmachen.«

»Daran erinnere ich mich nicht mehr. Als die Arbeit ausgeführt war, wurde prompt bezahlt. In dem Moment ... Wer konnte denn wissen, dass ...«

»Schon gut«, sagte Karter. »Ich zweifle nicht an Ihrer Redlichkeit.«

Der Mann hat wirklich eine geordnete Buchführung, dachte Karter, als sie endlich im Büro waren. Karter hatte ihm das Jahr der Rechnungsstellung genannt, und der andere hatte zielsicher in die Registratur gegriffen und einen Ordner hervorgeholt. Nun saßen sie an einem kleinen Tisch direkt unter dem Fenster, wo die Sonne den rötlichen Parkettboden zum Leuchten brachte, und blätterten. Endlich nickte der Bildhauer zufrieden.

»Hier!«, sagte er. »Alles noch vorhanden.«

Karters Hände zitterten, als er nach dem Ordner griff. Ohne ein Wort betrachtete er minutenlang die vergilbten Unterlagen. Der Bildhauer hatte den gesamten Schriftverkehr aufbewahrt. Er las Dorothees Worte: *»Wie sieht wohl ein*

Engel aus? Eine Frau mit vollen Lippen und wallendem Haar? Ich überlege, ob es kein männlicher Engel sein soll. Was halten Sie davon?«

Es folgten eine neue Skizze und ein neues Schriftstück. *»Ich denke nicht an einen betenden Engel. Vielmehr soll er seine Hände schützend über das Grab legen. Auch möchte ich nichts Süßliches an ihm sehen. Der eigene Tod ist bitter, und der fremde auch. Würden Sie deshalb freundlicherweise …«*

»Sie war nicht leicht zufriedenzustellen«, sagte der Bildhauer.

Es folgten noch einige Änderungswünsche, dann war Dorothee zufrieden gewesen. *»Der Schriftzug auf dem Sockel soll klar und schlicht sein.«* Dann folgte der Schriftzug.

Wilhelmina Kessler	*Josef Kessler*
** 26. April 1897*	** 19. Dezember 1894*
† 30. November 1939	*† 19. März 1939*

Karter starrte auf das Todesdatum. Er konnte seine Großeltern nicht gekannt haben. Sie waren lange vor seiner Geburt gestorben.

*

Wie war es möglich, dachte Karter, nachdem sie sich von dem Bildhauer verabschiedet hatten, dass er durchaus Erinnerungen an seine Großeltern hatte, wenn diese zum Zeitpunkt seiner Geburt nicht mehr gelebt hatten?

Er war so sehr in Gedanken vertieft, dass er Christian ganz vergessen hatte. Erst als der Junge ihn an der Straße zurückriss, schreckte er auf. Ein Auto hupte. Der Junge hatte ihn fest am Arm gepackt. Karter spürte seine knochigen Finger.

»Verzeih«, sagte er. »Ich war in Gedanken.«

Christian nickte und lockerte den Griff.

»Ich glaube, wir sollten erst eine Kleinigkeit essen, bevor wir losfahren.«

Ein Passant empfahl ihnen Klute's Historisches Brauhaus. Das liege direkt auf der Poppenbeckerstraße und habe eine phantastische westfälische Küche.

Der Fremde hatte nicht zu viel versprochen. Das Brauhaus erwies sich als guter Griff. Es gehörte nicht nur ein gemütliches Café dazu, sondern auch ein Biergarten und ein kleines Verkaufslädchen mit Wurstspezialitäten. Im Speiseraum war ein riesiges Büfett aufgebaut – mit knusprigem Spanferkel, Wild, Haxen und Schweinebraten, Spezialitäten vom Lamm, Bratkartoffeln, goldbraunes Gratin, Gemüse vom Land, Sauerkraut und Salat, so weit das Auge reichte.

Christians Augen leuchteten, und das Knurren seines Magens ließ die Ausrede, dass er keinen Hunger habe, nicht mehr zu.

Sie hatten Glück und erwischten noch zwei freie Plätze an einem Vierertisch. Die beiden anderen Plätze hatte ein höchst ungleiches Paar besetzt. Sie waren beide gut gekleidet. Und obwohl der Mann mehr als fettleibig war, lagen auf seinem Teller nur Häppchen, während die Frau, die mager und dürr war, ihren Teller überladen hatte. Sie erwiderten den Gruß zögerlich und unfreundlich. Als sie Christian sahen, rückten sie ein Stück zur Seite.

»Ich gehe mal gerade zur Toilette«, sagte Christian zu Karter. Mit sauberen Beinen und Händen kam er zurück. Selbst seine Haare hatte er mit Wasser in Form gebracht.

Sie griffen beide tüchtig zu, aber als Karter sich längst satt und zufrieden im Stuhl zurücklehnte, schaufelte Christian noch immer Unmengen in sich hinein. Karter sah ihm gern zu. Er erinnerte sich zu gut daran, dass sein Stiefvater manchmal die Mengen an Essen bemängelte, die er – Karter – als Jugendlicher vertragen konnte.

»Der Junge wächst«, hatte seine Mutter ihn dann verteidigt, während sein Stiefvater kerzengerade darauf wartete, dass das Kind nun endlich fertig wurde. Aber zu diesem Zeitpunkt war es Karter schon egal gewesen, was sein Stiefvater dachte. Und manchmal war es ihm auch schon egal gewesen, was seine Mutter sagte. Es war die Zeit der Revolte, des inneren Abstandnehmens. Die Zeit, in der er sich in seiner Clique wohler fühlte als zu Hause. Es war die Zeit, in der er lernte, sich in zahlreichen körperlichen Auseinandersetzungen zu wehren. Die Zeit, in der er Grenzen setzte gegen die Ansprüche seiner Mutter. Die Zeit, in der er sich vornahm, nicht mehr nach seinem Vater zu fragen.

»Schmeckt gut, nicht wahr«, sagte Karter, als Christian endlich leise stöhnend aufgab. Es passte beim besten Willen nichts mehr hinein.

»Verdammt gut«, sagte er und lächelte. Es war das erste Mal, dass er offen und ohne Argwohn auf Karter reagiert hatte. Karter lächelte zurück.

In diesem Moment entfuhr dem Dicken ein Rülpser. Die Frau nahm ihre Serviette und putze ihrem Mann den Mund ab.

Karter und Christian schauten sich an. Das Lächeln, das eben noch auf ihren Gesichtern war, breitete sich aus. Karter lachte als Erster. Es war ein glucksendes, befreiendes Lachen, und Christian fiel nach dem ersten Schreck mit ein. Dann lachten sie und lachten und lachten. Und jedes Mal, wenn das Lachen bei einem verebben wollte, nahm der andere die Serviette oder warf einen Blick auf dieses ungleiche Paar, und das Lachen schwoll wieder an. So lange, bis sie sich müde gelacht hatten.

»Unverschämtheit«, knurrte der Dicke und öffnete sich die Krawatte. Die Frau blickte säuerlich auf Karter und Christian.

»Wir gehen«, sagte sie.

Christian und Karter sahen zu, wie beide sich schwerfällig erhoben – auch die dürre Frau, obwohl sie mehr den Eindruck gemacht hatte, immer und überall auf dem Sprung zu sein. Wahrscheinlich war sie es auch. Wahrscheinlich war es nur ihre Blasiertheit, die sie steif und schwerfällig werden ließ.

Danach setzte sich keiner mehr an den Tisch der beiden, obwohl Karter es sich nun gewünscht hätte. Das gemeinsame Lachen hatte eine Vertrautheit und Nähe zu dem Jungen geschaffen, die er einerseits genoss, andererseits aber beängstigend fand. Vielleicht war es Christian ebenso ergangen, denn nachdem die beiden Gäste weg waren, spielte er mit der Serviette, ohne Karter anzuschauen.

»Wir fahren also jetzt gleich nach Viersen«, nahm Karter das Gespräch auf. »Zum Friedhof. Dort suchen wir den Engel. Aber das hast du ja mitgekriegt.«

Christian nickte mit gesenktem Kopf. »Kennen Sie den Weg oder soll ich …«

»Wenn du mein Navigationssystem sein könntest …«, fiel Karter ihm ins Wort. Es war eine Spur zu schnell, und plötzlich saßen sie sich wieder wie zwei Fremde gegenüber.

»Klar«, antwortete der Junge, und Karter winkte der Bedienung.

Kaum hatten sie das Restaurant verlassen, schlug Christians scheue Zurückhaltung schlagartig um. Er hüpfte und sprang, hob Steine vom Boden auf und warf sie durch die Gegend. Dann zog er in einer Anwandlung von Übermut drei kleine Bälle aus der Hosentasche und fing an, zu jonglieren. Rot – blau – gelb sprangen sie in die Höhe und fielen in die offenen Hände des Jungen zurück.

*

»Wie geht es dir eigentlich ohne deinen Bruder?«, fragte Karter Christian.

Sie hatten das Münsterland verlassen und soeben den Rhein überquert. Anders als auf der Hinfahrt hatten sie viel miteinander geredet, manchmal nur um des Redens willen, um die einmal empfundene Vertrautheit nicht durch ein Schweigen zu zerstören.

Karter hatte Christian beim Jonglieren gewähren lassen und aufrichtig anerkennend genickt. »Das habe ich nie geschafft«, hatte er gesagt. »Dabei habe ich ziemlich verbissen geübt.«

»Man muss viel Geduld haben«, hatte der Junge geantwortet. »Im Moment versuche ich den vierten Ball einzubauen.«

»Und wenn du das kannst? Was dann?«

»Dann hole ich den fünften Ball dazu.«

Karter hatte gelächelt, die Autotür geöffnet, ins Handschuhfach gegriffen und einen kleinen Taschenkalender hervorgekramt. Er hatte ihn mit der Vorderseite auf die Kühlerhaube gelegt und »Guck mal« gesagt.

Christian war interessiert näher getreten.

Karter war dann mit seinen geöffneten Handflächen über den Kalender gefahren und hatte Abrakadabra gemurmelt. Seine Stimme wurde immer beschwörender, seine Handbewegung schneller. Für den Bruchteil einer Sekunde schaute Christian in Karters Gesicht. Als er den Blick wieder auf die Hände lenkte, zog Karter sie zurück, und der Kalender war verschwunden. Karter zeigte seine leeren Handflächen. »Voilà«, sagte er.

»Noch mal«, sagte der Junge.

Karter grinste und führte den Zaubertrick noch einmal vor. Diesmal blieb der Blick des Jungen auf Karters Hände gerichtet.

»Abrakadabra«, murmelte er, fuhr mit einer leicht kreisenden Bewegung über den Kalender und dann ... war er weg.

»Wow!« Christian pfiff anerkennend. »Wie machen Sie das?«

Karter grinste. »Ein Zauberer verrät niemals seine Tricks. Das weißt du doch.«

Sie hatten sich eine Weile über das Zaubern unterhalten. Christian hatte seine Bewunderung für David Copperfield geäußert, und Karter hatte gefragt, ob er später beruflich etwas damit anfangen wolle. Der Junge hatte die Schultern gezuckt.

»Ich werde wie mein Vater Schichtarbeit machen«, hatte er geantwortet, und als Karter nickte, hatte er sich verbessert und »Wie mein Stiefvater« gesagt.

Sie schwiegen für einen Moment.

»Wenn ich gut bin, kann ich vielleicht samstags oder sonntags in den Kneipen mit Zaubertricks etwas dazuverdienen«, begann Christian wieder.

»Das Wichtigste ist, dass du gut bist. Wenn du gut bist, wird sich alles andere finden. Wer schlecht ist, beleidigt die Intelligenz seiner Zuschauer, und die Zuschauer werden dich ihrerseits beleidigen, indem sie dich nicht mehr sehen wollen. Das ist in jedem Bereich so.«

»Konnten Sie gut zaubern?«

»Zumindest habe ich damit einige Leute beeindruckt«, grinste Karter. »Und das wollte ich, als ich so alt war wie du.«

»David Copperfield kann sogar Menschen wegzaubern«, sagte Christian.

Wieder lächelte Karter. »Das habe ich später in meinem Beruf auch getan. Da habe ich die Bösen in den Knast gezaubert.«

Danach hatte Christian geschwiegen. Das Surren der Räder wurde wieder hörbar und füllte den Innenraum des Wagens. Christian hatte am Radio herumgespielt und den Lokalsender eingestellt. Dann hatte er die Karte aufgeschlagen und die Stelle gesucht, wo sie sich gerade befanden.

»Gleich überqueren wir den Rhein«, hatte er gesagt. Karter hatte nur schweigend genickt. Der Verkehr hatte hinter Duisburg zugenommen. Vor ihm fuhr ein Konvoi. Karter guckte in den Rückspiegel und setzte zum Überholmanöver an. Dann war der Rhein schon da. Es war früher Nachmittag. Die Sonne hatte ein kleines blaues Fleckchen erwischt, und der Fluss glitzerte.

Das Surren der Räder hatte sich auf der Brücke in ein Brummen verwandelt, und als sich das Geräusch auf der anderen Rheinseite wieder änderte, dachte Karter, dass sie viel miteinander geredet hätten, ohne wirklich geredet zu haben. Oder vielleicht: ohne wirkliche Antworten gefunden zu haben. Antworten, die für jeden von ihnen wichtig waren. Er wusste, dass es heikle Fragen waren, die ihm auf der Seele brannten, und er wusste, dass seine Fragen das spielerisch geknüpfte Band zerreißen konnten. Er schaute auf Christians Hände, die voller Narben waren. Wen hatte dieser Junge als Vertrauten? Den Wirt? Lina? Seine Mutter? Den Priester? Dann hatte Karter die Frage gestellt.

»Wie geht es dir eigentlich ohne deinen Bruder?«

Christian fuhr erschrocken zusammen. Sein Gesicht verschloss sich, und instinktiv rückte er von Karter ab. »Was meinen Sie damit?«, fragte er.

»Nun, ob du ihn vermisst, zum Beispiel. Wie es jetzt zu Hause bei dir ist. Dein Vater gibt dir ein Stück Schuld, nicht wahr?«

Christian zuckte die Achseln. »Schuld habe ich bei meinem Vater immer. Meine Mutter heult den ganzen Tag und vergisst jetzt noch häufiger, morgens aufzustehen. Das ist alles.«

»Und du? Vermisst du ihn?«

»Ja«, sagte Christian. Er zog das Wort wie ein Gummiband auseinander, als überlegte er die richtige Antwort. »Natürlich vermisse ich ihn. Er ist immerhin mein Bruder.«

Dann schwieg er eine Weile. Gesicht und Haltung hatten sich verändert. Er begann erneut zu reden. Seine Stimme war weder aufgeregt noch gekränkt. Vielmehr war es so, als spulte er ein Tonband ab. Als lägen die Sätze seit Langem in seinem Inneren und hätten nur darauf gewartet, abgerufen zu werden.

»Brüder sollten immer füreinander da sein«, sagte er. »Sie sollten sich gegenseitig helfen und unterstützen. Sie sollten nicht neidisch aufeinander sein, auch wenn die Eltern einmal ungerecht sind. Ein Bruder kann nichts dafür, ob er jünger ist oder älter. Und für Locken kann man sowieso nichts. Und unser Herr Pfarrer hat gesagt, dass einer, der seinen Bruder verstößt, nicht besser ist als Kain, der seinen Bruder Abel erschlug.«

Christians Rede endete so abrupt, wie sie begonnen hatte.

Nach der Rede lehnte er sich in den Autositz zurück.
»Aha«, antwortete Karter und schwieg.

*

Es war gegen drei Uhr, als sie vor der geöffneten Friedhofstür in Viersen standen. Sie als »Tür« zu bezeichnen war untertrieben. Sie standen vor einem Portal, erbaut aus roten Ziegelsteinen. Über dem Tor war ein heller Stein eingelassen.

Sterben ist unser Leben,
Auferstehung unsere Hoffnung!
Erbaut 1895

Den Rest der Fahrt über hatten beide geschwiegen. Sie hatten kein unverfängliches Gesprächsthema mehr gefunden. Karter war schneller gefahren als üblich, und Christian hatte nur mit knappen Worten die Fahrtrichtung angegeben. Erst als sie den Friedhof erreicht hatten, hatte Christian gegrinst und »Cooler Straßenname« gesagt.

Karter hatte auf das Straßenschild geschaut, auf dem »Am blauen Stein« geschrieben stand, und den Jungen angelächelt. Scheinbar taut er wieder auf, hatte Karter gedacht und das Straßenschild länger angeschaut, als es seinem Interesse entsprach.

Und nun standen beide vor dem Portal, lasen die Inschrift und ließen sich im nächsten Augenblick von der Schönheit der Anlage gefangen nehmen: Die Wege waren terrassenförmig angelegt, verschlungen und von riesigen alten Eichen, Kastanien und Buchen beschattet. Das erste Grabmal, vor dem sie bewundernd stehen blieben, sah aus wie ein griechischer Tempel.

»Da scheint jemand mächtig am Leben gehangen zu haben«, sagte Karter.

Christian zuckte die Schultern. »Opa Hein hätte gesagt: Da hat aber einer mächtig Angst vor dem Tod gehabt.«

»Dein Opa Hein scheint ein kluger Mann zu sein.«

Christian nickte und lächelte. »Er war nicht mein richtiger Opa. Nur jeder aus dem Dorf nannte in so. Aber eigentlich war er schon ein richtiger Opa.«

Sie gingen weiter und ließen sich beeindrucken von einem kleinen Grabstein, der halb in einen Baum eingewachsen war, von einer mannsgroßen Jesusfigur, die mit ernstem Gesicht mit der rechten Hand auf die Erde zeige und mahnend mit dem Zeigefinger der linken Hand zum Himmel deutete, von einem imposant mildtätigen Engel, der sich einem steinernen Sarg zuwandte.

Dann sahen sie den Tod. Er stand auf einer kleinen Lichtung, halb verborgen unter einer alten Linde: ein Mann mit Schlachterkleidung und einer riesigen Sense. Er führte ein Kind an der Hand, das vertrauensvoll zu ihm aufschaute.

Sie schwiegen beide – halb betroffen, halb angewidert.

Es gibt nur wenige Erfahrungen, dachte Karter, die den Menschen so nachhaltig dazu verleiten, ihnen eine äußere Form zu geben, wie die Liebe und der Tod. Die meisten anderen Erfahrungen bleiben stumm.

Er dachte an den Tod Dorothees, der nichts, aber auch gar nichts mit diesem sanften Gesicht des Todes zu tun hatte, nichts mit dieser vertrauensvollen Hingabe des Kindes. Ihr Tod war Kampf gewesen und Schmerz.

»Lass uns gehen«, sagte er.

Christian drehte sich wortlos herum, lief einige Meter vor Karter in einen der vielen kleinen Wege, trabte zurück und lief von Neuem los.

Zehn Minuten später stieß er einen Schrei aus. »Ich hab ihn!«

Karters Herz stolperte für eine Sekunde, als er den Jungen sah, der freudestrahlend auf ein Grab zeigte, das hinter einem hohen Wacholder verborgen war. Ganz langsam ging er die letzten Meter. Den Grabstein zu sehen, ihn in die eigene Realität zu holen und diese zu akzeptieren fiel ihm schwerer, als er gedacht hatte.

Dann war er da. Christian hatte einen herunterhängenden

Wacholderzweig zur Seite geschoben, sodass der Namenszug in seiner Gänze sichtbar wurde. Unwillkürlich stellte sich Karter gerade hin und legte die Hände übereinander. Christians lachendes Gesicht war wieder ernst geworden, als er Karters Haltung bemerkte. Er ließ den Zweig los, der in seine ursprüngliche Stellung zurückschnellte, und stellte sich neben ihn.

Sie standen lange dort, ohne miteinander zu reden. In Abständen schüttelte Karter den Kopf, als wollte er das Unfassbare nicht fassen. Das Unfassbare, seine Großeltern in dem Moment zu verlieren, als er sie gefunden zu haben glaubte. Nie war er seiner Vergangenheit ferner als jetzt. Als ihm dies bewusst wurde, ergriff ihn für einen Moment Panik.

»Der Mann ist bestimmt im Krieg gefallen«, sagte Christian, der Karters Erschütterung spürte.

Karter hörte den Satz und vermochte nicht zu antworten. Er nickte nur, ohne den Jungen anzuschauen.

»Und die Frau«, sagte Christian, »hat vielleicht den Tod ihres Mannes nicht verkraftet. Sie ist ja nur ein halbes Jahr später gestorben. Bei Opa Hein war das auch so.«

Karter nickte. »Das kann gut sein«, sagte er. Die dumpfe Betäubung, die seine Erkenntnis bewirkt hatte, ließ langsam nach.

»Es wird Zeit, dass wir gehen«, sagte er.

Als sie sich umwandten, kam ihnen der Wagen einer Friedhofsgärtnerei entgegengetuckert. Ein junger Mann mit kurzen Haaren und Brille pfiff trotz des schlechten Wetters ein Lied. Als Karter und Christian zur Seite gehen wollten, hob er die Hand, nickte ihnen freundlich zu, stoppte den Wagen und stieg aus. Fachmännisch begutachtete er Grab und Engel, ging zu dem Wagen zurück, auf dem Rechen, Gießkanne und Spaten lagen, holte eine Rosenschere und schnitt einige vertrocknete Zweige aus einem Rosenstrauch.

Karter schaute auf den Wagen, als sähe er so etwas zum ersten Mal: »Friedhofsgärtnerei Hellekamps – Dauergrabpflege«. Und erst jetzt wurde ihm bewusst, dass das Grab sehr gepflegt war. Dass jemand dieser Friedhofsgärtnerei den Auftrag dazu erteilt haben musste. Nur wer? Seine Mutter hatte seit Jahren keine Geschäfte mehr getätigt. Und Dorothee? Sie konnte es auch nicht gewesen sein. Das hätte er gewusst.

»Entschuldigen Sie bitte«, sprach Karter den Mann an. »Können Sie mir vielleicht sagen, in wessen Auftrag dieses Grab gepflegt wird?«

»Das Kessler-Grab?«

»Ja.«

»Nee«, antwortete der junge Mann. »Ich pflege es zwar, seit ich bei den Hellekamps arbeite, aber sonst ... Nee, das weiß ich nicht. Aber fragen Sie doch die Chefin. Die müsste es wissen.«

»Und wo finde ich Ihre Chefin?«

»Ich glaube, sie ist jetzt im Geschäft am Hüsgesweg. Und wenn sie da nicht ist, dann ist sie am Hoserkirchweg.«

»Wir kommen nicht aus Viersen«, sagte Karter.

»Dann kennen Sie sich hier also gar nicht aus.«

»Nicht die Bohne«, antwortete Karter.

Der junge Mann erklärte geduldig den Weg. Karter bedankte sich, und als Christian und er sich auf den Weg machten, spürte er, wie sein inneres Empfinden sich änderte, wie sich in seine Trauer und seine Verunsicherung ein inneres Aufbegehren mischte. Gegen den Diebstahl seiner Herkunft, gegen die Lüge seiner Vergangenheit.

*

Als sie zum Wagen zurückgingen, klingelte Karters Handy.

»Karter«, meldete er sich.

Die Stimme am anderen Ende antwortete nicht sofort.

»Karter?«, fragte sie dann. »Alois Karter?«

Karter schaute auf das Display. Es war Gretas Nummer.

»Ja«, antwortete er. »Hallo, Greta.«

»Hallo, Alois«, antwortete die Stimme, zögerte eine Weile und fragte dann: »Wie geht es Ihnen?«

»Danke, gut«, sagte Karter. »Ich hoffe, Ihnen auch und Sie sind nicht allzu überrascht oder … verwundert, dass ich Sie angerufen habe.«

Er versuchte, seiner Stimme einen lockeren Klang zu verleihen, aber sein trockener Mund machte ihm einen Strich durch die Rechnung. Am Ende des Satzes kippte die Stimme, und die Worte hörten sich verwaschen an.

Greta schien ihn dennoch verstanden zu haben, denn sie lachte. »Das Einzige, was mich wundert ist, dass Sie so früh anrufen.«

»Früh?« Karter schaute auf seine Uhr. »Aber es ist bereits …«

»Entschuldigung«, sagte Greta. »Ich meinte, so früh nach … nach Dorothees Tod.«

Irritiert lauschte Karter Gretas Worten. Was sollte das bedeuten? Was unterstellte sie ihm da möglicherweise?

»Ich fürchte, ich …«

»Wo sind Sie jetzt?«, fiel ihm Greta ins Wort.

»Was hat das damit zu tun?«

»Oh, vielleicht ist es besser …«, begann sie ausweichend. »Nennen Sie mir den Grund Ihres Anrufes.«

Was sollte er nun antworten? Dass er sich durch einen alten Spruch in irgendeiner Kneipe an sie erinnert hatte? Dass er einen Satz, den sie vor Jahren ausgesprochen hatte, gern erklärt haben wollte?

»Ich befinde mich momentan in Viersen«, antwortete er und fügte erklärend hinzu: »Am Niederrhein. Und Sie?«

»Ich bin momentan in meinem Büro. Ist das von Bedeutung?«, tastete sich Greta weiter vor.

Karter ging nervös den Weg zum Friedhof zurück. Christian stand auf dem Parkplatz neben Karters Auto und hatte angefangen, zu jonglieren. Rot – blau – gelb, rot – blau – gelb. Immer schneller und höher flogen die Bälle. Irritiert wandte Karter den Blick ab.

»Nein, nein.« Dann kam ihm eine Idee. »Sagen Sie, hat Dorothee mit Ihnen jemals über einen marmornen Engel geredet?«

»Einen Engel? Nein! Wie kommen Sie darauf?«

»Kennen Sie zufälligerweise eine Wilhelmina oder einen Josef Kessler.«

»Auch nicht«, antwortete Greta. »Wer soll das sein?«

»Nach meinen Informationen sind es meine Großeltern«, sagte Karter schließlich. »Aber sie sind es nicht.«

Jetzt schwieg die Stimme am Telefon. Karter wartete. Vor seinem inneren Auge versuchte er sich vorzustellen, wie Greta fünfhundert Kilometer von diesem Ort entfernt im gleichen Augenblick vor ihrem Schreibtisch saß, den Arm aufstützte, den Telefonhörer in der Hand hielt und ihn innerlich für verrückt erklärte.

»Sind Sie noch da?«, fragte Karter.

»Natürlich.«

»Nun ja«, sagte Karter. »Es war nur eine Idee, dass Sie eventuell …«

»Hören Sie«, sagte Greta. Ihre Stimme hatte sich plötzlich verändert, war weicher geworden und wärmer. »Dorothee war viele Jahre meine Freundin. Sie kannte mein Leben zu großen Teilen und ich das ihre. Sie hat mir vertraut und ich ihr. Als sie krank wurde, gab sie mir einen verschlossenen Briefumschlag. ›Wenn Alois eines Tages anruft, dann gib ihm den, sagte sie. Und jetzt – jetzt rufen Sie an. Ich weiß nicht, ob es der richtige Anruf ist, der Anruf, der mir erlaubt, Ihnen den Brief zu geben.«

»Haben Sie den Umschlag da?«, fragte Karter rau.

»Ich habe ihn zu Hause.«

»Hat sie … sonst noch etwas gesagt, als sie Ihnen den Brief gab?«

»Ja! Sie sagte: ›Ich glaube nicht, dass du irgendwann einmal in die Situation kommen wirst, ihm den Brief geben zu müssen. Aber wenn du ihn übergibst, dann sage Alois, er soll mir verzeihen‹.«

Karter nahm sein Handy vom Ohr und starrte es an, als wollte er den Abstand vergrößern, der zwischen ihm und der Ungeheuerlichkeit dieser Aussage lag. So viele kleine Knöpfchen, die man nur drücken musste, um die Worte wieder in die Unwirklichkeit zu schicken. Die Stimme am anderen Ende redete weiter. Unaufhörlich. Dünn und ungefährlich erschien sie aus der Distanz. Klein und wispernd.

»… heute noch.«

»Entschuldigung«, sagte Karter. »Ich fürchte, ich habe Sie akustisch nicht verstanden. Es ist … ein wenig laut hier.«

»Ich sagte, ich könnte Ihnen den Brief heute noch schicken, wenn Sie mir Ihre Adresse geben. Oder soll ich ihn in den Münchner Briefkasten werfen?«

»Wenn es Ihnen nichts ausmacht, könnten Sie – sobald Sie zu Hause sind – den Brief öffnen und mir den Inhalt vorlesen. Natürlich nur, wenn Sie wollen.«

»Ich werde Sie anrufen«, versprach Greta. »Sobald ich zu Hause bin.«

Während Karter versuchte, das soeben Gehörte in das Raster seiner Überlegungen und Kenntnisse einzubauen, kam es ihm vor, als sei alles, was bisher sein Leben ausgemacht hatte, Bühne gewesen, Verkleidung, Schattenspiel, und als sei er erst heute – jetzt – dabei, das Leben mit seinen Hauptdarstellern zu entkleiden – er, der Statist! In welcher Zeit habe ich gelebt, fragte er sich. Warum habe ich das alles nicht früher erkannt? Blinde Zeit. Das war es wohl. So lange!

*

Trotz der Erklärung des Friedhofgärtners verfuhren sie sich. Es dauerte eine halbe Stunde, ehe sie eines der beiden Geschäfte fanden.

Christian sah es zuerst. »Blumen Hellekamps«, rief er und zeigte auf einen verglasten Bungalow, vor dem Hortensien, Margeriten, Astern und Gerbera in allen Farben blühten.

»Prima«, lobte Karter.

Schon als sie ausstiegen, sahen sie eine groß gewachsene blonde Frau, die vor der Tür eine Kundin beriet.

»Entschuldigung«, wandte Karter sich an die Frau. »Wir suchen die Chefin des Hauses.«

»Das bin ich«, erwiderte sie. »Aber ...«, sie deutete auf die Kundin, »... einen Augenblick, bitte.«

Die Frau ließ sich mit der Kundin viel Zeit, beriet, stellte einige Blumen zusammen und verpackte sie. Danach kam sie auf Karter zu.

»Was kann ich für Sie tun?«

»Ich habe nur eine Frage, Frau Hellekamps«, sagte Karter.

»Ja bitte«, antwortete sie. »Aber mein Name ist Braun.«

»Oh, Entschuldigung, Frau Braun ...«

»Macht nichts.«

»Tja, also«, stotterte Karter herum. »Es geht um das Grab Kessler. Es wird doch von Ihnen gepflegt. Ich ... ich suche den Auftraggeber. Könnten Sie mir da weiterhelfen? Ich meine ... Sie haben doch Auftragsbücher ...«

Die Frau lachte. »Auch wir haben schon auf Computer umgestellt. Auftragsbücher. Nein, Auftragsbücher haben wir schon lange nicht mehr.«

»Ja, also dann ... könnten Sie trotzdem ... Ich meine ... Also, ich suche meine Verwandtschaft. Wenn Sie verstehen ... Ich komme nicht von hier, und ...«

Die Frau schmunzelte immer noch und schaute Kater amüsiert an. »Sicher könnte ich Ihnen den Namen geben. Dazu bräuchte ich noch nicht einmal in den Computer zu schauen.«

»Wie soll ich das verstehen?«

»Ganz einfach: Die Gärtnerei ist ein Familienbetrieb – und das schon seit achtzig Jahren. Da kennt man fast alle Kunden persönlich. Und diese Auftraggeberin kenne ich wirklich sehr gut.«

»Eine Frau also.«

Frau Braun runzelte die Stirn und rückte unwillkürlich ein Stück von Karter weg. »Ich fürchte, ich kann nicht einfach ...«

»Moment«, fiel Karter ihr ins Wort und zückte seinen Polizeiausweis. »Dies nur, damit Sie erkennen, dass ich nicht irgendein Hallodri bin, der sich Daten erschleichen will.«

Frau Braun schaute auf den Polizeiausweis, dann auf Karter und dann wieder auf den Ausweis. Es war ihr deutlich anzusehen, dass sie innerlich schwankte.

»Tja ... mhm ... Ermitteln Sie in ... irgendeiner Sache?«

»Nein, nein, meine Recherche ist ganz privat. Ich wollte Sie wirklich nur von meiner Glaubwürdigkeit überzeugen.«

Die Frau nickte und senkte nachdenklich den Blick. »Warum sollte auch sonst jemand Interesse haben – außer aus der Verwandtschaft. Andererseits hat ...« Dann schaute sie wieder auf. »Also, die Dame heißt Salome Bruhn. Sie ist schon sehr alt und lebt im Altenheim. Ich weiß jetzt nicht ...«

»Sie brauchen sich wirklich keine Sorgen zu machen«, beruhigte Karter sie.

»Bestellen Sie ihr viele Grüße von mir«, sagte sie und nannte die Adresse.

Dreißig Minuten später saß Karter im Altenheim bei Salome Bruhn.

*

»Hier ist Besuch für Sie, Frau Bruhn«, hatte die Schwester zu einer Frau gesagt, die im Aufenthaltsraum des Altenheimes im Rollstuhl saß. Sie schaute aus dem Fenster und kehrte dem Raum und den restlichen darin befindlichen Menschen den Rücken. Jetzt, da sie angesprochen wurde, drehte sie leicht den Kopf in Richtung der Geräuschquelle.

Karter war an der Tür stehen geblieben und wartete. Er fühlte sich unwohl, fast wie ein Eindringling in eine andere Welt. Die Frau musste sehr alt sein. Ihr Kopf ruhte eingesunken zwischen ihren Schultern, die knochig über die Lehne des Rollstuhls ragten. Er erwartete eine Greisin, deren geistiger Kosmos nur noch das Altenheim war. Fast tat es ihm leid, hierher gefahren zu sein. Aber als die Schwester den Rollstuhl nun herumdrehte, war sie ganz anders. Sie war ein Vögelchen. Ein kleines, faltiges Vögelchen mit dürren Beinen, zerzausten Federn und zwei dunklen, lebhaften Augen, die dem Verfall des Menschen trotzig widersprachen.

»Sie wünschen?«, fragte sie und schaute ihn aufmerksam an.

»Eine Auskunft, gnädige Frau.«

Sie zog die rechte Augenbraue hoch, und ihr Gesicht bekam einen leicht spöttischen Ausdruck. »In meinem Alter sieht man aus dem Fenster, um noch Leben wahrzunehmen. Welche Auskunft könnte ich Ihnen geben?«

»Darf ich mich setzen?«

»Bitte!«, sagte sie, und ihre magere Hand deutete auf einen Tisch, der ein wenig abseits stand. Gleichzeitig fuhren ihre Hände an die Räder des Rollstuhls.

»Darf ich?« Karter schob die alte Frau zum Tisch und setzte sich dazu. Einen Augenblick lang wusste er nicht er, wie er beginnen sollte. Dann schaute er sie offen an.

»Es geht um das Kessler-Grab. Ich war heute dort.«

Sie erwiderte seinen Blick und nickte auffordernd.

»Ich war dort, weil ich vermutete, dass es das Grab meiner Großeltern sei. Aber es sind nicht meine Großeltern. Sie können es nicht sein. Sie können es nicht sein, weil sie – quasi – zu früh gestorben sind.«

Wieder zog sie die rechte Augenbraue hoch.

»Ich komme natürlich nicht einfach so auf diesen Gedanken«, sagte Karter und suchte nach den richtigen Worten. »Meine Mutter hat einen Grabstein für dieses Grab gekauft. Sie behauptete, es seien ihre Eltern.«

»Ein Nachfahre der Kesslers?« Sie lächelte und schüttelte den Kopf. Dann schwieg sie eine Zeit lang. Sie hatte ihre Augenlider geschlossen, und nachdem Karter eine Weile gewartet hatte, war er sich nicht mehr sicher, ob sie nicht vielleicht doch eingenickt wäre. Er räusperte sich. Da schlug sie die Augen wieder auf.

»Man muss sich erst an die Vergangenheit gewöhnen«, sagte sie. »Sie ist schon so fremd.« Dann schüttelte sie den Kopf und sagte: »Sie können kein Nachfahre sein. Die Kesslers hatten nur eine Tochter. Übrigens – die Schwester von Josef Kessler war meine Mutter. Wären Sie ein Nachfahre, wären Sie der Sohn meiner Nichte. Ich wäre somit Ihre Großtante.«

Wieder lächelte sie. »Ich liebe verwandtschaftliche Beziehungen. Weniger wegen der Gefühle. Es ist Verbindung über die Zeit und den Raum, die faszinierend ist. Die Fäden, die der Zufall gesponnen hat.«

»Sicher«, sagte Karter und nickte.

Für eine Sekunde blitzten ihn ihre Augen an, dann senkte sie die Augenlider und schwieg. Karter war sich nicht sicher, ob sie nun in der Vergangenheit angekommen oder einfach nur eingeschlafen war.

»Wieso könnte ich nicht der Sohn Ihrer Nichte sein?«, fragte er eindringlich. »Ich muss es wissen, hören Sie!«

Die alte Frau öffnete ihre Augen wieder. »Sie konnte keine Kinder mehr bekommen – deshalb.«

Ihre Hände zitterten. Karter schaute zu, wie sie die Hände hochnahm und das Zittern eingehend betrachtete.

»Manche Dinge passieren einfach, und man kann sie nicht ändern – so wie dieses Zittern. Es kam von ganz allein, eines Tages, und es ging nie wieder weg. Es wurde mal weniger, aber es ging nie ganz weg. Und man konnte es auch nicht ändern, dass sie keine Kinder mehr bekommen konnte. Es passierte ihr eines Tages, und es ging nie wieder weg.«

»War sie krank?«

»Wenn Vertrauen eine Krankheit ist, dann war sie krank. Vorher. Und nachher war sie krank vor Traurigkeit.«

»Was ist ihr passiert?«

»Sie war so traurig«, wiederholte die Alte. »Wegen des Kindes.«

Wieder schwieg sie. Das Gespräch strengte sie an. Karter zügelte seine Ungeduld.

Nach einigen Minuten öffnete Frau Bruhn wieder die Augen. »Sie war schwanger, wissen Sie. Von einem ... von irgendeinem. Irgendeinem, dem es egal war, welche Frau er schwängert. Als sie schwanger war, ging er. Als die Wehen viel zu früh kamen, war er nicht da. War keiner da. Man holte das Kind tot aus ihrem Leib – in einem Lazarett bei Kleve. Und es wäre vielleicht alles gut geworden, wenn das Fieber nicht gewesen wäre ... Sie haben unsauber gearbeitet. Man hat sie operiert. ... Nein, sie würde *nie* wieder ein Kind bekommen können.«

Die alte Frau wiegte lächelnd den Kopf: »Sie war ein nettes Mädchen, wissen Sie. Schade, dass Sie nicht ihr Sohn sind. Sie hätte sich so einen gewünscht.« Dann schwieg sie und schloss die Augen.

»Was passierte dann mit der Frau?«

»Ihre Eltern waren schon tot«, sagte die Alte. »Die Verwandtschaft hatte der Krieg versprengt. Und eines Tages war auch meine Nichte verschwunden. Einfach so. Wir haben nie wieder etwas von ihr gehört. Aber Kinder – nein, Kinder konnte sie keine haben. Verstehen Sie?«

Karter nickte. »Sagen Sie mir noch den Namen Ihrer Nichte.«

»Margarete. Margarete Kessler.«

*

Die Welt war verkehrt. Nicht er, Karter, fuhr an den Bäumen vorbei, die die Rückseite des Schlosses säumten, sondern die Bäume hasteten an ihm vorbei. Plötzlich und immer mehr fielen ihm kleine Begebenheiten ein, Sätze, die seine Mutter gesagt und die im Alltag verloren gegangen waren, untergegangen wie ein sinkendes Schiff im Sturm.

Es begann zu nieseln. Fein wie Staub setzten sich die Tröpfchen auf die Fensterscheibe. Christian rutschte auf seinem Sitz hin und her. Als es heftiger zu regnen anfing, wurde er zusehends ungeduldiger.

»Wann sind wir zu Hause?«, fragte er.

Karter schaute ihn an als verstünde er die Frage nicht. »Zu Hause?«

»Ja«, sagte Christian. »In Holtbroich.«

»Natürlich«, sagte Karter. »In Holtbroich.«

Er überlegte einen Augenblick. Vielleicht war es besser, den Jungen zuerst zu Hause abzuliefern. Wer konnte schon wissen, ob er nicht wieder völlig unvorbereitet Neuigkeiten zu hören bekam, die er besser für sich allein sortierte.

»Soll ich dich zu Hause absetzen?«

»Ich möchte lieber zu Willi«, sagte Christian.

Karter nickte. »Es sind nur noch ein paar Kilometer.«

Als sie am Unkenpfuhl ankamen, stand der Einsatzwagen der Polizei schon mit geöffneten Türen dort. Wieder zuckten die Blitzlichter. Wieder stand eine große Gruppe von Menschen dort und sah zu, wie man Christians Vater in Handschellen abführte. Karter und Christian blieben in einiger Entfernung stehen. Es waren zwei andere Kommissare, die die Arbeit übernommen hatten. Für Karter war damit klar, dass man einen begründeten Verdacht auf ein Gewaltverbrechen hatte und dass der Kommissar für Vermisstensachen den Fall an die Mordkommission abgegeben hatte.

»Verdammter Mist«, knurrte er. Er sah, dass Christian zu zittern begonnen hatte. »Komm, wir gehen.«

Er packte den Jungen am Arm und zog ihn zu Lina und dem Wirt, die er am anderen Ende der Menschengruppe hatte stehen sehen. Christian ließ sich willenlos führen. Er hielt den Kopf gesenkt und schaute nicht auf, als sein Vater lauthals die Kommissare beschimpfte. Er war wieder betrunken.

»Was ist passiert?«, fragte Karter.

Der Wirt murmelte irgendwelche uneindeutigen Verwünschungen, die man sowohl auf die Kommissare als auch auf Christians Vater beziehen konnte.

»Ich habe gehört, dass man Blutspuren auf dem Speicher

von Hölters gefunden hat. Es soll von Martin sein«, flüsterte Lina Karter zu. Nicht leise genug, als dass der Wirt es nicht gehört hatte.

»Es *soll* nicht von ihm sein. Es *ist* von ihm!«, knurrte er erneut. »Die haben das schließlich nachgeprüft.«

Christian stöhnte unterdrückt auf.

»Komm mit«, sagte Lina, »das ist hier nichts für dich.« Sie nickte Karter zu. »Ich werde mal gucken, was in der Küche noch zu tun ist.« Und zu Christian gewandt sagte sie: »Du hast doch bestimmt Hunger. Es ist noch Rührei und Schinken da und eine Tasse heißer Tee kann auch nicht schaden.«

Karter nickte dem Jungen aufmunternd zu, aber Christian wich seinem Blick aus.

Karter lehnte sich erschöpft gegen die kleine Mauer und beobachtete die Anwesenden. Christians Mutter war nicht da, und auf Nachfrage beim Wirt erfuhr Karter, dass sie noch auf der Fabrik im Nachbarort war. Dann hörte man ein tiefes Brummen, die Menschenmenge bildete eine Gasse, und das Polizeiauto fuhr langsam davon.

»Die Nachricht hat die Leute hier tüchtig erschreckt«, sagte der Wirt. »Und wenn man sich das anhört, was sie plötzlich alle sagen ...«

Karter dachte bei sich, dass das Gefährlichere war, was sie *nicht* sagten, aber das behielt er für sich. Pfarrer Görres war mittlerweile auch eingetroffen. Er sprach mit einigen Umstehenden, dann sah er Karter und kam auf ihn zu.

»Wo ist Christian?«

»In der Küche bei Lina«, sagte der Wirt an Karters Stelle.

Der Pfarrer nickte. »Dann werde ich einmal zu ihm gehen.« Und zu Karter gewandt: »Wie war Ihr Tag heute?«

»Hätte ich das hier gewusst, wäre ich später gekommen.«

»Hellseher sind wir alle nicht«, sagte der Pfarrer und wandte sich ab.

Als Karter sich schwerfällig mit dem Rücken von der kleinen Mauer abstieß, fiel sein Blick auf etwas Gelbes. Er bückte sich und hob es auf. Es war einer von Christians Jonglierbällen. Er steckte ihn in die Hosentasche. Der Junge würde ihn noch brauchen.

Schon auf dem Flur schlug ihm der Duft von Gebratenem entgegen. Auf der Tür spiegelte sich der matte Schein der Küchenlampe. Jemand hatte einen alten Korbsessel neben den Herd gestellt, in dem Christian halb verschwand. Lina stand vor dem Herd und setzte Wasser auf.

»Einen Kaffee, Herr Pfarrer?«

Der Pfarrer stand halb über Christian gebeugt und hatte seine Schultern umfasst. Als Lina ihn ansprach, hob er den Kopf und ließ Christian los, nickte erst Lina zu und dann Karter, der soeben in die Küche trat.

»Gern«, antwortete er. »Und Herr Karter ist einem Kaffee bestimmt auch nicht abgeneigt.«

»Wenn ich diese traute Runde mit meiner Anwesenheit nicht störe.«

»Keinesfalls. Vielleicht könnten Sie, als Hauptkommissar, Christian in seiner Sorge um den Vater etwas beruhigen.«

Der Wirt und Lina schauten Karter erstaunt an. Karter warf dem Pfarrer einen finsteren Blick zu. Er fühlte sich verraten.

»Hauptkommissar«, schnaufte der Wirt. »Und sagt es nicht. Da fühlt man sich ja fast wie bespitzelt.«

»Unsinn, Willi, Herr Karter ist in höchst privater Angelegenheit hier.«

Der Wirt guckte schweigend auf seinen Teller und begann, Rühreier und Schinken in sich hineinzuschaufeln.

»Setzen Sie sich«, sagte Lina, stellte vor Karter eine Kaffeetasse hin und goss sie randvoll. Der Pfarrer nickte ihm aufmunternd zu. Christian, der im Sessel eine fast fötale Haltung eingenommen und die Augen bis jetzt geschlossen gehalten hatte, öffnete sie nun einen Spalt weit.

»Dass man ihn abgeführt hat, hat nicht zwangsläufig etwas zu bedeuten«, knurrte Karter widerwillig. »Es geschieht bei begründetem Verdacht, und dazu reicht manchmal eine

Blutspur – wie hier in diesem Fall. Aber ein Indiz macht noch keinen Täter.«

»Und wenn man andere Indizien findet?«, fragte Christian. Seine Augen waren nun ganz geöffnet, und man spürte deutlich die innere Erregung.

»Dann muss er freigelassen werden, und die Polizei wird weitere Spuren verfolgen.«

»Mach dir nicht zu viele Sorgen«, sagte der Pfarrer nun zu Christian und schaute ihn an.

Karter sah auf seine Kaffeetasse und beobachtete das Zerplatzen der winzig kleinen Milchbläschen. Wieso kamen ihm die Worte des Priesters so öde vor? So leer? Wie konnte es sein, dass er diesen Menschen, dem er sich noch vor einigen Stunden anvertrauen wollte, plötzlich innerlich ablehnte? Warum empfand er dessen Worte als zu sanftmütig? So sanftmütig, dass sie nervös machten. So sanftmütig, als hätte ihn nie der Hauch des Bösen berührt.

»Schmeckt der Kaffee?«, fragte der Priester.

Karter schaute auf. »Ja danke!«, sagte er und rührte weiter im Kaffee, dass die Milchbläschen zuhauf platzten.

Christian hatte sich mittlerweile aufgesetzt und einen Teller mit Rührei von Lina entgegengenommen. Auch er aß jetzt mit großem Appetit. Als er zu Ende gegessen hatte, trippelte er wie ein Kleinkind von einem Fuß auf den anderen.

»Du machst mich nervös«, sagte der Wirt zu ihm. »Hör auf, hier herumzuhampeln.«

Christian setzte sich wieder auf den Sessel, allerdings nur auf den äußeren Rand. »Ich würde gern nach Hause«, sagte er. »Meine Mutter … sie wird gleich kommen, und dann ist keiner da.«

»Kind, du kannst doch nicht …«, begann Lina, aber dann schaute sie auf den Pfarrer, der ihr lächelnd zugenickt hatte. Sie überlegte es sich anders. »Warte, ich packe dir etwas vom Speck und vom Ei ein.«

Es ist Lüge, dachte Karter. Dieses ganze Spiel. Eine einzige sanftmütige Lüge, die in Anbetracht eines möglichen

Mordes, einer Gewalttat, den Blick auf die Realität verschleierte und eine Ungeheuerlichkeit unbesehen weiter wachsen ließ, bis sie den Träumenden eines Tages mit ganzer Wucht zermalmte.

Karter nahm einen Schluck Kaffee und setzte die Tasse härter als beabsichtigt ab. Das Gespräch mit Greta fiel ihm wieder ein. »Nachts schlafen die Ratten doch.« Ja, für einen Moment war man vielleicht getröstet. Für einen Moment baute er neues Vertrauen in die eigene Kraft auf, blickte mit Zuversicht in die Welt. Aber was, wenn dann die Wahrheit eines Tages ans Licht kam? Was dann? Zog sie einem dann nicht ganz den Boden unter den Füßen weg? Die ganze Kraft war nur ein Lügenkonstrukt, die Zuversicht ein Gespinst.

»Schmeckt der Kaffee nicht?«, fragte der Pfarrer.

»Kennen Sie eigentlich ›Nachts schlafen die Ratten doch‹?«, erwiderte Karter.

»Borchert«, sagte der Pfarrer. »Natürlich, wer kennt ihn nicht?«

»Aber sie schlafen nicht«, sagte Karter und erhob sich.

*

Greta rief ihn eine Stunde später an. Sie entschuldigte sich. Leider sei es etwas später geworden, weil ein Student noch mit ein paar Fragen zu ihr gekommen sei. Karter fragte, wie es ihr ging, und sie tauschten ein paar Höflichkeiten aus, bis sie ihn unterbrach.

»Der Brief liegt hier vor mir«, sagte sie. »Verschlossen. Noch könnte ich ihn schicken, und Sie wären mit seinem Inhalt allein. Oder bleiben Sie bei Ihrer Entscheidung von heute Nachmittag?«

Karter atmete tief durch. »Natürlich. Ich bleibe dabei.«

»Gut«, hörte er Greta sagen. »Ich lege Sie jetzt mal schnell ab, damit ich den Brief öffnen kann.«

Karter nickte. Reden konnte er nicht. Er hörte ein Klacken, ein Rascheln, ein scharfes Reißen. Dann war Stille.

»Hören Sie?«, fragte Greta.

»Ja.«

»Es steht nur eine Adresse darin: Käthe Rademacher, Auf dem Kirchplatz in Anrath.«

»Sonst nichts?«

»Nein.«

»Sagt Ihnen der Name etwas?«, fragte Karter.

»Nein. Sie hat ihn mir gegenüber nie erwähnt.«

Ihre Stimme war klar und weich, und Karter wusste, dass sie ihn nicht belog. Er setzte sich auf den Bettrand und dachte nach. Sie wartete. Er hörte sie atmen. Worauf mochte sie warten?

»Erinnern Sie sich noch an das Gespräch bei dem Chinesen vor ... ach, vor Ewigkeiten?«

»Sie aßen Ente, nicht wahr?«

»Ja. Sie wurde kalt über das Gespräch.«

Greta lachte leise. »Ja, ich erinnere mich.«

»Sie sagten sinngemäß, dass eine Lüge barmherziger sei als die Wahrheit, wenn die Realitäten nicht zu ändern sind.«

»Wir sprachen über Borchert. Es hat doch nichts mit Ihnen zu tun. Nichts mit dem, wonach Sie jetzt suchen.«

»Es hat mit dem Leben zu tun«, antwortete Karter. »Jede Lüge entmündigt mich. Macht mich zum Opfer. Macht es mir unmöglich, zu trauern, zu hassen oder zu verzeihen. Sie macht mich zum Spielball einer sentimentalen Anwandlung eines anderen.«

Greta atmete hörbar ein. »Aus dieser Perspektive habe ich es noch nicht gesehen«, sagte sie. »Es tut mir leid.«

Dann schwiegen beide. Karter wusste nicht, was er darauf antworten sollte. Ihr Zugeständnis hatte ihm den Wind aus den Segeln genommen, und sein Vorwurf an das Schicksal blieb unausgesprochen.«

»Tja«, sagte Karter. »Dann werde ich einmal schauen, was dieser Name zu bedeuten hat. Auf jeden Fall möchte ich mich bei Ihnen für Ihre Mühe bedanken.«

Greta schwieg noch immer.

»Alois?«

»Ja?«

»Was immer Sie herausfinden mögen ... Dorothee hat Sie geliebt. Nie wollte sie Ihnen etwas nehmen, nie um etwas berauben. Sie tat es – was immer sie tat – weil sie vermutete, dass es das Beste wäre. Sie tat es für Sie.«

Karter merkte, dass ihm die Tränen heiß hinter den Augen brannten.

»Ich weiß«, sagte er. »Ich liebte sie auch, und – ich liebe sie immer noch. Schlafen Sie gut.«

»Danke. Sie auch«, erwiderte Greta.

Karter hielt das Handy noch eine Weile abwartend ans Ohr. Dann legte er es vorsichtig auf den Nachtschrank.

*

Voll innerer Ablehnung las Karter den Namen: Käthe Rademacher. Es waren nur Wörter, nur Buchstaben, und dennoch riefen sie eine Beklemmung hervor, die er nicht benennen konnte. Er horchte in sich hinein. Suchte dem Funkenflug seiner Empfindungen nachzuspüren. Aber es war nichts, außer dass sein Solarplexus eine unüberwindliche Abneigung in ihm auslöste. Ihm war schlecht. Ihm war schlecht vor Angst. Er rieb sich die Hände. Sie waren schweißnass. Er stand auf. Er ging im Zimmer umher. Käthe Rademacher.

Käthe Rademacher. Wer immer sie war, er sollte es herausfinden. Er musste es herausfinden. Er schaute auf die Uhr. Es war noch früh genug.

Sie liebte den Sieger in mir, dachte er. Den Kämpfer! Nicht den Feigling.

Bedächtig zog er seine Jacke an und ging hinunter. Die Küche war leer. Nur noch der Geruch von Gebratenem hing im Raum.

Auf dem Hof traf er den Wirt. Wo er so spät noch hinwolle, fragte er.

»Ich habe keine Ahnung«, antwortete Karter. »Aber ich denke, ich werde morgen abreisen.«

Der Wirt zog skeptisch und spöttisch zugleich die Augenbrauen hoch. »Alle verrückt«, antwortete er. »Hier sind alle verrückt heute.«

»Wo ist Christian?« Schon im Gehen begriffen, wandte sich Karter noch einmal an den Wirt.

»Weg! Verschwunden! Zu Hause bei seiner Mutter.«

Karter nickte. »Wenn ich ihn nicht mehr sehe, richten Sie ihm Grüße von mir aus.« Seine Worte klangen gehetzt. Und vielleicht sah der Wirt die Blässe in Karters Gesicht.

»Mach ich«, sagte er. »Ich mache alles, damit die Verrücktheiten aufhören!«

Karter stieg ins Auto. Nach Anrath waren es vielleicht zwanzig Kilometer, dreißig Minuten Fahrt. Dreißig Minuten von der Lüge zur Wahrheit. Hilf mir, Dorothee, dachte er. Hilf mir, Sieger zu sein. Sieger gegen mich selbst. Gegen meine Angst. Hilf mir. Heute. Jetzt! Dann schloss er den Wagen auf.

Als er den vertrauten Geruch im Wageninnern wahrnahm, wurde er ruhiger. Er fuhr langsam. Jede Kurve der B 7 nahm er mit Bedacht. Er atmete tief und ruhig. Was sind Gefühle? Nichts! Sie sind vergänglich. Sie lösen sich auf. Sie sind sterblich. Wichtig war nur, zu dem zu stehen, was man war. Was man ist. Die Treue zu sich selbst. Er hatte sich ein Versprechen gegeben und erfüllte es nun. Nur das war wichtig. Nur das zählte. Der Wille. Der Wille, herauszufinden, wer er war. Mit der Wahrheit würde sich auch die Angst verflüchtigen. Nur deshalb fuhr er. Nur deshalb war er hier: Wegen des Versprechens an und gegen sich selbst.

Dann war er da. Der Name »Auf dem Kirchplatz« war gut gewählt. Die Straße umschloss die Kirche von allen Seiten. Parkmöglichkeiten waren erst ein Stück weiter vorhanden. Karter fuhr die Schottelstraße hinein, wo er vor einem Imbiss parkte.

Das Haus, das er gesucht hatte, schien ein altes kleines

Gehöft gewesen zu sein. Jetzt machte es einen verwahrlosten Eindruck. Hätte nicht der matte Schein einer kleinen Lampe durch die vergilbten Gardinen geschienen, so hätte man es für unbewohnt halten können. Die Fenster waren blind vor Schmutz, und von den Wänden blätterte der Putz. In den Fugen wuchs Unkraut, und aus einem Kellerfenster lugte ein Rohr, dem ein beißender Geruch entstieg.

Hier also wohnte Käthe Rademacher.

Karter gab sich einen Ruck. Er klingelte kurz und kräftig. Aus dem Inneren des Hauses erklang ein schriller, blecherner Ton. Dann war es still. Karter wartete einige Minuten, dann klingelte er erneut. Nichts! Gerade als er sich abwenden wollte, öffnete sich die Tür. Ein Frauenkopf schob sich hervor.

»Entschuldigung«, sagte Karter. Erst jetzt fiel ihm ein, dass er keinen Grund angeben konnte, der einen so späten Besuch rechtfertigte.

Die Alte musterte ihn. »Ich kaufe nichts!«, sagte sie und wollte die Tür wieder schließen.

»Nein! Halt!«, rief Karter. »Bitte machen Sie nicht zu.«

Bei allem Misstrauen der Frau hatte Karters Stimme doch so viel Bestimmtheit besessen, dass die Tür nicht ins Schloss fiel, sondern erneut aufgezogen wurde.

»Ich … ähm … ich komme von der Polizei.« Ungeschickt zog Karter seinen Ausweis hervor und zeigte ihn der Alten.

»Von der Polizei?«, wiederholte die Frau ungläubig. »Was will die Polizei von mir?«

»Ich habe einige Fragen«, sagte Karter, und mit einem Mal war er in die Rolle geschlüpft, die er jahrelang gespielt hatte. Er war nicht mehr Alois Karter, Privatperson und Sucher seiner Vergangenheit. Er war Hauptkommissar Karter und hatte einen Dienst zu verrichten. Seine Stimme klang fest und bestimmt. »Es geht um einen lange zurückliegenden Fall.«

»Ich kenne keine Verbrechen und keine Verbrecher«, sagte die Frau abweisend, aber sie öffnete die Tür nun ganz.

Als Karter durch den schäbigen Eingang in die noch schäbigere Diele trat, zwang er sich zur Ruhe. Alles in dem Haus war modrig und verfault – wie die Alte auch, die jetzt, ohne Licht anzumachen, mit der Hand tastend die Wand entlangschlurfte.

Die Tür zum Wohnzimmer war angelehnt. Auch dort brannte nur ein schwaches Licht, das kaum die nächste Umgebung erhellte.

»Bitte«, sagte die Frau, nahm eine zerschlissene Decke, legte sie sich um die Schultern und setzte sich auf einen der beiden Stühle, die im Raum standen. Karter zog den anderen Stuhl unter dem Tisch hervor.

»Sie sind Käthe Rademacher«, stellte er fest. Die Alte nickte.

»Sie wohnen schon länger hier im Haus, nicht wahr?«

»Seit gut vierzig Jahren«, antwortete sie.

»Und wo wohnten Sie vorher?«

»Was interessiert Sie das?«

»Nun«, antwortete Karter, »wir suchen eine Käthe Rademacher. Aber dieser Name ist hier in dieser Gegend nicht allzu selten. Es könnte sich mithin auch um eine Verwechslung handeln.«

»Vorher wohnte ich in Viersen«, sagte sie. »Worum geht es denn?«

Als Karter den Namen Viersen hörte, begann sein Herz heftig zu klopfen. Das war die Stadt, in der seine Großeltern begraben lagen.

»Es geht ...«, sagte er, dann räusperte er sich. »Es geht um die Familie Kessler.«

»Kessler«, echote die Alte. »Was ist mit denen?«

»Sie kennen sie also.«

Die Alte zuckte desinteressiert mit den Schultern. »Kennen ist zu viel gesagt. Früher, ja, da wohnten wir mal in ziemlicher Nachbarschaft.«

»1947 verschwand eine Margarete Kessler. Die Tochter von Wilhelmina und Josef Kessler. Wohnten Sie zu diesem Zeitpunkt noch dort?«

»Ja«, antwortete die Alte mürrisch. »Aber darüber weiß ich nicht so viel. Ich hatte damals andere Sorgen.«

»Und *was* wissen Sie?«

Die Alte blieb eine Weile stumm sitzen, dann stand sie auf, ging zu einem wuchtigen alten Wohnzimmerschrank und holte eine Flasche Korn und ein Pinnchen heraus. Dann zögerte sie, griff nach einem zweiten Glas und stellte dieses nach kurzem Überlegen wieder weg.

»Als Polizist dürfen Sie ja nichts trinken. Oder doch?«

»Nein, nein«, beeilte sich Karter zu sagen. »Das ist uns verboten.«

»Wusste ich's doch.«

Die Frau stellte die Flasche vor sich auf den Tisch, und Karter sah zu, wie sie mit zitternden Händen das Pinnchen randvoll goss, ansetzte und es in einem Zug leerte.

»Die Margarete«, begann sie dann und kratzte sich am Ohr. »Die Margarete – mit der war ich zusammen in einer Klasse.«

»Das heißt: Sie kannten sie gut?«

Die Alte zuckte die Schultern. »Was heißt hier ›gut kennen‹? Nein, ich hatte nicht so sehr viel Kontakt mit ihr.«

Karter zückte sein Notizbuch und tat so, als schriebe er eifrig mit.

»Warum hatten Sie keinen Kontakt?« Seine Stimme war laut und scharf. Die Alte zuckte zusammen.

»Was weiß ich?«, sagte sie. »Sie war immer so ein bisschen anders als wir. Eingebildet. Wollte was Besseres sein. War sie aber nicht.«

»Wie meinen Sie das?«

Wieder zuckte die Alte mit den Achseln. Ihr Gesicht war ausdruckslos, und ihre Stimme hatte den Singsang einer Betrunkenen. »Was weiß ich«, wiederholte sie. »Das ist alles schon so lange her.«

»Dann sollten Sie versuchen, sich daran zu erinnern!«

Die Alte schwieg eine Weile und runzelte die Stirn, als dächte sie nach. Es fiel ihr sichtlich schwer, sich auf das Gespräch zu konzentrieren.

»Tja! Was soll ich sagen? Sie hat immer so die Nase gerümpft, wenn wir mal was mit einem hatten. Einem Mann natürlich. Oder auch schon mal einem Soldaten. Mein Gott, was hat sie ein Theater gemacht, als ich schwanger war. Hat sich angestellt wie sonst was. Dabei war sie selbst nicht besser.«

»Sie reden von Margarete Kesslers Schwangerschaft?«

»Wovon sonst?! Als ich schwanger war, hat sie noch auf mich heruntergeguckt. Keine sechs Monate später war sie es selber.«

»Aber sie hat das Kind verloren, nicht wahr.«

»Ehrlich gesagt, hatte ich gedacht, sie hätte es weggemacht. Weil sie ja immer so vornehm war – und dann bekommt sie das Kind von einem Ami. Wie hieß der noch mal? Ist ja auch egal. Auf jeden Fall wurde sie schwanger, dann war das Kind weg, und sie hat sich Ersatz gesucht.«

Karter schluckte. »Wie meinen Sie das?«

»Na, wir wohnten ja nebeneinander ...« Die Alte grinste vielsagend und schenkte sich noch einmal nach. »Mein Sohn hing ziemlich an ihr. Aber das war ja auch kein Wunder. Schenkte ihm ständig was. Hatte ja Geld genug. Na ja, was soll ich sagen. War ja für das Kind nicht verkehrt.«

Erst jetzt, als Karters Augen sich an die Dunkelheit gewöhnt hatten, sah er ein Foto auf dem Schrank stehen. Es zeigte einen Mann, eine Frau und einen Säugling.

»Ist das Ihr Sohn?«, fragte Karter.

Die Frau blickte sich langsam um, starrte das Bild an und drehte sich in der gleichen Geschwindigkeit wieder weg. »Das sind mein zweiter Sohn, mein Mann und ich.«

»Warum ist Ihr Erstgeborener nicht mit auf dem Bild?«

Die Frau zuckte die Achseln. »Weiß nicht, wo er sich rumgetrieben hat zu dem Zeitpunkt. Rauchen Sie?«

»Nein«, sagte Karter. »Warum?«

»Eine Zigarette wäre jetzt nicht schlecht!«

»Tut mir leid«, sagte Karter.

Das Gesicht der Alten wurde missmutig. Sie griff in ihre

Schürzentasche, zog ein paar Münzen hervor und legte sie auf den Tisch. Dann begann sie das Geld nachzuzählen.

»Haben Sie Fotos von … der damaligen Zeit?«

»Drei Euro sechsundzwanzig. Für Zigaretten reicht das nicht mehr.«

Karter betrachtete die Frau, die gebeugt am Tisch saß und das Geld zum zweiten Mal zählte, als würde es sich durchs Nachzählen vermehren.

»Wenn Sie Fotos hätten …«, sagte er und zückte sein Portemonnaie, »dann …« Er machte eine Pause, öffnete die Geldbörse und zog einen Zehneuroschein hervor.

»Ha«, sagte die Alte. »Ich bin nicht käuflich!« Ihre Unterlippe schob sich trotzig nach vorn, aber ihr Blick hing am Geldschein.

»… dann würde ich jetzt Zigaretten holen, damit Sie mir in Ruhe die Bilder zeigen könnten. Leider weiß ich nicht, wo in der Nähe noch ein Kiosk ist.«

»Um die Ecke«, sagte die Alte.

»Ich könnte mir die Bilder in Ruhe anschauen, und …« Karter zückte einen weiteren Zehneuroschein. »Und Sie … man könnte noch eine Flasche Korn mitbringen … Es dauert ja alles etwas länger …«

Die Frau nickte. Während sie sich erhob, stützte sie sich am Tisch ab. Ihr Blick war noch immer voller Abwehr. Karter wartete. Sie kämpfte innerlich mit sich. Karter war sich sicher, dass sie ihn aus der Wohnung geworfen hätte, wenn ihre finanzielle Situation besser gewesen wäre. Aber ihre Situation war nun einmal so wie sie war: ärmlich und erbärmlich. Meine ist es auch, dachte er. Dennoch plagte ihn das schlechte Gewissen, und er hielt das Geld unschlüssig in der Hand.

»Wenn Ihnen das die Bilder wert sind«, nuschelte die Frau und stieß sich nun vollends von der Tischplatte ab. »Bitte sehr! Mir soll's recht sein.«

Auch Karter nickte. Ruhig und gelassen legte er das Geld auf den Tisch, wandte sich ab und betrachtete noch einmal das Foto. Er wollte nicht sehen, wie sie zugriff. Er wollte nicht ihre Gier sehen, ihr schadenfrohes, dümmliches Lächeln, welches meinte, dass sie diesen Mann hinters Licht geführt hätte.

Er wartete mit abgewandtem Blick und spürte tiefe Scham in sich aufsteigen. Hinter seinem Rücken hörte er die Schranktür knarren. Er hörte ein Rascheln und Schieben. Dann drehte sich ein Schlüssel im Schloss.

»Hier«, sagte sie und stellte einen Schuhkarton vor Karter auf den Tisch. »Das ist alles, was ich habe.«

Dann schlurfte sie hinaus. Als die Tür ins Schloss fiel, griff Karter nach dem ersten Bild. Es war ein Schwarz-Weiß-Foto, vielleicht fünf mal fünf Zentimeter groß, mit einem weißen gezackten Rand. Es zeigte kleine, unerkennbare Personen vor einem alten Haus. Auf der Rückseite stand »Tante Friedas Geburtstag 1962« geschrieben. Karter legte es zur Seite. Danach folgten einige Farbaufnahmen jüngeren Datums. Karter schüttete alle Bilder auf den Tisch und schaltete das Licht ein. Hastig schob er die Fotos auseinander. Zwei, drei Bilder fielen ihm sofort ins Auge. Eines zeigte einen finster dreinblickenden Mann, eine junge Frau, die einen Säugling auf dem Arm hielt, und einen kleinen Jungen mit Locken. Die Schrift auf der Rückseite des Bildes war ungelenk und grob: Taufe von Hans-Heinrich.

Karter bemerkte, wie die Hitze in der Magengegend aufstieg. Ein Schwindel hatte ihn erfasst, und er setzte sich mit zittrigen Knien auf den Stuhl. Gierig griff er nach dem zweiten Bild. Die Übelkeit nahm zu. Das Bild zeigte seine Mutter in jungen Jahren. Die Gesichtszüge waren unverwechselbar.

»Na?«, fragte die Alte. »Haben Sie gefunden, was Sie suchen?« Sie stellte die Flasche Korn auf den Tisch, trat hinter Karter und schaute auf das Bild.

»Ja, das ist sie: Margarete Kessler. Wie haben Sie sie erkannt?«

Karter schüttelte unwillig den Kopf.

»Und wer ist das?«, fragte er und hielt ihr das Familienfoto entgegen.

»Das sind mein Mann, ich und meine zwei Söhne. Warum interessiert sie das?«

»Was passierte mit den Kindern?«

Die Alte rückte von Karter ab. »Was interessiert Sie das? Die Sache wurde damals geklärt!«

»Was passierte mit den Kindern?«, wiederholte Karter. Seine Stimme war heiser und tonlos.

»Der Kleine starb. Der Große verschwand.«

»Ja«, sagte Karter atemlos. »Ja, so war es!«

Die Hitze in der Magengegend verdichtete sich, stieg auf und verwandelte sich in einen einzigen einsamen, hilflosen Schmerz. Dann spürte Karter die Bilder aufsteigen, hörte den Säugling, der ununterbrochen schrie. Er durfte nicht schreien. Wenn er schrie, weckte er den Vater. Wurde der Vater wach, setzte es Prügel. Störte der Säugling die Mutter, musste er, der große Bruder, auf die harte Bank. »Knie dich hin«, sagte sie dann, »und bete für dein böses Herz.«

Er wollte nicht, dass der Bruder schrie. Aber er schrie. Er schrie und hörte nicht auf. Hör doch auf! Karter nahm das Kissen. Er fühlte, wie seine Tränen die Wangen hinunterliefen. Hör doch auf. Bitte hör auf!

Dann rannte er weg. Wohin? Das Bild setzte aus. Er fühlte nur eine Hand, eine große, warme Hand. »Ich bleib bei dir«, sagte die Stimme, die zu der großen, warmen Hand gehörte. Er spürte seine Beine wieder, wie sie immer zögerlicher liefen. Wie sich die Muskeln weigerten, ihre Arbeit zu tun, als sie wieder auf das Haus zu liefen. Nein! Nein, er wollte nicht. Dann riss jemand die Tür auf, und ein Tumult entstand. »Das Kind ist tot«, schrie jemand. Dann spürte er plötzlich den Körper der Frau, die ihn gegen die Wand drückte und mit ihrem Rock bedeckte.

»Das Kind ist tot!« Die Stimme war hell und schrill. Er spürte die Hitze der Frau. Er roch ihren Schweiß. Wie warm es war. Der Tumult ließ nach. Die schrille Stimme entfernte sich. Dann war Stille.

»Komm, wir gehen nach Hause«, sagte die Frau und nahm ihn an die Hand. Dann zerfiel das Bild.

Das Nächste, was Karter wahrnahm, war eine krächzende Stimme. »Na, komm schon. Du wirst mir hier doch nicht wegbleiben«, sagte sie. Ein übler, stechender Geruch stieg ihm in die Nase, dann rann eine scharfe Flüssigkeit den Hals runter. Er hustete und wandte sich angewidert ab.

Als er wieder ganz klar war, stand die Alte halb vornüber gebeugt neben ihm. »Hier«, sagte sie und hielt ihm ein kleines Wasserglas des billigen Fusels entgegen. Karter roch den tranigen Geruch alten Schweißes.

»Danke«, sagte er und nahm das Glas. Die Alte richtete sich auf und beobachtete ihn misstrauisch.

»Haben Sie das öfter?«

»Nein«, sagte er und nahm einen Schluck. Der Schnaps wärmte den Magen, und obwohl das Glas nicht ganz sauber war, nahm er noch einen zweiten Schluck. Dann war ihm besser. Der wühlende Schmerz in seinem Inneren ließ etwas nach.

»Darf ich die Bilder haben?«, fragte er, und als die Alte wieder ablehnen wollte, schob er ihr einen Fünfzigeuroschein zu. »Sie werden keine Scherereien bekommen. Die Sache ist sowieso verjährt.«

Die Alte steckte den Schein ein. »Wenn Sie meinen«, sagte sie. Auch Karter erhob sich. Er fühlte sich erschöpft, und der Alkohol tat sein Übriges. Leicht schwankend ging er zum Ausgang. Die Alte folgte ihm. Als er sich die Eingangsstufe hinuntertastete, schlug die Glocke der Sankt-Johannes-Baptist-Kirche sieben.

Die Alte schaute ihm nach, wie er seinen Wagen ansteuerte, den er vor einer Pommesbude geparkt hatte. Den Geldschein hielt sie in ihrer Schürzentasche fest umklammert. »Plötzlicher Kindstod«, hatten die Ärzte gesagt – damals, als man den Säugling obduziert hatte. Und der Geliebte von Margarete Kessler hieß Jonny Carter. Auch das fiel ihr ein. Sie hatte es noch sagen wollen, aber dann war er aufgestanden, und jetzt dachte sie an den Korn und das Geld und schloss die Haustür.

Karters Hände zitterten noch ein wenig, als er den Wagen startete. Ansonsten war er ganz ruhig. Der Bericht der Frau hatte etwas in ihm zerbrochen. Es wusste nicht, was es war. Nur dass es etwas Wesentliches war. Das wusste er. Ob Glaube, ob Liebe, ob Hoffnung verloren waren. Was spielte das noch für eine Rolle? Wichtig war einzig das Leben. Sein Leben. Christians Leben. Wichtig war die Zukunft. Seine Zukunft. Christians Zukunft. Denn nun kannte er die Wahrheit. Die Wahrheit, dass er ein Mörder war. Ein kindlicher zwar, und vielleicht auch entschuldbar, aber: Mörder blieb Mörder.

Hatte Fred nicht recht gehabt? Die Vergangenheit nimmt man mit. Immer und immer. Auch wenn er den falschen Schluss gezogen hatte mit dem Namen Karthuus, so hatte er doch das Wichtigste erkannt.

Ob Dorothee es gewusst hatte? Ob seine Mutter es ihr erzählt hatte? Und wenn es so gewesen wäre, wäre es nicht aus Liebe erfolgt?

Er legte ohne Mühe den Gang ein und wendete den Wagen. In der Leistengegend spürte er einen Druck. Auch ohne zu tasten, wusste er, dass es Christians Jonglierball war.

Er fuhr langsam – auch als er Anrath hinter sich gelassen hatte. Hinter einer Reihe Weiden ging rot die Sonne unter. Ganz langsam zog sie sich zurück und ließ ihn allein mit der Dunkelheit und dem Motorengeräusch.

*

Fünfundvierzig Minuten später war er in Holtbroich. Vom Kirmesplatz her hörte er die Ansagen vom Autoscooter.

Über die Straße ging ein Liebespaar und küsste sich. Im Unkenpfuhl stand der Wirt wie immer hinter dem Tresen und trank mit den Gästen. Die Leute redeten und lachten, aber Karter verstand sie nicht.

»Ist Christian hier?«, fragte er.

»Nein.«

Karter drehte sich um und verließ den Schankraum.

»So spät noch weg?«, rief der Wirt ihm hinterher.

»Ich weiß, wo der Junge ist.«

Der Wirt sperrte den Mund vor Verwunderung auf. Ein Mann vor dem Tresen tippte sich an die Stirn. »Vollkommen durchgeknallt!«

»Heute schon den ganzen Tag«, knurrte Willi. »Muss am Wetter liegen.«

Karter hörte es nicht.

Er fand den Weg schneller, als er dachte. Als er angekommen war, parkte er den Wagen wieder neben der Straße. Denselben Weg war er vor drei Tagen schon einmal gegangen. Er hörte den Bach diesmal stärker rauschen. Die Regenfälle der letzten Tage hatten ihn anschwellen lassen. Das Gras war feucht. Der Boden uneben. Dann stieß er an die kleine Holzbrücke, wo der Feldweg zur verkehrten Seite abbog. Einen Augenblick zögerte er, dann machte er den ersten Schritt in das Kornfeld hinein. Die Halme schlugen gegen seine Beine. »In der Mitte des Feldes«, hörte er eine Stimme aus der Vergangenheit erzählen, »wohnt die Kornmuhme. Jeden, der sich zu tief in das Feld hineinwagt, hält sie fest.«

Er streifte die Geschichte ebenso ab wie die Ähren, die durch seine Hände glitten. Dann war er da. Vor ihm lag die Ruine.

Er horchte und bewegte sich vorsichtig weiter. Die kühle Abendluft war wunderbar. Karter brauchte nicht lange, die ersten Steinbrocken zu ersteigen und den Spalt im oberen Teil zu entdecken.

»Hab keine Angst«, rief er. »Ich bin's.«

Die wenigen Meter Abstieg bereiteten ihm Mühe. Der

Turm war alt und brüchig. Stellenweise lag das Geröll so eng beieinander, dass er Schwierigkeiten hatte, hindurchzugelangen. Erst im unteren Teil wurde der Spalt breiter und weitete sich zu einer Art Höhle. Es roch nach Exkrementen und Erbrochenem.

Als er den Boden erreicht hatte, sah er Christian, der sich schützend und angriffsbereit vor einen Berg Decken gestellt hatte. Er sah seine Hilflosigkeit, deren einzige Stütze die Wut war. Die Wut gegen alles und jeden und nicht zuletzt gegen sich selbst, ihn, der so war, wie er war, und deshalb keine Liebe verdient zu haben schien.

Er hatte Karter schon längst gehört und seine Vorbereitungen getroffen. Neben der Lagerstätte seines Bruders hatte er in aller Eile die herumliegenden Steine aufgesammelt und auf einen Haufen geschichtet.

Karter stand ganz still da. Sein Herz klopfte zwar bis zum Hals, aber es klopfte stark und ruhig.

Der Wind hatte sich draußen zum Sturm gesteigert und heulte durch alle Ritzen und Fugen. Der Kleine hatte zu Wimmern angefangen, und für eine Sekunde ließ Christian den Blick von Karter ab und schaute auf das verquollene, erhitzte Gesicht seines Bruders. Der Kleine streckte zaghaft seine Arme nach dem Bruder aus.

Dann wandte sich Christian wieder Karter zu. Sein Körper war angespannt, seine Lippen pressten sich aufeinander, und über seine Wangen liefen still die Tränen.

»Ich tue dir nichts«, sagte Karter, zeigte zum zweiten Mal am heutigen Tag seine offenen Handflächen und ging einen Schritt auf Christian zu.

»Bleiben Sie, wo Sie sind!«, rief Christian, bückte sich und ergriff einen Stein. Danach blitzte und donnerte es fast gleichzeitig. Das Gewitter musste genau über ihnen sein. Der Regen klatschte auf die Wände.

Das Weinen des Kleinen verstärkte sich. Das Geräusch mischte sich in das Rauschen des Wassers, das sich unsichtbar im Gestein seinen Weg suchte.

Fast wie die Wahrheit, dachte Karter, auch sie sucht sich immer einen Weg – unsichtbar für den Einzelnen und oft von einem mächtigen Donner begleitet.

»Ich will dir helfen«, sagte er, ohne zu wissen, wie diese Hilfe aussehen könnte.

Christian lachte bitter. »*Sie* wollen mir helfen? Lassen Sie mich in Ruhe und suchen Sie Ihre Engel!«

Das tat verdammt weh. Karter überlegte einen kurzen Moment und zog die Stirn in Falten. »Gut«, sagte er. »Dann helfe ich dir eben nicht. Dann gehe ich jetzt zurück. Du wirst mit deinem Bruder hier bleiben; einen Tag, zwei Tage – vielleicht drei. Das Fieber deines Bruders wird steigen, und dann wird sich dein Problem in Kürze von allein gelöst haben.«

Christian schüttelte den Kopf.

»Ja, so wird es sein«, bekräftigte Karter noch einmal und drehte Christian den Rücken zu. Es war ihm nur zu bewusst, was er tat: Er lud alle Schuld auf die Schultern des Jungen – die des Vaters, der Mutter, des Dorfes, und seine eigene dazu. Aber einen anderen Weg gab es nicht.

Er schaute durch die Öffnung des Mauerspaltes nach oben. Der Regen hatte diesen Weg schon längst genommen. In kleinen Sturzbächen schoss das Wasser bis kurz vor den Höhleneingang hinunter, sammelte sich dort in einer Art Becken, das die Wasser der Vergangenheit ausgehöhlt hatten, und lief dann aufgrund einer Neigung des Felsens seitwärts ab. Der Aufstieg würde schwer werden, wenn im Moment nicht sogar unmöglich. Dennoch stellte Karter seinen Fuß auf das unterste Plateau.

»Warten Sie!«, rief Christian plötzlich.

Karter verharrte mitten in der Bewegung. Dann hörte er einen dumpfen Aufschlag: Christian hatte den Stein, den er in der Hand gehalten hatte, weggeworfen.

»Ich will nicht, dass er stirbt.«

Karter drehte sich wieder dem Jungen zu und nickte. »Gut. Aber wir werden den Regen abwarten müssen.«

Der Junge schwieg und setzte sich zu seinem Bruder, der die ganze Szene mit schreckensweiten Augen beobachtet hatte und jetzt wieder zu wimmern begann.

Karter setzte sich abseits auf ein Mauerstück, stützte seine Arme auf die Knie und wartete. Worauf? Dass der Regen aufhörte? Dass der Kleine endlich das Wimmern ließ? Dass er sich über die Hilfe klar wurde, von der er gesprochen hatte? Eine bedrückende Stille erfüllte den Raum.

»Ich wollte nicht, dass er zu Hause alles mit anfühlen muss«, sagte Christian plötzlich. Seine Stimme klang klein, und seine Worte tasteten sich zu Karter vor. »All das Schimpfen und Trinken und Schlagen.«

Karter atmete tief durch. Er schaute zu den beiden Brüdern. Der Kleine hatte die Augen wieder geschlossen. Seine Lippen waren aufgesprungen, sein Atem war rasselnd.

»Er sollte es nicht mit anfühlen?«, sagte Karter mehr zu sich selbst als zu den Kindern. »Wurde er denn auch … geschlagen?«

Christian schüttelte den Kopf. »Es ist egal, ob man weint, weil man selbst geschlagen wird, oder ob man weint, weil der Vater den Bruder schlägt oder die Mutter.«

Karter senkte den Kopf und schwieg beschämt.

Der Regen prasselte ununterbrochen. Irgendwann schlief auch Christian ein. Seinen Arm hatte er schützend um seinen Bruder gelegt.

Karter blieb die ganze Nacht wach, dachte an seinen Bruder, an seine Mutter, die nicht seine Mutter war, und an die fremde Frau, die ihn geboren hatte.

Als die Sonne aufging, weckte er Christian und nahm Martin auf den Arm.

»Komm«, sagte er, »wir gehen nach Hause.«

Dank

Wo liegt Holtbroich? Wer googelt, findet nur einen Treffer für diesen Ort, und das ist ein Verweis auf den vorliegenden Krimi. Der Ort Holtbroich existiert nicht. Ungewöhnlich für einen Regio-Krimi.

Holtbroich steht stellvertretend für viele kleine Dörfchen am Niederrhein. Dörfchen, die irgendwo zwischen Rüben- und Weizenfeldern liegen. Dörfchen, wo sich Fuchs und Hase auch heute noch eine gute Nacht wünschen. Dörfchen, deren Mittelpunkt die Kirche bildet.

Der Name des Ortes ist nicht willkürlich gewählt. Die Silbe »Holt« bedeutet »Holz« und zeugt davon, dass der Niederrhein ein waldreiches Gebiet war. Dieses »Holt« findet man in einem Ortsteil der Stadt Straelen im Kreis Kleve, aber auch in Holthausen, Holterhöfe oder Mönchengladbach-Holt wieder. Ähnliches gilt für den Wortteil »Broich«. Er geht auf die Bezeichnung für ein Bruch (Sumpf) zurück und meint ein Feuchtgebiet, besonders an Flussniederungen. Auch hier finden sich zahlreiche Ortschaften, die diese Silbe in ihrem Namen führen: Grevenbroich, Korschenbroich, Hackenbroich und Hagenbroich.

Der Name ist also frei erfunden wie die gesamte Geschichte und die der meisten darin handelnden Personen. Lediglich zwei Personen sind real: Ingo Grethmann aus Poppenbeck und Frau Braun von der Gärtnerei Hellekamps in Viersen. Ihnen möchte ich an dieser Stelle meinen Dank für ihre Hilfe bei meiner Recherche aussprechen.

Ebenso möchte ich mich bei der Leitstelle der Polizeistelle des Rheinkreises Neuss bedanken, die mir sehr freundlich einen detaillierten und umfassenden Einblick in ihre Arbeit gewährt hat.

Marianne Enzweiler Hill

Marianne Enzweiler Hill
ERFTNEBEL
Broschur, 192 Seiten
ISBN 978-3-89705-471-4

»Mit viel lokalem Kolorit ausgestaltet ist die spannende Geschichte der findigen Krankenschwester, die auch dank der hintergründigen Charaktere überzeugt.«
Kerpener Sonntagspost

»Enzweiler Hills genaues Beobachten ihrer Figuren, das Aufdecken von tiefen und tiefsten Gedanken – die Psychologie, die hinter einem Verbrechen steht. Sie tut es direkt, versiert, unkompliziert.«
Neuss-Grevenbroicher Zeitung